णाणं

पयासयं

वीर नि.सं. 2470

भारतीय ज्ञानपीठ

ई.सन् 1944

तलघर
(उपन्यास)

इस उपन्यास के सभी पात्र, घटनाएँ
तथा स्थान पूर्ण रूप से काल्पनिक हैं।
किसी जीवित अथवा मृत व्यक्ति, या स्थान से
सम्बन्ध या साम्य महज़ इत्तेफ़ाक समझा जाए।

तलघर

ज्ञानप्रकाश विवेक

भारतीय ज्ञानपीठ

लोकोदय ग्रन्थमाला : ग्रन्थांक 1159
ग्रन्थमाला सम्पादक
रवीन्द्र कालिया
सह-सम्पादक
गुलाबचन्द्र जैन

तलघर
(उपन्यास)
ज्ञानप्रकाश विवेक

प्रथम संस्करण : 2012
मूल्य : 180 रुपये

ISBN 978-93-263-5075-4

प्रकाशक : भारतीय ज्ञानपीठ
18, इन्स्टीट्यूशनल एरिया, लोदी रोड, नयी दिल्ली-110 003

मुद्रक : विकास कम्प्यूटर ऐंड प्रिंटर्स, दिल्ली

आवरण चित्र : शमा
आवरण-सज्जा : ज्ञानपीठ कला प्रभाग

TALGHAR
(Hindi Novel)
by Gyanprakash Vivek

Published by : Bharatiya Jnanpith
18, Institutional Area, Lodi Road, New DUelhi-110 003

e-mail : jnanpith@satyam.net.in, sales@jnanpith.net
website : www.jnanpith.net

First edition : 2012
Price : Rs. 180

‘आखेट’ से ‘तलघर’ तक

तलघर नित नयी लीलाएँ रचता है।

ऊपरी स्तर पर सामान्य दिखाई देनेवाला परिदृश्य अपने तलघर में कितने सारे हाहाकार, विडम्बनाएँ और अन्तर्द्वन्द्व छुपाकर रखता है। तलघर, दरहक़ीकत, अर्धसत्य को सत्य में बदलने का ‘डार्क रूम’ होता है। ...उपन्यास इसी तलघर की अभिव्यक्ति है।

ऐसे तलघर में चेतन!

इंश्योरेंस कम्पनी। उसकी अराजकता, तानाशाह रवैया, सामन्ती आचरण, भ्रष्टाचार... तो दूसरी ओर स्टाफ का निठल्लापन!

उपन्यास में चेतन किरदार की तरह है तो किसी क़िस्सागो की तरह भी।

‘आखेट’ उपन्यास में चेतन अपने छोटे से कस्बे से अम्बाला छावनी में स्थित एक इंश्योरेंस कम्पनी में नौकरी के लिए पहुँचता है। वहाँ उसकी उपस्थिति ‘आउटसाइडर’ जैसी है और यहाँ से उसका संघर्ष भी शुरू होता है। और सात साल अम्बाला छावनी की उस इंश्योरेंस कम्पनी में नौकरी के बाद, ट्रांसफर होकर दिल्ली लौट आता है। कम्पनी के रीजनल ऑफ़िस सिन्धिया हाउस में ज्वाइन करता है।

‘तलघर’ उपन्यास में इंश्योरेंस सेक्टर पृष्ठभूमि में है, लेकिन इसमें बदलता हुआ समाज और समय—दोनों की ध्वनियाँ सुनाई देती हैं।

‘आखेट’ उपन्यास में चेतन की संघर्ष यात्रा एक पड़ाव की तरह थी।... दूसरा पड़ाव है ‘तलघर’। तलघर उपन्यास अपने आप में स्वतन्त्र रचना है और ‘आखेट’ उपन्यास का विस्तार भी।

—ज्ञानप्रकाश विवेक

तलघर

अलविदा अम्बाला छावनी!

अलविदा कहते हुए चेतन को अजीब-सा लगता है। जैसे अलविदा कोई लफ़्ज़ न हो, कैंची हो—रिश्तों के थान को चीरती हुई कैंची!

अम्बाला छावनी छोड़कर वापस जा रहा है चेतन। वापसी लफ़्ज़ भी कितना दिलफ़रेब है। जैसे उदासी की चप्पल पाँव में हो, और पाँव की आहटें, कहीं पीछे मुड़कर देखती हुईं। वापसी लफ़्ज़ किसी गुम्बद की तरह है शायद, जिसमें स्मृतियों के जलते-बुझते चराग़ और चराग़ों में रोशनी के जज़ीरे!

वापसी में सुकून कम, तकलीफ़ का अहसास ज़्यादा है। वापस लौटता हुआ चेतन, बेशक अपने सामान के साथ लौट रहा है, लेकिन मन का कुछ हिस्सा कहीं पीछे छूट गया है।

कितना अजीब मंज़र है। सात साल पहले घर छोड़ते वक़्त, चेतन की आँखें भर आयी थीं। आज अम्बाला छावनी छोड़ते हुए आँखें नम हो गयी हैं।

बहुत देर तक, किसी बुत्त की तरह खड़ा रहा है चेतन—पेरिज़ होटल के बाहर। सात साल पहले यहीं पनाह ली थी उसने। पनाह देनेवाले बेमुरव्वत! लेकिन विद्या टंडन! संवेदना के आबशार जैसी। ख़ूबसूरत और आत्मीय। दिलकश और सम्मोहन पैदा करती। विद्या टंडन ने प्रेम किया था या नहीं। राम जाने। लेकिन चेतन विद्या से प्रेम करने लगा था। ये और बात कि विद्या टंडन, एक अरसा पहले किसी मिल्टरी आफिसर से शादी करके पठानकोट चली गयी थी।

चेतन को सब पता था। लेकिन वो फिर भी खड़ा था, पेरिज़ होटल के बाहर—पता नहीं क्या सोचता। उसे लगा था आँखें एक बार फिर नम हो गयी हैं।

दादर एक्सप्रेस ट्रेन है। खिड़कीवाली सीट मिल गयी है चेतन को। एक तरफ़ प्लेटफ़ार्म तो दूसरी तरफ़ लम्बा, फैला हुआ रेलवे यार्ड! चेतन प्लेटफ़ार्म को देख रहा है। प्लेटफ़ार्म पुरानी दिल्ली स्टेशन के हों या फिर अम्बाला छावनी के, एक अजीब-सी गन्ध होती है हर जगह। पता नहीं वो गन्ध कहाँ से आती है? वो गन्ध शायद मुसाफ़िरों की होती हो... उनके पैरों की। या फिर वो गन्ध थकान की होती हो

या फिर यह भी मुमकिन है कि वो गन्ध, यात्रा की गन्ध हो... यात्रा के बाद मुसाफ़िर चले गये हों, गन्ध को छोड़ गये हों।

अभी दादर एक्सप्रेस नहीं चली। थोड़ी देर बाद चलेगी। अम्बाला छावनी पीछे छूट जाएगा। अम्बाला छावनी स्टेशन का 'आउटर सिग्नल' किसी आख़री सलाम की तरह होगा। हर शख़्स, एक-न-एक दिन किसी 'आउटर सिग्नल' की तरह होकर रह जाता है। ज़िन्दगी में होकर भी, ज़िन्दगी की वुसअतों से बाहर... किसी एकान्त की रचना करता। हंगामाख़ेज़ शहर से बाहर। अपनी चुप से खेलता। एक आउटर सिग्नल। किसी आख़री सलाम की तरह।

चेतन ने गहरी साँस ली है। सोचने लगा है। ज़िन्दगी भी अजीब तमाशे का नाम है। क्लोज़अप में देखो तो दुखान्त! दूर से देखो तो प्रहसन!... शायद इसलिए समझदार लोग, ज़िन्दगी को दूर का चश्मा लगाकर देखते हैं और ख़ुश रहते हैं।

चेतन ने खिड़की की सलाखों पर अपनी कोहनी टिका दी है। अपने माज़ी को याद करते हुए लोग, अक़्सर इसी मुद्रा में होते हैं। चेतन अपने बचपन को याद करने लगा है। जब ज़िद करके खिड़कीवाली सीट पर बैठता। चलती हुई रेलगाड़ी में टेलीफोन के खम्भे, तारें, तारों पर बैठे पक्षी, खेत, किसान, पुलिया, जोहड़, गुमटियाँ... सब अच्छे लगते। उसे छोटे-छोटे स्टेशन और लाल बजरीवाले प्लेटफ़ार्म भी अच्छे लगते। नीलीवर्दी में टोकन लेकर जाता, काँटेवाला भी उसे अच्छा लगता। उसे सब अच्छा लगता। लेकिन अचानक उसकी आँख में कोयले का कोई कण चला जाता। वो आँखें मलने लगता। पिता डाँटने लगते।... ये सब गये ज़माने की बातें हैं। अब दादर है। डीज़ल इंजन है। खिड़की है। खिड़की की सलाखें हैं। सलाखों पर चेतन ने कोहनी टिका रखी है। उसने घड़ी देखी है। समय को देखते हुए जैसे उसने अपने आपको देखा हो। जैसे उसने हाँफते हुए लम्हों की आवाज़ सुनी हो। जैसे उसने कुछ भी न देखा हो, सिर्फ़ महसूस किया हो, एक कालखंड को, जिसमें वो भी था—एक कायनात के साथ!

तीन बजकर बीस मिनट हुए हैं। दादर एक्सप्रेस कुछ देर बाद चलेगी। दादर आगे की तरफ़ दौड़गी। मन पीछे की तरफ़। मन के ज़िद्दी घोड़े कभी-कभी बिलकुल भी नहीं मानते। ख़ासतौर से तब, जब मन बार-बार पीछे की तरफ़ लौटने लगता है। जैसे कोई सरमाया पीछे छूट गया हो, और मन उसे उठाने के लिए पीछे कहीं लौट गया हो...

यह नवम्बर की ख़ुशनुमा शाम है। प्लेटफ़ार्म पर चहल-पहल है। एक तरफ़ रेलवे यार्ड। दूसरी तरफ़ प्लेटफ़ार्म। दो जहान हैं। दोनों का अपना वजूद है, अपनी आवाज़ें। आवाज़ों का अपना अदृश्य-सा चेहरा है। आवाज़ें जाग रही हैं। आवाज़ें, जाग रही हैं। देर रात तक आवाज़ें जागती रहती हैं। धीरे-धीरे आवाज़ें थक जाती

हैं। गिर पड़ती हैं। सोये हुए शहर की सोई हुई या उनींदी आवाज़ें, अलसुबह प्रार्थनाओं, भजनों और अज़ानों के रूप में जागती हैं तो लगता है वो आवाज़ें, ईश्वर की आवाज़ें हैं।

चेतन को याद है। पहली बार जब टिकट लेकर प्लेटफ़ार्म नम्बर चार पर आया था तो वो बम्बे एक्सप्रेस के बारे में कुलियों से पूछ रहा था। कुलियों ने 'दादर' कहा था। उसे यह नाम अच्छा लगा था। बम्बे एक्सप्रेस से ज़्यादा रोमांचक लगा था दादर एक्सप्रेस नाम। जैसे सचमुच, ट्रेन के अन्दर, दादर जैसी किसी जगह में आ बैठना हो।

फ़्लाइंग, दादर एक्सप्रेस के बाद आती है। उसका रुतबा है। रेलवेवाले कुछ रेलगाड़ियों के साथ बड़ी नाइंसाफ़ी करते हैं—जैसे आगरा पैसेंजर। वो हमेशा लेट होती है। फ़ुरसतयाफ़्ता लोग उसमें सफ़र करते हैं। जब उतरते हैं तो लगता है जैसे पिछली सदी के लोग रेलगाड़ी से उतर रहे हों।... लेकिन फ़्लाइंग विशिष्ट है। भद्रजनों की कुलीन रेलगाड़ी। उसकी ताक़त, रुतबे और विशिष्टता का प्रभाव साफ़-साफ़ नज़र आता है। वो देर से आती है। पहले निकल जाती है। दादर खड़ी रहती है। लेकिन चेतन इसी 'दादर' से जाता है। दादर उसे अपनी तरह की रेलगाड़ी लगती है।

इसी प्लेटफ़ार्म पर घटी एक छोटी-सी घटना को वो कभी नहीं भूला। जब-जब वो 'दादर' में बैठा है। वो घटना भी अनायास उसके पीछे-पीछे चली आयी है। वो घटना इतनी मामूली है कि उसे भुलाया जा सकता था। दिल की यही तो ख़ूबी है। वो साधारण चीज़ों का अजायबघर बनकर रह जाता है।

मुद्दतों पहले की बात है। उस शाम भी चेतन खिड़कीवाली सीट लेकर बैठा था। प्लेटफ़ार्म का 'दृश्य' देख रहा था। दादर एक्सप्रेस ज़रा-सा सरकी ही थी। ऐन उस वक़्त, एक पापड़वाला चेतन के सामने से गुज़रा था। चेतन ने उसे आवाज़ दी। जेब से अठन्नी निकाली। पापड़वाले को अठन्नी दी और एक पापड़ लिया। लेकिन अठन्नी देने और पापड़ लेने और ट्रेन के थोड़ा तेज़ हो जाने की हड़बड़ी में चेतन ने पापड़ लिया ज़रूर, लेकिन वो पापड़ उसके हाथ से छूट गया और लाइनों में जा गिरा।

पापड़वाले ने पापड़ गिरते देखा। उसने कुछ सोचा। भागा। अठन्नी को अपने टोकरे में से उठाया और खिड़कीवाली सीट पर बैठे चेतन की तरफ़ उछाल दिया, "सॉब, पापड़ आप तक नहीं पहुँचा तो मैं उसके पैसे क्यूँ लूँ?"

चेतन के बिलकुल पास गिरी थी अठन्नी। उसने अठन्नी को उठाया और बहुत तेज़ी के साथ पापड़वाले के टोकरे में डालते हुए बोला, "पापड़ मेरे हाथ में आ चुका था। अठन्नी तो मुझे देनी ही चाहिए।"

ट्रेन तेज़ हो गयी थी। पापड़वाले ने अपना टोकरा प्लेटफ़ार्म पर रखा। ख़ूब तेज़ भागा। चेतन के डिब्बे तक पहुँचा। चेतन की तरफ़ अठन्नी उछालते हुए बोला, ''सॉब जी, जब पापड़ आपके पास पहुँचा ही नहीं तो आपकी अठन्नी मैं कैसे रख सकता हूँ।''

ट्रेन तेज़ हो गयी थी। पापड़वाला पीछे रह गया था। अठन्नी चेतन के हाथ में थी और ज़ेहन में पापड़वाले की हाँफती हुई आवाज़!

चेतन को पापड़वाले की शक़्ल याद नहीं। लेकिन उसका भागना, उसका हाँफना, उसकी मरियल-सी आवाज़ के साथ अठन्नी उछालना सब याद है। बरसों बाद भी लगता है जैसे यह कल की ही बात हो। कोई पापड़वाला प्लेटफ़ार्म पर भाग रहा हो... अठन्नी वापस करने के लिए!

चेतन बहुत बार आया है। इसी प्लेटफ़ार्म नम्बर चार पर। इसी ट्रेन में सफ़र करने के लिए। लेकिन वो पापड़वाला फिर कभी नज़र नहीं आया। ताज्जुब है, ग़रीब लोग होते हैं, लेकिन होने के बावजूद कहीं नहीं होते।

कुछ देर बाद दादर एक्सप्रेस चल पड़ेगी। चीज़ें ओझल होने लगेंगी। स्टेशन, प्लेटफ़ार्म, खोमचे और रेहड़ीवाले, पानी की गुमटी, कुली, लोहे का पुल, हरे बेंच, टी-स्टॉल... सब-के-सब पीछे रह जाएँगे। आँख की पकड़ से बाहर। स्टेशन सिर्फ़ रेलगाड़ियों के रुकने और चलने का ही नहीं, इन सब चीज़ों के होने का भी नाम है। इनके न होने से स्टेशन शायद स्टेशन न लगे।

अभी ट्रेन चली नहीं। चेतन के ज़ेहन में एक बार शहर का नक्शा घूम जाता है... स्टॉफ रोड... होटल सेवाय, सेंट्रल लायब्रेरी, पेरिज़ होटल, सिसल होटल, पी.एम.जी. ऑफ़िस की पीली इमारतें, कान्वेंट ऑव जीसेस ऐंड मेरी स्कूल, फिर चौराहा... कैपिटल सिनेमा, सरहिन्द क्लब, माल रोड और माल रोड पर बहुत खुली जगह के बीच, अँग्रेज़ों के जमाने में बनी पुरानी इमारत में—प्रामिनेंट इंश्योरेंस कम्पनी!... जहाँ उसने सात साल नौकरी की। और फिर ट्रांसफर!

चेतन ने एक बार अपने सामान को देखा है। जब अम्बाला छावनी आया था तो तीन नग थे, अब चार हैं। वो तीन नग। एक पुराना सूटकेस। एक रेक्सीन का बैग जिसे दो जगह चूहों ने कुतर लिया था। मोची ने वहाँ तुरपाई कर ज़रूर दी थी। लेकिन ग़रीबी उस तुरपाई से छुप नहीं पायी थी। तीसरा नग बिस्तरबन्द था। हाल उसका भी रेक्सीन के बैग जैसा ही था।

अब चार नग हैं। सूटकेस के बदले अटैचीकेस है। बैग, बिस्तरबन्द और एक झोला। सारा सामान ठीकठाक है। सामान तो बहुत सारा था। सात साल में, चेतन ने अपना एक घर ही बना लिया था। सारे सामान को घर ले जाना उसे अच्छा नहीं लगा था। बहुत सारा सामान तो वो रंजीते के घर दे आया था। रंजीते के प्रति उसके मन में

ख़ास तरह का एहतराम था। आमने-सामने दुआ सलाम तो कम हुई, लेकिन मन-ही-मन चेतन ने रंजीते को सैकड़ों बार सलाम किये होंगे।

चेतन का कमरा तीसरी मंज़िल पर था। एक तरफ़ बॉलकनी। बॉलकनी से झाँककर नीचे की तरफ़ देखो तो दस फुट चौड़ी सड़क। जैसे सड़क न हो, कोई पतली-सी नहर हो, जिसमें लोगों की आवाज़ों का पानी भरा हो।

एक तरफ़ सड़क थी तो दूसरी तरफ़ बहुत बड़ा अहाता। चारों तरफ़ कच्चे-पक्के मकान। बीच में खुली जगह। इन्हीं मकानों में एक-डेढ़ कमरे का मकान रंजीते का था। मकान में रंजीता उसकी पत्नी और एक लड़की जो गूँगी थी। जो देखती सबको थी निर्निमेष, बोल नहीं सकती थी।

पहले-पहल वो सब्जी बेचता था। स्वभाव का अच्छा था रंजीते। शायद इसलिए शाम तक उसकी सारी सब्जी बिक जाती। बाद में वो बीमार पड़ गया। बीमार ऐसा कि खाट पकड़ ली। चलना-फिरना मुहाल। घर में फ़ाकाकशी की नौबत।... रंजीते ने खाट पकड़ी तो घर की ज़िम्मेदारी सँभाली उसकी बीवी ने। उसके साथ जाती उसकी गूंगी लड़की। जो देखती सबको थी, बोल नहीं सकती थी। न बोलने वालों की दुनिया कितनी संक्षिप्त और अधूरी होती है, यह उस गूँगी लड़की को देखकर पता चलता था। वो बोलते हुए लोगों को देखकर बेचैन नज़र आती थी। कई बार वो अपनी माँ के सामने हाथ पसार देती। ऐसे लगता वो और कुछ नहीं, आवाज़ की भीख माँग रही है। जब वो प्रार्थना करती तो उसकी प्रार्थना में ख़ामोशी के शब्द होते जिन्हें ईश्वर तक पहुँचने में बहुत देर लगती, क्योंकि शोर-मचाते भजनीक लम्बी कतार में खड़े होते—भगवान के दरबार में।

कहाँ ख़ुशतबीयत रंजीते और कहाँ खाट पर पड़ा बीमार आदमी। बेहद ग़मगीन। ग़म बीमारी का। फ़िक्र गूँगी बेटी की। उम्र उसकी पचपन-सत्तावन होगी। लगता था बासठ-पैंसठ का। ग़रीबी और बीमारी दोनों ने मिलकर रंजीते को बूढ़ा बना दिया था। बूढ़ा तो पूरा घर लगता था। लेकिन वाहेगुरु ने एक किरपा की थी। धैर्य सबको दिया था। धैर्य इतना कि कई बार पूरा दिन फ़ाकाकशी पर गुज़रता तीनों जन का, लेकिन चेहरे पर इतनी तृप्ति कि पूछो मत!

जब रंजीते सेहतमन्द था। सुबह चार बजे उठ जाता। छावनी में वो शायद सबसे पहले जागता। वो जागता तो ख़ामोशी के गुम्बद में कोई अनहद गूँज उठता। उसकी संजीदा, भर्राई लेकिन लोचभरी आवाज़ बहुत दूर तक यात्रा कर आती। कभी कबीर की साखी, कभी वारिस की हीर तो कभी बुल्लेशाह की काफ़ियाँ!

बुल्लेशाह का नाम, बुल्लेशाह की काफ़ियाँ चेतन ने पहले-पहल रंजीते के मुख से सुनीं। कशिश का कोई धागा जैसे खींचता चला जा रहा हो चेतन को। चेतन की नींद खुलती। ऐसे लगता कोई बुल्लेशाह, इस अहाते में आकर ख़ुद गा रहा है—

मैं बेक़ैद, मैं बेक़ैद
ना रोगी ना वैद।

ना मैं मोमिन ना मैं काफ़र
ना सैयद ना सैद।

चौधीं तबक़ीं सैर असाडा
कित्ते ना हूंदा क़ैद।

ख़राबत है ज़ात असाडी
ना सोमा ना ऐब

बुल्लेशाह दी ज़ात की पुच्छनै
ना पैदा ना पैद।

(चौधीं तबक़ीं (सात तबक ज़मीन/सात तबक आसमान)—चौदह भुवन में हमारा आना-जाना है। हम किसी क़ैद में नहीं... किसी मोहपाश में नहीं। बुल्लेशाह का वजूद—वो न पैदा हुआ है न पैदा होगा—वो आवागमन से मुक्त हो चुका है।)

चेतन दो-तीन बार रंजीते के घर गया। उसके भजनों और काफ़ियों में कोई दुख छुपा था। शायद वही दुख था जो चेतन को रंजीते के घर खींच ले गया। रंजीते, चेतन को देखकर थोड़ा सहम-सा गया। डेढ़ कमरे का घर और घर में हर कहीं ग़रीबी के निशान!... बाद में रंजीते सामान्य हो गया। जब चेतन ने हाथ जोड़कर नमस्ते की। रंजीते ने आशीर्वाद दिया—"पुत्तर जीऊंदा रवैं।... वड्डा आदमी बणें।"

रंजीते की पत्नी ने भी बड़ी हार्दिकता से सिर पर हाथ रखते हुए आसीस दी थी, "पुत्तर जी, तुस्सी सदा सुखी रहो। सदा चंगे रहो। रब्ब तुआडी झोलियाँ भरदा रहे।"

सिर पर हाथ रखकर, आसीस देकर, रंजीते की पत्नी उठकर कहीं बाहर चली गयी थी। थोड़ी देर बाद वापस आ गयी थी। अपने दुपट्टे में वो कुछ ढँककर ले आयी थी। बाद में पता चला दूध था और चीनी थी। चाय का कप देते हुए बोली, "लो पुत्तर जी, तुस्सी पहली वारी घर आये हो। तुआडी मैं कोई खातिर तां नईं कर सकदी।... इस चा नूं तुस्सी बोत कुच्छ समझो।"

चेतन की तो आँखें नम हो गयी थीं। एक शब्द भी नहीं निकला था उसके मुँह से। बस, उसने हाथ के इशारे से कुछ कहने की कोशिश की थी और बिलकुल पास बैठी रंजीते की पत्नी के पाँव छू लिये थे।

आँखें नम हो गयी थीं रंजीते की पत्नी की भी। उन्हें लगा था कि अपना-सा है जो उनके घर आया है। शायद इसलिए उन्होंने अपनी सजल आँखों को दुपट्टे से पोंछते हुए अपनी गूंगी बेटी को भाव-विभोर होकर कहा था, "वीर जी नूं नमस्ते नीं

करणीं?... नमस्ते करो वीर जी नूं।''

और गूँगी लड़की ने हाथ जोड़ दिये थे। दो जुड़े हुए हाथ जैसे नमस्ते न कर रहे हों, प्रार्थना कर रहे हों। चेतन अवाक्-सा देखता रहा उस गूँगी लड़की को। फिर उसके सिर पर हाथ रख दिया था उसने। जैसे किसी भाई ने हाथ रखा हो गूँगी बहन के सिर पर।

और फिर एक दिन... बुल्लेशाह की काफ़ियाँ गानेवाला रंजीते अपनी ग़मज़दा लेकिन लोचभरी आवाज़ के साथ इस दुनिया से कूच कर गया। आवाज़ पथरा गयी और महाप्रस्थान कर गया रंजीते।

अम्बाला छावनी छोड़ने से पहले चेतन आख़री बार बहुत सारी जगहों पर घूम आया। वो देर तक टांगरी नदी के किनारे बैठा रहा। नदी सूख चुकी थी। चेतन ने बहती हुई टांगरी को बहुत बार देखा था। चेतन उस चर्च के पास भी देर तक घूमता रहा जहाँ लाखों सूखे पत्ते चारदीवारी के भीतर बिखरे रहते थे। जिन पर चलते हुए ऐसे लगता जैसे वो आवाज़ें, पृथ्वी की आवाज़ें हों। डिफेंस सिनेमा, होटल सेवाय, पेरिज़ होटल, राय मार्केट और तोपख़ाना बाज़ार में भी वो बेवजह भटकता रहा। ऐसा लगता था जैसे उसका कुछ खो गया है, वो उसी खो गयी शय को ढूँढ़ने आया है।

उसने आख़री बार माल रोड पर चलते हुए अपने दफ़्तर को देखा—उम्रदराज़ दरख़्तों के बीच एक पुरानी इमारत। और उस इमारत में प्रामिनेंट इंश्योरेंस कम्पनी! फिर, अपने कुछ कलीग से मिलने उनके घर गया। चाय पी और आपस में कई सारी यादों को बाँटा। वापस आया तो मन भारी था—दिल उदास-उदास!

बिलकुल आख़िर में वो रंजीते के घर गया। सुबह-सवेरे जागनेवाला और अपने भजनों से सबको जगानेवाला रंजीते तो अब नहीं था। मर चुका था वो। घर पहले से ज़्यादा वीरान, पहले से ज़्यादा चुप और पहले से ज़्यादा ग़रीब नज़र आता था।

चेतन ने बर्तन, स्टोव, मेज-कुर्सियाँ और एक ट्रंक रंजीते की बीवी को दे दिये थे। उसने बहुत इंकार किया पर चेतन माना नहीं। चेतन लेडिज़ सूट का कपड़ा और दुपट्टा गूँगी लड़की के लिए ले गया था—जिसके सिर पर उसने हाथ रखा था और बहन जैसा माना था।

संसार शायद रिश्तों के बनने और फिर रिश्तों के टूट जाने का नाम है। चेतन दादर एक्सप्रेस में बैठा सोच रहा है—सात साल पहले इसी स्टेशन पर उतरा। आज वापस जा रहा है। मनुष्य का हमसफ़र अन्ततः अकेलापन ही होता है।

चेतन को लगा वो दिल्ली में नहीं किसी अजायबघर में आ गया है। दिल्ली सचमुच अजायबघर थी—भीड़, शोर, ग़र्द, दरकते मूल्यों और विसंगतियों का अजायबघर!

इस अजायबघर में चेतन भी था—बेशुमार सपनों को लुकाता-छिपाता। एक अदद भविष्य और बहुत सारी शुभकामनाओं के साथ। लाखों लोगों के बीच। एक नौजवान! जिसकी कोई पहचान नहीं थी। दिल्ली एक महानगर था, जो तिलिस्म रचता था। जो फ़रेब बुनता था। जो आमन्त्रित करता और आनेवाले की वो सबसे पहले पहचान गुम करता। पहचान से महरूम शख़्स को 'आई कार्ड' में बदल देता। ये उसके करतब थे। ये उसका जादू था। ये उसका छल था। ये उसका शगल था।

अजीब बात थी। लोगों का सिर्फ़ नाम रह जाता। पहचान गुम हो जाती। वो भीड़ का चेहरा हो जाते। भीड़ का चेहरा जो होने के बावजूद कभी नहीं होता था। अजीब बात थी। लोग फिर भी ख़ुश होते। महानगर के छल पर लोगों का ख़ुश होना, किसी विडम्बना की तरह था।

ये शहर दरहक़ीक़त विडम्बनाओं का शहर था। सजे-धजे बाज़ार ही नहीं, सजी-धजी स्त्रियाँ भी थीं। उनको देखकर ऐसा लगता मानो वो सुख के गहने पहनकर निकल पड़ी हैं। ग़रीब औरतें भी होतीं। अपनी टूटी हुई चप्पलों, फूटी हुई पाँव की बिवाइयों के साथ-साथ, किसी तलाश में भटकती नज़र आतीं। शायद वो अपने खो चुके सुख के पुराने सन्दूक ढूँढ़ रही हों। ये भी मुमकिन है वो अपने-अपने घर ढूँढ़ रही हों।... दिल्ली जैसा महानगर आने की दावत तो देता था, लेकिन रहने के लिए उसके पास घर नहीं थे। उसके पास पृथ्वी थी या फिर आसमान! ग़रीब लोग पृथ्वी पर पसरते। आसमान को कम्बल बना लेते।... मुफ़लिसी इनसान को ज़िन्दा रहने की तरक़ीब सिखा देती है।

दिल्ली के हज़ारों रंग थे। दिल्ली सबकी थी। हक़ीक़त यह थी कि दिल्ली किसी की नहीं थी।... राजधानियाँ शायद किसी की नहीं होतीं। राजधानियाँ शायद हुक़्क़ामों की होती हैं। या फिर उनकी होती हैं जिनकी जेब में धन होता है और जिन्हें फ़िजूलख़र्ची का शौक़ भी।... शाहख़र्च लोगों के लिए दिल्ली एक माकूल शहर था।

बहुत साल पहले, चेतन जब अपने दोस्तों के साथ दिल्ली आता तो दिल्ली उसे सम्मोहित करती। वो विस्मित होकर हर शय को देखता। उसे बाज़ार, भीड़, लोग, बसें, कारें—सब अच्छे लगते। उसे लगता दिल्ली महज़ शहर नहीं, ज़िन्दगी के जश्न मनाता कोई सर्कस है। सर्कस नहीं, कोई मदारी है। उसे अपने शायर पिता का ध्यान आता। वो अक़्सर ग़ालिब के शेर का एक मिसरा सुनाते—'बाज़ीचए इत्फ़ाल है दुनिया मेरे आगे...।' तब, दिल्ली उसे बाज़ीचए इत्फ़ाल महसूस होती।... ये तब की बात है जब वो दसवीं-ग्यारहवीं में था। कई बार स्कूल जाने के बजाय वो अपने

दोस्तों के साथ दिल्ली निकल पड़ता। वो सब किसी पैसेंजर रेलगाड़ी में सफ़र करते। टिकट लेना उन्हें फ़िज़ूलख़र्च नज़र आता। सब दोस्त ग़रीब थे। छोटे-से शहर के छोटी-छोटी शैतानियाँ करनेवाले ये छोकरे, दिल्ली को किसी विराट सपने की तरह देखते।... पुरानी दिल्ली स्टेशन पर उतरते। उन्हें पुरानी दिल्ली के उन चोर दरवाज़ों का पता था जहाँ से बिना टिकट लोग निकलते। चेतन और उसके दोस्त कभी नावल्टी सिनेमा के सामने से निकलते तो कभी पुरानी दिल्ली के माल गोदाम से। स्टेशन से बाहर निकलकर राहत की साँस लेते। जुबली, मेजेस्टिक, कुमार और मोती सिनेमा—उनके प्यारे सिनेमा हॉल होते। जहाँ साठ पैसे की टिकट के लिए वो लाइन में लग जाते। यह रोमांचक खेल था। कोई दिव्य स्वप्न जैसा।

दिल्ली आकर... सिर्फ़ साठ पैसे ख़र्च करके वापस चले जाना—कोई क़िला फ़तह करने जैसा लगता। आनन्द ऐसा कि जैसे सब दोस्तों के हाथ में चाँद आ गया हो। सुख ऐसा कि कई दिन तक चटखारे ले-लेकर बातें करते सब दोस्त!

ये बस पुराने दिनों की बातें हैं।

चेतन जब ट्रांसफर होकर दिल्ली आया और बहुत देर तक रीगल के सामने खड़ा रहा। पता नहीं क्यों, न साठ पैसे की टिकट लेकर, सिनेमा देखने का रोमांच था न वो सम्मोहन।

सिन्धिया हाउस!

सिन्धिया हाउस में लिफ़्ट भी थी और सीढ़ियाँ भी। चेतन लिफ़्ट के सामने कुछ देर खड़ा रहा। वो सुबह साढ़े नौ बजे दफ़्तर पहुँच गया था। अभी न लिफ़्टमैन आया था न दफ़्तर के लोग। यह तो चेतन को बाद में मालूम हुआ था कि इस बाबाआदम के ज़माने की लिफ़्ट के लिए कोई लिफ़्टमैन नहीं था।

चेतन लिफ़्ट में लगे ग्रिलवाले दरवाज़े के भीतर झाँककर देखता रहा। कई सारे बटन थे। वो ग्रिलवाले दरवाज़े को खोल भी लेता और बन्द भी कर लेता। लेकिन उसे बटनों की ज़रा भी समझ नहीं थी। ग़लत बटन के दबने से कहीं लिफ़्ट पताललोक में चली गयी या फिर लिफ़्ट के ऊपर नज़र आने वाले मोटे तार टूटकर गिर पड़े तो?

चेतन ने लिफ़्ट में जाने का विचार छोड़ दिया। बेशक़, लिफ़्ट में जाने का मन और जिज्ञासा उसका विरोध करते रहे। लेकिन उसके अन्दर कोई डर था। नयी चीज़ों को छूने और इस्तेमाल करने का डर।... वो सीढ़ियों से चढ़कर तीसरी मंज़िल पर पहुँचा जहाँ प्रामिनेंट का रीजनल ऑफ़िस था और उसे अपनी ज्वाइनिंग रिपोर्ट देनी थी।

सीढ़ियाँ चढ़कर वो ठिठक गया। बरामदे, कमरे, लॉबी, दरवाज़े और हर कहीं उसकी उम्र के नौजवान... कुछ ज़्यादा उम्र के लोग भी थे। लेकिन अधिकांश युवक, कुछ युवतियाँ... जैसे ऑफ़िस में न हों, तफ़रीह मनाने आये हों। सीढ़ियों के साथ रेलिंग के सहारे वो इस तरह खड़े थे जैसे खड़े रहना और गप्पबाज़ी करते रहना उनकी नौकरी का हिस्सा हो।

चेतन ने एक नौजवान से पर्सनल डिपार्टमेंट के विषय में पूछा, और साथवाले दरवाज़े को खोलकर अन्दर प्रविष्ट हुआ।

कमरे में कोई मल्होत्रा जी थे। उन्हें शायद सर्वाइकल स्पोंडीलाइटस था। वो बार-बार अपनी गर्दन घुमाते। ऊपर-नीचे करते। इस बीच वो बात भी कर लेते। बात करने के बाद वो फिर गर्दन घुमाते।... उन्होंने चेतन से ज्वाइनिंग लैटर लेकर कहा, ''वैलकम!'' फिर थोड़ा सोचते हुए बोले, ''अभी हम डिपार्टमेंट वाइज़ लिस्ट बना रहे हैं।... सेटिंग और सीट प्लॉन कुछ दिन बाद होगा।... फिलहाल, आप कहीं भी बैठ जाइए।''

''कहीं भी?'' चेतन ने संशयग्रस्त होकर पूछा।

''हाँ, कहीं भी।'' मल्होत्रा जी ने लापरवाही से कहा।

''फिर भी सर?'' चेतन ने कहना चाहा।

''साथवाला रूम... बहुत बड़ा रूम है। वहाँ बहुत सारी चेयर टेबल रखी हैं। आप किसी पर बैठ जाएँ। अभी टेम्परेरी अरेंजमेंट किया है।... प्लीज़, गो ऐंड टेक युअर सीट।'' उन्होंने कहा। वो उकता गये थे। कुछ लोग सवाल सुनने के आदी नहीं होते। सवाल सुनते हुए उन्हें ऐसे लगता है जैसे उनकी तौहीन हुई हो। मल्होत्रा जी उसी प्रवृत्ति के मनुष्य थे। वो काम में व्यस्त हो गये। चेतन को उन्होंने 'इग्नोर' कर दिया। चेतन कुछ देर खड़ा रहा—बेलज़्ज़त लम्हों को चबाता हुआ। फिर मल्होत्रा जी के कमरे से बाहर निकल आया।

चेतन ने साथवाले कमरे का दरवाज़ा खोलकर देखा मेज़-कुर्सियाँ बेशुमार थीं। बैठा कोई भी नहीं था। पता नहीं, सबने मिलकर ऐका किया था या फिर सारे एकसाथ उठ आये थे और रेलिंग के पास खड़े हो गये थे।

चेतन ने दरवाज़ा फिर से बन्द किया। कॉरीडोर में चला आया। उसने इधर-उधर नज़र दौड़ाई। कमरे ही कमरे। दरवाज़े ही दरवाज़े। एक कमरे में जाकर दूसरे से और फिर घूमकर तीसरे कमरे से निकला जा सकता था। ऐसा लगता था जैसे वो ऑफ़िस में नहीं, किसी पुराने रईस की हवेली में घूम रहा है।

सिन्धिया हाउस की छत पर खड़े होकर कर्ज़न रोड के यातायात को देखा जा सकता था। यही कर्ज़न रोड बाद में के.जी. मार्ग यानी कस्तूरबा गाँधी मार्ग हो गया था। यहाँ छत पर खड़े होकर रीगल सिनेमा, सेंट्रल पार्क, रेम्बल रेस्तराँ, राजघाट

पॉवर हाउस की चिमनी को भी देखा जा सकता था।

पहले दिन वो सिन्धिया हाउस में घूमता रहा। घूमता रहा और भटकता रहा। कई और युवा एम्पलाई भी थे जो उसकी तरह जिज्ञासाएँ और संशय लिये भटक रहे थे। बाद में वो चेतन के दोस्त बन गये। कई सारे दोस्त—रवि शर्मा, दरशन जी, दीपक खत्री, नरगिस अरोड़ा और भीमसेन! सब जवान थे। सबमें जोश-ख़रोश था। सब ख़ाली थे। सब ज़िन्दगी को जीना चाहते थे—आवेग और जज़्बात के साथ!

सब इस बात पर चकित रह गये कि डेट ऑव बर्थ बेशक़ भिन्न थी, डेट ऑव अपॉइंमेंट सबकी एक थी। सब युवा एम्पलाई दूसरी यूनिटों से आये थे। इंश्योरेंस की एक सौ चार कम्पनियों को चार बड़ी कम्पनियों में 'मर्ज' कर दिया गया था। चुनाँचे, अलग-अलग कम्पनियों के युवा एम्पलाई जब एक-दूसरे से मिले तो दोस्त बनते चले गये। सब हमउम्र थे। हमख़याल थे और हमसफ़र भी!

दो-तीन महीने तक माहौल में स्वच्छन्दता रही। सब एक ही डिपार्टमेंट में रहे—मिसलेनियस डिपार्टमेंट में। बाद में सब युवा कर्मचारियों के विभाग निश्चित हो गये। दफ़्तर, तब दफ़्तर लगने लगा था। मरीन, मोटर, फ़ायर, पर्सनल, अकांउट्स विभाग थे। ऐविएशियन विभाग था और ऐस्टेबलिशमेंट भी।

चेतन को ऐस्टेबलिशमेंट विभाग में नियुक्त किया गया। कुछ ही दिन बाद, चेतन इस नतीजे पर पहुँचा कि यह विभाग, निकम्मे लोगों का विभाग है। बाद में उसे पता चला कि निकम्मापन तो हर कहीं है... हर विभाग में—किसी ला-इलाज बीमारी की तरह।

चेतन इस बात से हैरान होता कि ख़ाली रहनेवाले कर्मचारी अपने आपको बहुत ज़्यादा सुखी समझते। कुछ लोग दिन में सिर्फ़ एक बार पेन खोलते-हाज़री रजिस्टर में हाज़री मार्क करने के लिए। फिर उनका पेन बन्द हो जाता। फिर उनका मुँह खुलता और वो दिनभर, यहाँ-वहाँ, इधर-उधर बोलते नज़र आते।

नेशनलाइज़ेशन के बाद बहुत कुछ बदल गया था। मौसम, मिज़ाज, मेहरबानियाँ और मुरव्वत! पहले इंश्योरेंस कम्पनियाँ प्राइवेट थीं। असुरक्षा का भाव था और नौकरी छूट जाने का डर।... अब वो डर ख़त्म हो गया था। दफ़्तर में असिस्टेंट, टाइपिस्ट, स्टेनो, सीनियर असिस्टेंट, सुपरेंटेंडेंट तक सब के सब बेफ़िक्री से हँसते। लापरवाही से बैठते। बेझिझक घूमते।... ऐसा लगता लोग दफ़्तर में 'टाइम पास' करने आये हैं।

घूमना चेतन को भी अच्छा लगता। वो नवम्बर के ख़ूबसूरत दिन थे। चेतन कनाट प्लेस में कम घूमता। वो हेली रोड, अतुलग्रोव रोड या फिर जगदीश चन्द्र माथुर लेन की तरफ़ निकल जाता। कई बार दिन के वक़्त—लंच टाइम में तो कभी शाम के वक़्त। शाम के समय अतुलग्रोव रोड का एकान्त, सड़क पर पसरे दरख़्तों के

साये और परिन्दों की आवाज़ें, माधवी लता और गोल्डन शावर की लताएँ, चारदीवारियों पर झूलती हुई—इन सबके बीच चेतन!... एक दिल्ली यह भी होती... शान्त! किसी इबादत में लीन। किसी सूफ़ी के तसव्वुर जैसी! किसी दहलीज़ पर रखे ख़ामोशी के चराग़ जैसी...

चेतन, मंडी हाउस के गोल चक्कर से होते हुए तिलक ब्रिज स्टेशन पहुँचता। तिलक ब्रिज स्टेशन का नाम पहले हार्डिंग ब्रिज था—बाद में वो तिलक ब्रिज हो गया।

तिलक ब्रिज या फिर मिंटो ब्रिज स्टेशन पर अपनी गाड़ी का इन्तज़ार करता हुआ चेतन, अनायास लोगों के चेहरों को देखने लगता। थके-थके, उदास-उदास चेहरे। जैसे डूबते हुए सूरज के साथ-साथ, वो भी कहीं डूब रहे हों। वो ऊबे हुए लोग—पता नहीं किस चीज़ से ऊबे हुए थे—अपने जीवन से... अपने रोज़नामचे से या फिर अपने आपसे?

शायद इसलिए रोज़मर्रा के यात्री ताश के खिलाड़ी बन जाते। सब अपनी मंडली बना लेते। अपनी-अपनी ताश का कीर्तन और अपनी-अपनी मंडली!

ऊब को तोड़ने के लिए ताश बहुत बड़ा हथियार थी।

ताश के कीर्तन के अतिरिक्त एक डिब्बा भजनवालों का भी होता। उस डिब्बे में भजनों का इतना ज़्यादा शोर होता कि ऐसा लगता जैसे भगवान के भक्त, भगवान से कोई पुरानी खुन्नस उतार रहे हैं। उस डिब्बे में भगवान अगर ग़लती से आ जाता तो यक़ीनन, चलती गाड़ी से छलाँग लगा देता।

चेतन के साथ यही दिक़्क़त थी। वो न ताश खेलता न कीर्तनवाले डिब्बे में चढ़ता।

सिन्धिया हाउस में प्रामिनेंट इंश्योरेंस कम्पनी का रीजनल ऑफ़िस था। दिल्ली के पाँच डिविजनल तथा सोलह ब्रांच ऑफ़िस इस रीजनल ऑफ़िस के ज़िम्मे थे। रीजनल मैनेजर मुखिया था। उसकी सबसे बड़ी पोस्ट थी... और सबसे बड़ी हैसियत भी।

रीजनल मैनेजर मिस्टर पी.पी. बधवार थे। स्टाफ़ के खिलन्दड़े लोग, बधवार साहब को मज़े-मज़े में वीरवार भी कहते थे। यह 'सीक्रेट नेम' स्टाफ़ के बीच काफी लोकप्रिय था। वो एक-दूसरे से पूछते, "वीरवार आया कि नहीं?"

मिस्टर पी.पी. बधवार, अपने पद और अपनी हैसियत के मुताबिक विशिष्ट भी थे। वो सम्भ्रान्त नज़र आते। वो सम्भ्रान्त थे भी। वो चलते तो कुलीनता की ग़र्द झरती चली जाती उनके जूतों की पदचाप से। वो विनम्र थे यक़ीनन! वो अभिजात थे यक़ीनन! वो कमगो थे यक़ीनन! और वो अहंकारी थे, यक़ीनन! वो अपने स्तर के

अफ़सरों से बातचीत करते। उन्हें लगता, क्लास थ्री किसी बीमारी का नाम है। वैसे, हक़ीकत यह थी कि वो ख़ुद बीमारियों की सराय थे। डायबिटीज़, बी.पी. के साथ-साथ, दमे जैसी ला-इलाज बीमारी भी लग चुकी थी। वो सिगरेट ख़ूब पीते थे। मेलबोर्न या डनहिल के पैकेट उनकी मेज़ पर रखे रहते। उनकी ऐश-ट्रे सिगरेट के टोटों से भरी रहती। उनका कमरा धुएँ से भरा रहता और उनके फेफड़े बलगम से।

मिस्टर पी.पी. बधवार बोलते कम थे। खाते भी कम थे। लेकिन यह रहस्य उनके क़रीबी जानकारों से छनकर आया था कि वो पीते ज़्यादा थे!... बद्‌परहेज़ियाँ न हों तो ज़िन्दगी का लुत्फ़ ही क्या? सम्पन्नता यूँ भी मुँह का स्वाद और ज़िन्दगी जीने का अन्दाज़ बदल देती है।

बधवार साहब अपनी बीमारियों के विषय में किसी को भी नहीं बताते थे। उन्होंने अपने इर्द-गिर्द एक बाउंडरी वॉल बना रखी थी और वो नहीं चाहते थे कि बाउंडरी वॉल के उस पार खड़ा होकर कोई झाँके या छलाँग लगाकर इस तरफ़ आने की कोशिश करे। यूँ भी एलीट लोगों की ख़ासियत होती है कि वो रोते वक़्त अपनी आँखों पर काले चश्मे चढ़ा लेते हैं और जब हँसना हो तो ऐसे हँसते हैं जैसे हँसने की आवाज़, सुई के गिरने की आवाज़ में बदल गयी हो।

लेकिन इस दफ़्तर में कुछ अय्यार किस्म के लोग भी थे जिन्होंने बधवार साहब की बीमारियों का पूरा बॉयोडाटा तैयार कर लिया था। उन्होंने बधवार साहब की दो अन्य बीमारियों के विषय में भी महत्त्वपूर्ण जानकारियाँ उपलब्ध करायी थीं—एक दिल की बीमारी दूसरी जोड़ों का दर्द!

पचपन साल की उम्र में इतनी सारी बीमारियाँ! फिर एक और बीमारी... इश्क़ की! कहनेवाले कहते थे कि कानपुर में उन्हें एक शानदार औरत से इश्क़ हो गया था। उम्र का फ़र्क़ सिर्फ़ बीस साल का था। शानदार औरत तीस-पैंतीस की। बधवार साहब पचपन के। लेकिन इश्क़ की यही तो ख़ासियत है, न वो उम्र की सीमा को मानता है न फ़ासलों को। वो सरहदें तोड़ता है और अपना एक नोमेंस लैंड बनाता है।

बधवार साहब हर शनिवार कानुपर जाते—बाई एअर। वहाँ किसी जुआघर में देर रात तक फ़्लैश खेलते। ज़्यादातर हारते। इस हार के बाद वो दूसरी हार के लिए उठ खड़े होते—दिल की हार के लिए। वो हर शनिवार की रात, शानदार औरत के हाथों, अपनी सारी बाज़ियाँ हारते चले जाते।

अजीब बात थी, इतना ज़्यादा हारे हुए बधवार साहब जब वापस दिल्ली आते तो सुकून में नज़र आते। उनका सुकून हारने में और पैसा लुटाने में था और वो ख़ूब लुटाते। उन्हें शायद यह पता नहीं था कि लुटानेवाले एक न एक दिन, किसी पतंग की तरह कटकर लूट लिये जाते हैं। हो सकता है, वो सब जानते हों। लेकिन गुमान में रहना चाहते हों। गुमान में रहनेवाला इनसान ही तो सुकून में रहता है। यथार्थ

किसी यक्ष की तरह सामने खड़ा हो तो कौन कमबख़्त विश्राम की मुद्रा में होगा?

बधवार साहब ऑफ़िसर बड़े थे। मनुष्य के रूप में भी वो भले थे। लेकिन उनकी सबसे बड़ी कमज़ोरी यह थी कि ऑफ़िस में उनका रुतबा तो था... रौब नहीं था। इससे ज़्यादा रौब तो उनके बुलडॉग का था, जिसे वो कभी-कभी अपने साथ लाया करते थे। बेशक ट्रेनर साथ होता। इसके बावजूद, दफ़्तर सहम जाता।

सिन्धिया हाउस की इमारत जितनी पुरानी थी उतनी पुरानी लिफ़्ट! उस पुरानी लिफ़्ट का ज़िम्मा, चेतन जैसे नये लोगों पर था।

बधवार साहब दफ़्तर आने से पहले कन्फ़र्म कर लेते कि लिफ़्ट चल रही है या नहीं? इस आश्वस्ति के बाद वो ड्राइवर को कार निकालने के लिए कहते और दफ़्तर पहुँचते। बुरा तब होता जब वो दफ़्तर के पास, लिफ़्ट में चढ़ने की तैयारी कर रहे होते, बिजली चली जाती। दिल्ली की बिजली पर भरोसा करनेवाले अक्सर ख़ता खाते। बधवार साहब का भी यही हाल होता।

कान्फ्रेंस रूम में सारे ऑफ़िसर मीटिंग के लिये आ चुके होते। बधवार साहब की इन्तज़ार में होते और बधवार साहब लिफ़्ट के बाहर खड़े, कभी लिफ़्ट के दरवाज़े को हिलाते (जो ग्रिलवाला था) तो कभी उसके बटन को दबाते—यह जानते हुए भी कि बिजली के बगैर, लिफ़्ट के बटन पर ज़िन्दगीभर उँगली रखे रखो, लिफ़्ट नहीं चलेगी।

बधवार साहब के आ चुकने और लिफ़्ट न चलने की ख़बर, एस्टेबिलिशमेंट डिपार्टमेंट तक पहुँचती। या फिर जानबूझकर यह ख़बर पहुँचाई जाती। एस्टेबलिशमेंट डिपार्टमेंट के सब लोग—असिस्टेंट, टाइपिस्ट, स्टेनो, सीनियर असिस्टेंट और अधिकारी सब के सब एक्शन में आ जाते। शुरू-शुरू में चेतन को बड़ा अजीब लगा था। वो सोचता रहा—कहाँ जा रहा है फ़ौज का दस्ता? किसी ने कुछ बताया नहीं। थोड़ा मख़ौल-सा ज़रूर उड़ाया, ''पापी पेट के लिए पता नहीं क्या-क्या करना पड़ता है।... जंग भी लड़नी पड़ती है!''

क़रीब पन्द्रह लोगों की 'टुकड़ी' सिन्धिया हाउस की छत पर पहुँचती। छत पर लिफ़्ट रूम था। जो बन्द रखा जाता था। जिस पर मोटे अक्षरों में 'ख़तरा' लिखा हुआ था। उसके दरवाज़े को या फिर उस ख़तरे को खोला जाता। बिजली के सारे बटन बन्द।... मेन स्विच बन्द। इन पन्द्रह लोगों की टुकड़ी का टीम लीडर मदन लाल होता। वो बिजली के बटनों की एक बार फिर जाँच करता। आश्वस्त हो चुकने के बाद, लिफ़्ट को मेनुअली ऑपरेट करने के लिए बड़ा-सा हेंडिल लगाया जाता। मदन लाल इस बीच बीड़ी के सुट्टे मारता और ऐस्टेबलिशमेंट विभाग के बेदी जी, मुँह में भरे नब्बे नम्बर के पान की पीक को छत के नुक्कड़ में थूक आते।

आदमी काम पर जुट जाते। कुछ लोग लिफ़्ट के हेंडिल को पकड़ते। कुछ

लिफ़्ट के चक्के को... कुछ लिफ़्ट की मोटी तारों को बोरी के टुकड़े से या किसी कपड़े से पकड़ते। सबकी जगह मुकर्रर हो जाती। सब मुस्तैद और फिर मदन लाल की आवाज़ फूटती—ज़ोर लगाओ हैय्या... मिलकर बोलो... हैय्या! लिफ़्ट चलाओ हैय्या!

नीचे, लिफ़्ट के अन्दर एक शख़्स होता। ऊपर, पन्द्रह-सोलह लोग—लिफ़्ट खींचते। दिसम्बर महीने की ठंड में भी सबके माथे से पसीना चमकने लगता।

कौन कहता था सामन्ती दौर ख़त्म हो चुका है? वो हर दौर में था। वो अपना रूप बदल लेता था। अपनी पहचान नुमायाँ नहीं होने देता था, लेकिन होता ज़रूर था। एक सामन्त लिफ़्ट के अन्दर होता और पन्द्रह सोलह कारिन्दे या कारकुन या क्लर्क—लिफ़्ट रूम में लिफ़्ट खींचते हुए।... सब चाहते लिफ़्ट जल्दी से जल्दी ऊपर आ जाय। ऊपर यानी तीसरी मंज़िल पर। पहली मंज़िल पर पता नहीं क्या था। दूसरी मंज़िल पर फ़रगूसन कम्पनी का दफ़्तर था।

तीसरी मंज़िल तक लिफ़्ट पहुँचने में बहुत देर लग जाती। ऐसा लगता कई सदियाँ गुज़र गयी हैं। ऐसा भी लगता जैसे लिफ़्ट नहीं, पूरी की पूरी पृथ्वी को ऊपर खींच रहे हों!

चेतन को लगता ऐस्टेबिलशमेंट डिपार्टमेंट 'लिफ़्ट पुलरों' का डिपार्टमेंट है। वो तनाव में रहने लगा तो बेदीजी ने एक दिन उसे अपने छोटे-से केबिन में बुलाया और समझाने वाले लहज़े में कहा, "पुत्तर, नदियाँ कितनी सारी लाशें बहाकर ले जाती हैं... वो कभी परेशान नहीं होतीं। नदी से कुछ सीखो। यूँ समझो कि एक ज़िन्दा लाश को हफ़्ते में दो-तीन बार ऊपर उठाना है। ऐंड लिसन! जब तक वो पूरी तरह ऊपर नहीं उठ जाता, तब तक हम सब मिलकर उसे ऊपर उठाते रहेंगे।"

सेक्शन इंचार्ज बेदीजी की बात सुनकर चेतन कुछ सामान्य हो गया था। बेदीजी ने इस 'लिफ़्ट पुलिंग' जैसे निकृष्ट कार्य को मनोरंजन में बदल दिया था। पन्द्रह लोगों की टीम, बधवार साहब को जब ऊपर खींचकर (लिफ़्ट के ज़रिये) अपने डिपार्टमेंट में वापस आती तो बेदीजी सबके लिए चाय समोसा मँगवाते। और तो और शाम को एक घंटे का ओवरटाइम भी लगवा देते। यह ओवरटाइम बिलकुल बोगस होता। लेकिन बेदीजी को पता था क्लास थ्री से किस तरह काम लिया जाता है। वो ओवरटाइम के छोटे-छोटे टुकड़े फेंकते रहते और उनके सेक्शन के सब लोग ख़ुश रहते। वो ख़ुद भी ख़ुश रहते। उनका चेहरा सड़ियल क़िस्म का था। उनके चेहरे को देखकर ऐसे लगता था जैसे वो कभी न हँसे हों या फिर दो-तीन साल पहले कभी हँसे हों या फिर अभी-अभी किसी अर्थी को काँधा देकर वापस आये हों। लेकिन बेदीजी ख़ुशतबीयत ऑफ़िसर थे। कई बार शाम को चाय पिलाते तो कई बार अपने ब्रीफकेस में से बैगपाइपर का अद्धा निकालकर अपने डिपार्टमेंट के गुप्ता को देते हुए

कहते, ''इंजाय करो!... आज मेरा पीने का मूड नहीं है। आज तुम लोग अपना मूड ठीक करो।''

लोग ओवरटाइम कर रहे होते और सेक्शन इंचार्ज बेदीजी के भेंट किये अद्धे की शराब सबके गिलासों में होती।

सिन्धिया हाउस में एक ऑफ़िसर आये थे। नाम था विद्यासागर। ऊँचे, लम्बे, लाल, दमकता हुआ चेहरा। चमकती हुई पेशानी घने काले बाल। उम्र पचास से ऊपर। लेकिन अपने जिस्म का रख-रखाव ऐसा कि उम्र का पता ही नहीं चलता था। बस एक कमी थी। एक टाँग से थोड़ा लचक कर चलते थे।

पहले दिन जब डिप्टी रीजनल मैनेजर विद्यासागर ने लेडी स्टेनो को डिक्टेशन के लिए बुलाया तो उसने साफ़ मना कर दिया—''मैं काले चोर से डिक्टेशन ले लूँगी... इस बन्दे से नहीं लूँगी।''

सब हैरान रह गये थे। लेकिन सिन्धिया हाउस में एक शख़्स बिलकुल भी हैरान नहीं हुआ था। उस शख़्स का नाम परवेज़ था। परवेज़ तीस-पैंतीस की उम्र का शरीफ़ इनसान था। वो भी उसी ग्रेट इंडिया इंश्योरेंस कम्पनी से सिन्धिया हाउस में आया था, जिस ग्रेट इंडिया से यह ग्रेट ऑफ़िसर, जो मग़रूर थे और चलते वक़्त जिनकी एक टाँग लचक खा जाती थी, इस दफ़्तर में तशरीफ़ लाये थे।

परवेज़ उस अफ़सर के विषय में बताना तो नहीं चाहता था, लेकिन जब उसे ख़ूब कुरेदा गया और दबाव डाला गया तो उसे ग्रेट इंडिया के ऑफ़िसर की 'ग्रेटनेस' के विषय में बताना ही पड़ा।

दफ़्तर के कारीडॉर से जब विद्यासागर गुज़रता तो कम्पनी के एम्पलाई कोनो-कन्तरों में छुप जाते। किसी में जुर्रत नहीं थी कि उसका सामना कर पाता। आँख मिलाने का तो सवाल ही नहीं। पक्का तानाशाह था और तानाशाहों के सामने पड़ने की कौन हिमाक़त करता है भला?... विद्यासागर बेशक थोड़ा लँगड़ाकर चलता लेकिन उसमें ग़ज़ब की फुर्ती थी। चीज़ों को सूँघ लेता था। एकदम अपने ऑफ़िस से बाहर निकलता। हॉल में नज़र दौड़ता। सन्नाटा दौड़ जाता पूरे हॉल में। साँप सूँघ गया हो जैसे सबको। बस, इतना देखना भर काफी था। वो दोबारा अपने रूम में घुसता। पाँच मिनट बाद बेल बजाता। स्टेनो उठ खड़ी होती। वो शायद इसी इन्तज़ार में होती। स्टेनो, लम्बी गोरी ख़ूबसूरत थी। उसका नाम मेघना था। विद्यासागर उसे 'एम' कहते। एक बार किसी एम्पलाई ने भी कह दिया था—''मैडम एम।''... चीखकर बोली थी मेघना, ''शटअप।''

मेघना बहुत ख़ूबसूरत थी, इतनी ख़ूबसूरत कि इन्द्र की अप्सरा जैसी लगती। लेकिन ग्रेट इंडिया इंश्योरेंस में वो एक स्टेनो थी जो बिग बॉस की डिक्टेशन लेती

थी। कई-कई बार बेल बजती। वो कई-कई बार अपनी लम्बी पतली, नाज़ुक उँगलियों से शार्टहैंड की नोटबुक और पेंसिल उठाती। बिग बॉस के ऑफ़िस में चली जाती।

"फिर?" किसी एम्पलाई के मन में उत्सुकता जागी। वो अपने आपको रोक नहीं पाया।

मैडम 'एम' अन्दर प्रविष्ट होती। रूम का दरवाज़ा बन्द हो जाता। दरवाज़े के ऊपर इंडीकेटर था—लाल रंग का। वो जल उठता। इसका मतलब था—कमरे में दाख़िल होना स्ट्रिक्टली प्रहाबेटिड! बड़े से बड़ा आदमी भी अन्दर दाख़िल नहीं हो सकता था। बिग बॉस अपनी ख़ूबसूरत स्टेनो को डिक्टेशन दे रहे होते थे। वो संसार का सबसे ज़रूरी काम था। ऐसे महत्त्वपूर्ण काम में किसी का हस्तक्षेप गुनाहे-अज़ीम था।... यही गुनाह एक दिन दफ़्तर का चपरासी कर बैठा। उसने इंडीकेटर देखा नहीं था। और उस दिन मैडम 'एम' भी अन्दर प्रविष्ट होने के बाद दरवाज़े को लॉक करना भूल गयी। चपरासी ने गोल हेंडिल को घुमाया। अन्दर चला गया। सामने का दृश्य देखकर ठगा-सा रह गया। आँखें फाड़कर देखता रहा सामने का दृश्य। सामने का दृश्य था ही ऐसा।

मैडम 'एम' बिग बॉस की कुर्सी की हत्थी पर बैठी थी और बिग बॉस उसे चूम रहे थे।

यह अद्‌भुत क़िस्म की डिक्टेशन थी जो चूमने से शुरू होती और चूमने पर समाप्त! इस डिक्टेशन को घटित होते किसी ने नहीं देखा था। देखा था तो दफ़्तर के यंग और बेपरवाह चपरासी राजू ने... जिसका पूरा नाम राजकुमार था और इस डिक्टेशन के लाइव सीन को देखने के बाद, कुछ देर तक वो अपने आपको सचमुच का राजकुमार समझता रहा था। बाद में जब होश ठिकाने आये तो पछताया भी ख़ूब।... बिग बॉस जो कर रहे थे, वो तो निहायत ही पवित्र आचरण था। गुनाह था उसका देखना। चपरासी राजू ने वो गुनाह किया था। एक तो लाल बल्ब को नहीं देखा था—जो अस्पतालों के ऑपरेशन थिएटर के बाहर लगे होते हैं या फिर बिग बॉस के रूम के बाहर...। दूसरा, उसने दरवाज़ा तक नॉक नहीं किया था। दरवाज़ा नॉक करता तो सम्भव था, मैडम, बिग बॉस की कुर्सी की हत्थी से उठ जाती! और बिग बॉस भी चुम्बन को जल्दी निपटा लेते।

बिग बॉस...यानी विद्यासागर के कमरे से बाहर निकला चपरासी ऐसे लग रहा था जैसे मुद्दतों का बीमार हो। घबराया हुआ। हलकान। पसीने से तर-ब-तर। शब्द उखड़े हुए। वो ख़ुद भी उखड़ा हुआ। आख़िर उसे अब नौकरी से तो उखड़ ही जाना था।

"फिर क्या हुआ?" परवेज़ साहब से पूछा किसी ने।

छोटे लोग बड़ी बातें पचा नहीं पाते। यह तो बात ही कुछ ऐसी थी। कोशिश तो ख़ूब की थी राजू ने कि बात दिल में रहे। लेकिन दिल का क्या करता? वो तो पहले ही टप्पे खा रहा था।... राजू ने उगल दी। ख़बर गर्म थी। न सिर्फ़ गर्म बल्कि चटपटी, सेक्सी और तानाशाह विद्यासागर की शख़्सियत को बींधती हुई। स्टाफ़ को सुकून देती और मैडम 'एम' को शर्मसार करती हुई।

एयर होस्टेस बनने का सपना था मैडम एम का। किस्मत ने कहाँ ला पटका? डिक्टेशन और एक बुढ़ाते तानाशाह के चुम्बन। हर फ़िकरे के फुलस्टॉप पर चुम्बन। गोया चुम्बन और फुलस्टॉप में कोई नज़दीकी रिश्ता हो। चुम्बन से आगे की कथाएँ, रहस्य में लिपटी हुई थीं। कई बार वो सच्ची प्रतीत होतीं तो कई बार कोरी बकवास!

बेशक, सिन्धिया हाउस की लेडी स्टेनो ने डिक्टेशन लेने से इंकार करके विद्यासागर का जैसे सी.टी. स्कैन ही पेश कर दिया हो।

रीजनल ऑफ़िस के बड़े अफ़सरों ने एक एजेंडा बनाया कि किसी भी एम्पलाई को एक-दो साल से ज़्यादा एक दफ़्तर में न रखा जाय। इसके कई फ़ायदे थे। कई ख़ुराफ़ाती क़िस्म के बन्दे अपनी जड़ें जमा लेते थे और बाद में वही सिर दर्द बनते। वो मठाधीश हो जाते और फिर कोई नयी यूनियन बनाते। टेबल पर उसका झंडा गाड़ते और पाँच-सात छुटभैये अपने इर्द-गिर्द बिठाये रखते। उनका एक ही सिद्धान्त होता—न करेंगे न करने देंगे। वो जहाँ-जहाँ जाते निकम्मेपन के जरासीम फैलाते। जहाँ भी बैठते गालियों का शब्दकोश उनके साथ होता। जब उठते तो टेबल पर चाय के जूठे कप के अतिरिक्त, सिगरेट की राख और गालियों की भाप उड़ती नज़र आती।

चुनाँचे, दिल्ली के पाँच मंडलीय कार्यलयों और सोलह शाखा कार्यालयों में ट्रांसफर की लिस्टें बनतीं। लिस्टों में नाम दाख़िल होते। लिस्टों से नाम ख़ारिज होते। दाख़िल ख़ारिज का खेल कई दिन तक चलता। और फिर ट्रांसफर की लिस्ट जारी होती। ऐसे लगता जैसे ताश की गड्डी को फेंटा गया हो... शफ़्फ़ल किया गया हो और फिर पत्ते बाँट दिये गये हों।

देखा यह गया था कि जिनके लिए ट्रांसफर की प्रक्रिया शुरू होती। आख़िर में वही लोग अपनी ट्रांसफर रुकवा लेते। ट्रांफसर दूसरे लोगों की हो जाती—जो ईमानदार होते। ईमानदार लोग किसी व्यवधान की तरह होते। उन्हें पुराने और खूसट ऑफ़िसर कम ही पसन्द करते। दूसरे, वो लोग होते, जिनमें खुद्दारी होती यानी जो किसी भी लालच के आगे नतमस्तक नहीं होते थे। चेतन में दोनों अवगुण थे। वो ईमानदार था और उसमें सेल्फरिस्पेक्ट भी थी।

ट्रांसफर लिस्ट में उसका नाम तो होना ही था। उसकी ट्रांसफर गोल मार्केट के दफ़्तर में कर दी गयी।

चेतन तय नहीं कर पा रहा था कि इस ट्रांसफर को वो किस रूप में ले। सिन्धिया हाउस, मिंटो ब्रिज स्टेशन के पास था। आने-जाने में भी सुविधा थी। दफ़्तर का माहौल अच्छा था। सब कलीग दोस्तों की तरह मिलते थे। बेशक काम करने में उनकी दिलचस्पी कम रहती, दूसरी ख़ुराफातों में ज़्यादा। इसके बावजूद वो बेबाक थे और ज़बानदराज़ भी। वो दिन में चाय पीते और शाम के वक़्त कभी-कभी दारू भी चढ़ा लेते।

चेतन की ट्रांसफर... और फिर एक छोटी-सी टी-पार्टी। छोटा-सा गिफ़्ट। थोड़े-से शब्द और चाय के घूँट!

चेतन ने सबसे हाथ मिलाया। ये वही हाथ थे जो मिलकर लिफ़्ट खींचा करते थे। ये वही हाथ थे जो दोस्ती का हाथ प्रतीत होते रहे थे। ये हाथ, जैसे घर की तरह हों और जिन्हें छोड़कर चले जाना हो।

गोल मार्केट के बिलकुल पास था दफ़्तर। दूसरी मंज़िल पर। खुला, शान्त... साफ़-सुथरा। चारों तरफ़ बाउंड्रीवॉल... घास... क्यारियाँ, पार्किंग... ईंटों का खरंजा... नीम के दरख़्त। सामने भगत सिंह मार्केट और दफ़्तर की इमारत के पिछवाड़े डाक्टर्ज़ लेन। कुछ क़दम चलने पर बंगला साहिब रोड। कभी यह रोड, बेयर्ड रोड होती थी। वही बेयर्ड, जिसने टेलीविज़न जैसे किसी बक्से का आविष्कार किया। हमेशा खाँसी-जुकाम से त्रस्त रहनेवाला बेयर्ड ख़ुद तो इस दुनिया से कूच कर गया, लेकिन दुनिया को दे गया एक करिशमाई खिलौना...टी.वी.।

गोल मार्केट मांसाहारियों का बाज़ार प्रतीत होती थी। एक दिन चेतन उस तरफ़ निकल गया। टँगे हुए नंगधड़ंग बकरे... और चबूतरे पर रखी, बड़ी-बड़ी मछलियाँ। चेतन मछलियों को देखता रहा और उसे 'ओल्ड मैन ऐंड दी सी' का सेंटियागो याद आ गया। जिजीविषा, साहस, संकल्प और एक बूढ़ा मछेरा।... कश्ती से बँधा मछली का ढाँचा जैसे ज़िन्दगी का फलसफा हो।

ऐसे ही तो होता है। कितनी सारी महत्त्वाकांक्षाएँ होती हैं जीवन में। पलटकर देखते हैं तो पता चलता है कश्तियों के पीछे बँधे स्मृतियों के कुछ ढाँचे रह गये हैं।

दफ़्तर, इमारतों से नहीं, माहौल से अपनी शिनाख़्त कराते हैं। इस दफ़्तर की इमारत तो ठीक थी लेकिन माहौल के विषय में चेतन दुविधा में था। अभी उसे यहाँ आये एक हफ़्ता ही तो हुआ था। एक हफ़्ते में दफ़्तर का चेहरा तो नज़र आता था लेकिन उसके भीतर की हलचल से अभी पहचान नहीं हो पायी थी।

इस दफ़्तर के ए.डी.एम.... बैरियल से उसकी सबसे पहले भेंट हुई थी—ज्वाइनिंग रिपोर्ट देते हुए। और बैरियल, चेतन को तीसरे दर्जे का आदमी महसूस हुआ था। बातूनी, बकवासी, बेहूदा और बददिमाग़!

चेतन उस बैरियल नाम के ए.डी.एम. से पहले दिन ही चिढ़ गया था। बैरियल

ने चेतन के साथ कोई बेहूदगी नहीं की थी, लेकिन अपने सामने बैठी और डायरेक्ट ऑफ़िसर बनकर आयी ख़ूबसूरत ऑफ़िसर को वो ऐसे देख रहा था जैसे च्युइंगम की तरह चबा जाना चाहता हो। उसके छोटे-से केबिन में चार कुर्सियाँ बिछी थीं। उस केबिन में बैरियल की सिगरेट का धुआँ था या फिर अश्लीलता की भाप! वो बेहद कुंठित प्रतीत होता था। लगता था जैसे वो हमेशा साँप-सीढ़ी का खेल खेलता आया है।

उसने सामने बैठी ख़ूबसूरत ऑफ़िसर को क्लेम फ़ाइल साइन करने के लिए कहा था। वो मना कर रही थी। बैरियल दबाव डाल रहा था। ऑफ़िसर कह रही थी कि क्लेम फाइल में 'लू-पोल' है।

वो कुतर्क पेश कर रहा था, "साइन कर दीजिए मैडम। पुराना क्लाइंट है। मोर ओवर, ही इज़ नोन टू मी।"

ऑफ़िसर ने कहा, "सर, इस क्लेम को अप्रूव करना ऐसा होगा जैसे मैंने अपने हाथ काटकर दे दिये हों।"

बैरियल कह रहा था, "चलेगा मैडम, वो भी चलेगा।... आपके हाथ यूँ भी बहुत ख़ूबसूरत हैं। आप उन्हें काटकर हमें दे दें तो हमारा सौभाग्य।" वो कुटिलता से मुस्कराया। ऑफ़िसर तिलमिला कर रह गयी। उठकर बाहर चली गयी।

बैरियल उसे उठकर जाते हुए देखता रहा। दरवाज़ा खोलकर जब वो बाहर निकली तो बैरियल ने पहले तो मुँह बिचकाया, फिर एक आँख को थोड़ा सिकोड़कर मुस्कराया। उसका मुस्कराना ऐसा था जैसे कोई पत्थर का आदमी मुस्करा रहा हो।

"यू आर मिस्टर चेतन?" बैरियल ने पूछा।

"यस सर।"

"गुड!... गुड नेम।" उसने कहा। फोर स्केयर की सिगरेट सुलगाकर कश लिया। धुआँ छोड़ा। धुआँ केबिन में फैल गया।

"देखा तुमने?... कल ज्वाइन किया है इस ऑफ़िसर ने। आज हमें सिखा रही है। ये जो डायरेक्ट ऑफ़िसर रिक्रूट होकर आते हैं, चलते-फिरते मैनुअल हो जाते हैं।... इंश्योरेंस में बहुत सारे काम दूसरे तरीके से भी करने पड़ते हैं।" बैरियल बोलता जा रहा था। इस बीच उसने कई सारे सिगरेट के कश लिये। धुआँ फैलता चला गया। केबिन में कुछ देर के लिए चुप्पी रही।

बैरियल ने क्लेम फ़ाइल को अपनी तरफ़ सरकाते हुए कहा, "इसे डोज़ देनी ज़रूरी थी। कै रही थी क्लेम में कोई 'लू-पोल' है।... फ़ुलिश! लू-पोल तो मैं इसमें ढूँढ़ लूँ... इस स्मार्ट ऑफ़िसर में। सारी स्मार्टनेस धूल चाटती नज़र आये।" बैरियल बहुत ज़्यादा आवेश में था। ऑफ़िसर क्लेम फ़ाइल रखकर चली गयी थी और बैरियल चिढ़ गया था।

''नाम है देवयानी चावला।... मीन... डी.सी.!... मैं इसको डी.बी. बना दूँगा।... डी.बी. की फुल फार्म पता है तुम्हें?'' बैरियल ने अपने मन की बात कहते-कहते चेतन से सवाल किया।

''नो सर।'' चेतन तुरन्त बोला।

''डी.बी. मीन्ज़ डस्टबिन!... इसे मैं डस्टबिन में बदल दूँगा।... रिक्वेस्ट की इसे, कि क्लाइंट इज़ नोन टू मी।... फिर भी ये अकड़।... ऐनी हाऊ मिस्टर चेतन। हम आपको कोआपरेट करेंगे... आप हमें कीजिये।... हाथ तन जाएँ तो दुश्मनी।... हाथ मिल जाएँ तो दोस्ती।... मेरा ख़याल है, आप दोस्त बनाना पसन्द करोगे?'' बैरियल हँसा। उसकी हँसी में फ़रेब के जीवाणु थे। कुटिलता की खनखनाहट।

''ये जो पिलर के साथ टेबल चेयर है... मिस्टर चेतन, तुम अभी वहाँ बैठो।... बाक़ी, देखते हैं।'' बैरियल ने कहा। उसके 'देखते हैं' कहने में कोई भेद छुपा था जिसे चेतन नहीं पकड़ पाया था।

चेतन उठकर पिलर के पास वाली मेज़ कुर्सी तक आया था। दोनों, टेबल चेयर ग़र्द-आलूद थे। उसने मेज़ की दराज़ खोली। पुराना डस्टर पड़ा था। मेज़ कुर्सी साफ़ की। बैठ गया। वो अब भी अन्तर्द्वन्द्व में घिरा हुआ था कि बैरियल ने एक लेडी ऑफ़िसर का अपमान उसकी (चेतन की) उपस्थिति में क्यों किया?... ऐसा लगता था, उसने यह अपमान जानबूझकर किया ताकि सनद रहे... ताकि पता चले कि बैरियल कितना बेख़ौफ़ रहता है और किसी की भी चूलें हिला सकता है।

थोड़ी देर गुज़री थी। पिओन ने आकर कहा था कि मैडम बुला रही हैं। मैडम यानी देवयानी चावला। चेतन उठकर मैडम के पास गया। वो थोड़ा-सा मुस्करायी। यह औपचारिकता थी। उसने बड़े शिष्ट लहज़े में ख़ाली पड़ी कुर्सी पर बैठने के लिए कहा। चेतन के बैठने के बाद वो फिर मुस्करायी। उसका मुस्कराना अच्छा था। वो मुस्कराती तो ज़्यादा सुन्दर लगती। उसके दाँत चमकते। उसकी आँखों का रंग ज़्यादा काला हो जाता। पलकें भी जैसे उसकी मुस्कान में शामिल हुई हों।

चेतन से रहा नहीं गया। कह बैठा, ''बैरियल साहब का व्यवहार अच्छा नहीं था। वो आपका अपमान कर रहे थे।''

''लीव इट।'' देवयानी ने कहा।

''रियली आपको महसूस नहीं हुआ?'' चेतन ने पूछा।

''मुझे महसूस हुआ है मिस्टर चेतन। लेकिन मैं छुपाने की कला जानती हूँ। आप अपने दुख की एक्ज़ीबिशन लगाकर बैठ जाएँ तो नतीजा क्या निकलेगा? लोग सिम्पेथी के खोटे सिक्के डालकर चले जाएँगे।'' गहरी साँस ली देवयानी ने। ज़रा मुस्करायी। फिर बात बदलते हुए बोली, ''मैंने कल ज्वाइन किया है, आपने आज।''

“आप डबल ए.ओ. बनकर आयी हैं।” चेतन ने हँसकर कहा।

“हम सब काम करने के लिए आते हैं। कहीं-न-कहीं हम सब सबार्डिनेट होते हैं और कोई हमारा बिग बॉस होता है।” देवयानी ने कहा।

“जैसे कि बैरियल।” चेतन हँसा।

“मिस्टर चेतन, मनुष्य को बन्द किताब की तरह होना चाहिए। धीरे-धीरे खुले। या फिर न खुले। या फिर माकूल समय पर खुले।” वो थोड़ा-सा रुकी। कुछ सोचने लगी। फिर बोली, “बैरियल साहब तो दीवार पर चिपके किसी पोस्टर जैसे हैं। उन्होंने अपनी इबारत में स्पष्ट कर दिया है कि वो क्या हैं।”

देवयानी ने चाय मँगाई।

चेतन इस दफ़्तर में सबसे पहले जिसके साथ चाय पी रहा था वो ख़ूबसूरत ऑफ़िसर ही नहीं, वो बहुत शिष्ट भी थी और उसे अच्छी बातें करना भी आता था।

यह अजीब बात थी कि चेतन को अभी तक किसी से भी नहीं मिलवाया गया था। जिस देवयानी के साथ चाय पी रहा था, उसने भी शिष्टाचारवश उसे बुलाया था। चाय पिलाई। बेशक, सबकुछ औपचारिक था। शायद देवयानी भी किसी से बात करना चाहती थी और उसने चेतन को बुला लिया था।

चेतन चाय पीकर, धन्यवाद कहते हुए उठा तो देवयानी बोली, “नाइस मीटिंग।... चाय एक दस्तक की तरह होती है, जो बन्द दरवाज़ों को खोलती है।” देवयानी मुस्करायी।

चेतन हैरान-सा उसे देखता रहा। फिर वो भी मुस्कराया।

वापस आने लगा तो एक टेबल के पास ठिठका। अन्य टेबलों पर शीशा था और शीशे के नीचे हनुमानजी, माता वैष्णोदेवी, शंकरजी, गणेशजी की तस्वीरें थीं। एक जन की टेबल पर रेखा का चित्र था तो एक ने ब्रूसली का चित्र लगा रखा था। चेतन जिस टेबल के पास ठिठका। उसकी टेबल के शीशे के नीचे कविता का पन्ना रखा हुआ था।

इंश्योरेंस कम्पनी में कविता? चेतन को सुखद आश्चर्य हुआ।

साइड टेबल से आवाज़ आयी, “यह तारिक अनवर की टेबल है।... एक हफ़्ते की छुट्टी पर है।”

चेतन ने पलटकर देखा। मुस्कराया। हाथ फैलाते हुए बोला, “आपसे मिलकर ख़ुशी हुई।... मेरा नाम चेतन है।”

“मेरा नाम रावत है।” वो उठ खड़ा हुआ। उसने बड़ी गर्मजोशी से हाथ मिलाया। रावत चेतन से कुछ ज़्यादा लम्बा था। उसके चेहरे पर छोटी-सी दाढ़ी थी। बालों को उसने तेल लगाकर सँवार रखा था। शक्ल-सूरत से वो मार्क्सवादी लगता था। हँसते हुए भी ऐसे लगता जैसे कुछ कह रहा है।

"अभी किसी से मिले तो नहीं?" रावत ने पूछा।

"किसी ने मिलवाया ही नहीं।" चेतन ने जवाब दिया। एक बार उसने हॉल में नज़र दौड़ाई। कुछ लोग उसे जिज्ञासावश देख रहे थे।

"चलो मैं मिलवाता हूँ।" रावत ने कहा। कुर्सी सरकाकर थोड़ा क़रीब आते हुए बोला, "यहाँ कोई किसी से नहीं मिलवाता। ख़ुद मिलना पड़ता है। और ख़ुद मिलना कितना बुरा लगता है, जैसे इंट्रोडक्शन की भीख माँग रहे हों।"

"आप ठीक कहते हैं। मैं चाहता हूँ सबसे मिलूँ। मगर कैसे मिलूँ?... यह प्रॉब्लम है।" चेतन ने कहा।

"थोड़ी-सी प्रॉब्लम तो आपकी भी सुलझ गयी।" रावत मुस्कराया। उसकी बात में कोई अर्थ छुपा था।

"कैसे?" चेतन ने हैरान होकर पूछा।

"मैडम ने बुलाकर अपना परिचय दिया और आपको चाय भी पिलायी।" रावत की आवाज़ में शैतानी थी।

चेतन मुस्कराया। थोड़ा झेंप भी गया। फिर बोला, "रावत जी, पता नहीं क्यों ऐसा लग रहा था जैसे वहाँ एक गैप है। मैंने चाय ज़रूर पी लेकिन फासला रखकर, यहाँ... आपके साथ खड़ा हूँ, वो गैप नज़र नहीं आ रहा!"

"अभी मैं आपको इस कम्पलिमेंट्स के लिए धन्यवाद कहता हूँ... फिर चाय।" रावत ने एक बार फिर हाथ मिलाते हुए कहा।

रावत का क़द लम्बा है। लेकिन वो तनकर चलने के बजाय थोड़ा झुककर चलता है। पता नहीं क्यों? शायद इसलिए कि तनकर चलने से उसका सिर कहीं आसमान से न टकरा जाय।

उसने कई सारे 'कर्मचारियों' से मिलवाया है—रमेश शर्मा, तरदीप गुप्ता, सुजीत सिंह, मल्होत्रा, दीनानाथ। जैसे स्कूल में बच्चे बेंचों पर बैठते हैं—सामने डेस्क होते हैं, उसी तरह सब बैठे हैं। एक के बाद दूसरी, फिर तीसरी मेज़ लगी है। एक कतार ख़त्म हो जाती है। रावत, दूसरी कतार में बैठे लोगों से मिलवाता है। तीसरी कतार रेलिंग के दूसरी तरफ़ है। यानी पार्टीशन है। यानी दूसरा विभाग। बिलकुल आगे जो बैठा है वो गठे हुए शरीरवाला, घमंडी क़िस्म का आदमी प्रतीत होता है। उसने एक बार चेतन को देखा है। कन्धे उचकाये हैं। कन्धे उचकाना उसकी आदत है... शायद अदा भी हो।

रावत ठिठका तो चेतन भी खड़ा हो गया। "ये जो बैठे हैं मिस्टर 'सिंग' हैं... बाक़ी... वो दुआ जी हैं वो नारंग जी... वो बतरा जी... वो दो मैडमें... इधर तारिक सॉब आज आये नहीं। शायद तीन-चार दिन बाद आयें। लेखक हैं।"

"इंश्योरेंस में लेखक?" चेतन ने हैरान होकर पूछा।

"चेतन जी, गणित का अध्यापक भी लेखक हो सकता है।... ये तो इंश्योरेंस कम्पनी है।" रावत ने कहा है और इस तरह कहा है कि चेतन सवाल करने लायक नहीं रहा।

"ये सीट अनिरुद्ध की है।... वो भी आज नहीं आये।" रावत एक मेज़ के पास रुका है ज़रा-सा। फिर वो शर्मा जी के पास आया है। शर्मा जी से हाथ मिलाते हुए चेतन को कुछ अलग-सा अनुभव हुआ है।

"तीन दिन बाद शर्मा जी रिटायर हो जाएँगे।" रावत ने कहा है। जैसे शर्मा जी के परिचय में 'रिटायरमेंट' शब्द किसी एक्स्ट्रा क्वालिफ़िकेशन की तरह हो... या कि डिसक्वालिफ़िकेशन की तरह।

शर्मा जी बिलकुल अलग-थलग बैठे थे—किसी जज़ीरे की तरह। सबके बीच। सबसे बाहर। ऐसा लगता था जैसे वो रिश्तों के पुल के उस तरफ़ खड़े हों। अचानक पुल टूट गया हो। वो अकेले। निस्तब्ध। हैरान। विचलित। विस्मित!

चेतन उन्हें देखता रहा। जैसे इस ऑफ़िस का पुराना शिलालेख हों शर्मा जी। कितनी सारी इबारतें हैं उनके चेहरे पर। वो ख़ुद भी किसी तहरीर की तरह लगते हैं। किसी किवाड़ की तरह—जो तीन दिन बाद बन्द कर दिया जाएगा।

रावत अपनी सीट की तरफ़ लौट आया था। चेतन रुका रहा। शर्मा जी ने उसे सामने पड़ी कुर्सी की तरफ़ बैठने के लिए कहा। वो बैठने से पूर्व शर्मा जी को देखता रहा। सोचता रहा—रिटायर्ड लोगों के चेहरे कैसे हो जाते हैं?

"आप बैठिये।" शर्मा जी ने चेतन को याद दिलाया। चेतन बैठ गया। चेतन के सामने शर्मा जी बैठे थे जिन्हें तीन दिन बाद रिटायर हो जाना था।

" 'अपना' लफ़्ज़ कितना बेमानी हो जाता है।" शर्मा जी ने कुछ सोचते हुए, गहरी साँस लेते हुए कहा।

"जी?" चेतन शर्मा जी की बात समझ नहीं पाया था।

"बड़े शौक़ से आया करता था दफ़्तर... बिलकुल आपकी तरह।... मैं बड़ी शान के साथ कहता था—मेरा दफ़्तर... मेरा अपना दफ़्तर!... तीन दिन बाद अपना शब्द किसी आइस क्यूब की तरह, हाथ से फिसलेगा। गिर पड़ेगा। गल जाएगा।... दफ़्तर की सीढ़ियाँ चढ़ते हुए भी डर लगेगा।"

"सर, आप बहुत ज़्यादा परेशान हैं?" चेतन ने पूछा।

"नहीं। परेशान नहीं हूँ। मैंने अपने आपको पूरी तरह से तैयार कर लिया है।... अभी तो ये दफ़्तर छूटा है।... एक दिन ये देह भी छूट जाएगी।... बड़ा गुमान होता है हमें अपनी देह पर।... वो भी अपनी नहीं होती।" शर्मा जी अचानक चुप हो गये।

चेतन रुक-रुककर उन्हें देख लेता था। ऐसा लगता था शर्मा जी नहीं बैठे, यादों

का बीहड़ है जिसे देखना कठिन है और जिससे आँख चुराना और भी ज़्यादा मुश्किल!

चेतन शर्मा जी को देख रहा था। ऐसा लगता था कोई मुसाफ़िर, बेंच पर बैठे-बैठे, अचानक उठेगा और चल पड़ेगा—किसी नामालूम शहर की तरफ़!

शर्मा जी ने चेतन की तरफ़ देखा। फिर अपनी मेज़ की तरफ़। फीकी-सी हँसी हँसे। बोले, "यह मेज़... देख रहे हो न इसे।... बस, इस मेज़ जितने अधिकार होते हैं... और इस मेज़ जितनी ज़िम्मेदारियाँ। ये देखो... इस मेज़ पर मैंने चाबी से अपना नाम खोद दिया था—पी.एस.!... प्रशान्त शर्मा!... चेतन जी, हम चीज़ों पर कितना भी गहरा अपना नाम खोद लें, वो हमारी नहीं होतीं।... लेकिन ये बात बहुत बाद में समझ आती है।"

"जब उनसे रिश्ता टूटने लगता है।" चेतन ने कहा।

"हाँ।... ठीक कहा आपने।... धीरे-धीरे सब रिश्ते सवालों में बदल जाते हैं।"

"सर, आपको ऐसा नहीं लगता कि आपने अपने समय के साथ सार्थक रिश्ता निभाया?" चेतन ने पूछा।

"किसी हमसफ़र की तरह?" शर्मा जी ने पूछा। ज़रा-सा मुस्कराये।

"जी हमसफ़र की तरह।" चेतन ने कहा।

"चेतन जी, मेरे चेहरे को ग़ौर से देखो।"

"मैंने देखा है... ग़ौर से देखा है।"

"तो?"

"वक़्त के साथ आपका रिश्ता कई तरह का रहा है।" चेतन ने कहा।

शर्मा जी मुस्कराये। एक बूढ़ी-सी, जर्जर मुस्कान। स्मृतियों के कीचड़ में सनी मुस्कान!

"हम चाय पिएँ तो कैसा रहे?" शर्मा जी ने पूछा। इस तरह से चाय का पूछना पहली बार हुआ था। विल यू टेक टी?... या फिर, तुम चाय पिओगे? जैसे सवाल पूछे जाते और चेतन अक़्सर इनकार में सिर हिला देता।

"चेतन जी, तुम्हारी आमद है और मैं रुख़सत हो रहा हूँ। हम दोनों अगर एक साथ चाय पिएँ तो एक नयी तरक़ीब पैदा होगी।"

"तरक़ीब?" चेतन ने हैरान होकर पूछा।

"अभिव्यक्ति!... आप इसे ऐसी अभिव्यक्ति समझ सकते हैं जिसे हम व्यक्त नहीं कर पाएँगे।"

शर्मा जी ने इंटरकॉम से कैंटीन का नम्बर मिलाया। दो कप चाय के लिए कहा। इस बीच!

अरोड़ा और चोपड़ा एकसाथ आये। चेतन उठने लगा तो शर्मा जी ने चेतन को बैठे रहने के लिए कहा।

अरोड़ा, लम्बा पतला, पैंतीस-छत्तीस की उम्र का था। चोपड़ा, मोटा था। तोंद निकली हुई। चेहरा भरा-भरा। आवाज़ भारी। आँखों में शैतानी। उसके हाथ में सिगरेट थी। जिसके कई सारे कश लेकर, उसने वहीं दीवार से उसको मसला और फेंक दिया।

"शर्मा जी, ये टेबल ग्लास मैं लूँगा।" अरोड़ा ने कहा।

"तू कैसे लेगा?" चोपड़ा बोला।

"उठाकर लूँगा।" अरोड़ा ने कहा।

"उठाके दिखा?" चोपड़ा ने उसे चुनौती-सी दी।

"तू तो ऐसे कह रहा है जैसे टेबल ग्लास न हो, परशुराम का धनुष हो।" अरोड़ा ने चोपड़ा की खिल्ली उड़ायी।

शर्मा जी चुप बैठे रहे और चेतन भी।

"ओए अरोड़े! परशुराम का धनुष तो तू उठा भी लेता। लेकिन ऐ शीशा... ऐ शीशा तू नईं चक्क सकदा।" चोपड़ा का लहज़ा करख़्त हो गया।

"मेरी टेबल टी-नाइन है। ये शीशा उस पर फिट रहेगा।" अरोड़ा ज़रा-सा नरम दिखाई दिया।

"बेटे, ये टेबल ग्लास है। रेडीमेड ट्राउज़र नहीं। अंडरस्टैंड!" चोपड़ा ने हड़काया।

"अंडरस्टैंड।" अरोड़ा बोला। और शर्मा जी की टेबल पर रखे शीशे की तरफ़ उसने अपने हाथ बढ़ाये।

चेतन कुर्सी से उठ खड़ा हुआ। यह दफ़्तर, ये लोग, यह वातावरण... उसके लिए सब नया था। किसी की टेबल से ज़बरदस्ती शीशा उठाना भी उसके लिए बिलकुल नयी घटना थी।

शर्मा जी चुप थे। जैसे शीशे को नहीं, उनके तमाम अधिकारों को उठाया जा रहा हो।

"सर, शर्मा जी की रिटायरमेंट तीन दिन बाद है।" चेतन ने विनम्रतापूर्वक कहा।

"वी नो वेरी वेल।" अरोड़ा बोला।

"प्लीज़ कीप मम।" चोपड़ा ने कहा। फिर चेतन का मख़ौल-सा उड़ाते हुए बोला, "शर्मा जी की रिटायरमेंट तीन दिन बाद है।... टेबल ग्लास की रिटायरमेंट हम आज ही कर देते हैं।"

उसने टेबल पर रखे शीशे को सरकाया। उसने बायीं तरफ़ से सरकाया तो दायीं

तरफ़ से अरोड़ा ने शीशे को अपनी तरफ़ खींचा। अब शीशा 'टग ऑफ़ वार' हो गया। अरोड़ा अपनी तरफ़ खींच रहा था तो चोपड़ा अपनी तरफ़। चोपड़ा ताक़तवर था। वो सौ-पचास किलो का वज़न तो चुटकी में उठा लेता। लेकिन शीशे को अरोड़ा के हाथों से झटकना और फिर उसे पूरी तरह से अपने पास रखना थोड़ा मुश्किल था।

शर्मा जी उन दोनों को देख रहे थे। वो परेशान नज़र आते थे। उनके चले जाने के बाद भी तो शीशे को उठाया जा सकता था।

ऐसा लगता था चोपड़ा और अरोड़ा के बीच शीशा नहीं था, कोई ज़िद थी।

अरोड़ा ने शीशे को बड़ी मज़बूती से पकड़ रखा था। लेकिन चोपड़ा के मन में कुछ और था। वो कहे जा रहा था, "अरोड़ा, शीशे को छोड़ दे। खेल बिगड़ जाएगा।"

"विल बी सीन।" अरोड़ा शीशे को छोड़ना नहीं चाहता था। उसकी टेबल पर जो ग्लास था, वो कुछ दिन पहले ही टूटा था। शीशे के टूट जाने के बाद, उसे शर्मा जी की रिटायरमेंट और टेबल पर रखे शीशे का ध्यान आया। आज अचानक चोपड़ा ने भी शर्मा जी की टेबल पर रखे शीशे का ज़िक्र किया तो दोनों में ठन गयी।

दोनों के हाथ में शीशा था। लगता था, दोपहर तक या शाम तक यूँ ही दोनों शीशे को पकड़े रहेंगे। दुनिया के तमाम महत्त्वपूर्ण कामों में एक काम यह भी होगा—टेबल ग्लास को पकड़े रहना।

अचानक चोपड़ा ने मन-ही-मन कुछ सोचा। और अपनी तरफ़ पकड़े हुए शीशे को छोड़ दिया। अरोड़ा इसके लिए बिलकुल तैयार नहीं था। वो न ख़ुद सँभल पाया न शीशे को सँभाल पाया। शीशा उसके हाथ से भी छूटा। फ़र्श पर गिरा और चूर-चूर हो गया।

फ़र्श पर शीशे की किरचें थीं। जैसे किरचें न हों, मानवीय तुच्छताएँ हों... या फिर ज़िदें हों... या फिर दफ़्तरी तहज़ीब हो। या फिर कुछ भी न हो, महज़ दो कर्मचारियों की मसख़री हो।

वो चले गये थे। किरचें छोड़कर। किरचों के आसपास चेतन और शर्मा जी बैठे थे—चाय पीते हुए।

ऐसा लगता था शीशे की किरचें चुभी किसी को भी नहीं थीं। पर कुछ था जो लहूलुहान हुआ था। शायद पर्यावरण लहूलुहान हुआ था। या शायद समय... जो अदृश्य था। या शायद ख़ामोशी या हवा या फिर कुछ भी नहीं।... शायद शर्मा जी लहूलुहान हुए थे। जैसे सेवा-निवृत्ति से पूर्व उनके अपने दफ़्तर के दो सहकर्मियों ने उनको विस्थापित कर दिया हो। वो चेतन के साथ चाय पी ज़रूर रहे थे, लेकिन ऐसा लगता था जैसे वो चाय नहीं, वेदना के घूँट भर रहे हों।

उन्होंने चेतन को देखा। मुस्कराने की कोशिश की। बोले, ''चेतन जी, नौकरी करते हुए बहुत बार शीशे टूटते हैं और दिल भी।''

''जी।'' चेतन उन्हें देख रहा था।

''सेवा-निवृत्ति ज़रूरी तत्त्व है।'' शर्मा जी कह रहे थे। वो मुस्कराने की कोशिश करते हुए कह रहे थे, ''एक का जाना दूसरे का आना होता है।''

फिर उन्होंने एक शेर सुनाया था। बो पुराने ज़माने के इनसान थे। जिनको ग़ैर-ज़रूरी बातों के साथ-साथ कुछ शेर भी याद हो गये थे। शेर सुनाते हुए उनका चेहरा किसी शान्त दरिया जैसा हो गया था—

एक जाता है तो आता है जहाँ में दूसरा
उसकी महफ़िल का कभी होता मकाँ ख़ाली नहीं।

शर्मा जी शेर सुनाकर कुछ देर चुप रहे। अपनी मेज़ की तरफ़ देखते रहे। बोले, ''एक दिन आता है जब आपकी मेज़ पर कोई भी फ़ाइल नहीं होती। कोई अफ़सर आपके नाम नोट नहीं लिखता।... आपका नाम फ़ाइलों से हटता है... हाज़री रजिस्टर से हटता है। फिर लोगों के ज़ेहन से। ये सब, मृत्यु से पूर्व की छोटी-मोटी मौतें होती हैं।... इनके लिए हमें तैयार रहना होता है।... चेतन जी, मैं तैयार हूँ। दरवाज़े कभी बन्द नहीं होते। एक दरवाज़ा बन्द होता है तो दूसरा कोई दरवाज़ा खुल जाता है। ज़िन्दगी की यही तो ख़ूबी है। उसके हज़ार दरवाज़े हैं। दरवाज़े बन्द भी हों तो साँकल खोलने का ज़िम्मा तो हमारा होता है।'' शर्मा जी की आवाज़ ठहरी हुई थी। उस दरिया की तरह, जो पैंतीस साल तक रवानी में रहा हो और ज़रा-सी देर के लिए सुस्ताने लगा हो। उनकी आवाज़ के भीतर की ध्वनि, मद्धम-से जलते हुए लैम्प की तरह थी।

''आपका नया जीवन शुरू होगा... किसी नये दरवाज़े के भीतर आप प्रविष्ट होंगे।'' चेतन ने पूछा।

''यहाँ काम करनेवाले पैंतालीस-पचास लोगों से नाता टूट जाएगा। इस इमारत से भी। इस सड़क से भी। उन्नीस नम्बर की बस से भी। इस पंखे से भी जो मुझे हवा देता रहा। और उस कैंटीनवाले मोहनलाल से भी जो मेरी मेज़ पर चाय का कप रखते हुए नमस्ते करता था। उसकी चाय कई बार अच्छी नहीं होती थी... लेकिन उसकी नमस्ते हमेशा शानदार होती थी।... इन सबसे रिश्ता समाप्त हो जाएगा।''

''बेशक!... बेशक, समाप्त हो जाएगा। फिर क्या करेंगे आप?... विश्राम करेंगे?'' चेतन ने पूछा।

''विश्राम थका देता है माई सन! विश्राम की बात!... जाने दीजिये। मैंने कहा न, एक सम्बन्ध टूटता है तो कोई दूसरा जुड़ जाता है।... सम्बन्धों में ज़िम्मेदारियों का अहसास भी होता है।'' शर्मा जी कह रहे थे। चेतन सुन रहा था।

शर्मा जी कुछ पल ख़ामोश रहने के बाद बोले, "अगर आप परेशानी महसूस न करें तो मैं अपने घर के बारे में कुछ बताऊँ।" उन्होंने चेतन की तरफ़ देखा। फिर आप ही आप कहने लगे, "मेरा एक ही बेटा है... आप जितनी उम्र का या फिर आपसे कुछ बड़ा... लेकिन मेंटली रिटार्टेड है।"

"ओह।" अचानक चेतन के गले से आवाज़ निकली।

"पहले मैं उसे छोड़कर आ जाता था। घर को बाहर से बन्द करके। अब पिता-पुत्र के रिश्तों में किसी ताले की ज़रूरत नहीं पड़ेगी। अब मैं उसके साथ रहूँगा। किसी दोस्त की तरह।" उन्होंने गहरी साँस ली। मेज़ पर पड़ी ख़ाली ट्रे की तरफ़ देखा। फ़ीकी-सी मुस्कान उनके होठों पर, किसी याद की तरह चली आयी हो जैसे। वो कुछ ढूँढ़ते हुए बोल रहे थे, "जब मैं घर से निकलता तो मेरा बेटा उठता। उठते हुए उसे थोड़ा वक़्त लगता। मुझसे हाथ मिलाने की कोशिश करता। वो मुझसे कुछ बोलने की भी कोशिश करता। न ठीक-से बोल पाता। न ठीक से हाथ मिला पाता। मैं रोज़ाना उसे दफ़्तर जाने से पहले पलटकर देखता। वो रोज़ाना चुपचाप आँसू बहा रहा होता।"

"शर्मा जी...।" चेतन कुछ भी कह सकने की अवस्था में नहीं था। जैसे उसके पास न शब्द हों, न आवाज़।

शर्मा जी ने चेतन को देखा फिर बोले, "अब मैं उसके साथ रहूँगा। वो मुझमें कुछ तलाश करेगा और मैं उसमें। अब मैं अपने हाथों को आगे बढ़ाऊँगा कि वो मुझसे हाथ मिला सके।"

"घर पर आपका बेटा अकेला होता है।... आपकी पत्नी?" चेतन ने यह सवाल बड़ी झिझक के साथ पूछा।

"छह साल पहले उनका देहान्त हो गया।" शर्मा जी बोले। चुप हो गये। चेतन भी चुप हो गया। चेतन को लगा टूटे हुए शीशे की किरचें जितनी बाहर गिरी हैं उससे ज़्यादा कहीं अन्दर हैं... शर्मा जी के सीने में।

चेतन उठा तो शर्मा जी भी अपनी सीट से उठ खड़े हुए। हाथ मिलाते हुए बोले, "हाथ खुले हों तो आसमान की तरह लगते हैं। हाथ बन्द कर लो तो उनमें ज़रा-सी हवा और ज़रा-से अँधेरे के सिवा कुछ भी नहीं होता। इसलिए, माई सन... हाथों को खुला रखना ताकि उनमें आसमान नज़र आये और दोस्ती का चाँद भी।"

गोल मार्केट का यह दफ़्तर। चहारदीवारी के भीतर था चहारदीवारी आदमक़द थी। बीच में चारों तरफ़ खुली जगह थी। सीमेंट का फ़र्श था। पत्थर की चकोर टुकड़ियाँ और उनके बीच छोटी-छोटी क्यारियाँ। दो-तीन जगह चबूतरे—बैठने के

लिए। बाहर गेट की तरफ़ एक गुमटी थी। वहाँ पानी का प्याऊ था। प्याऊ की दीवार पर पत्थर था। पत्थर पर उस दानवीर का नाम खुदा हुआ था, जिसने इस प्याऊ को बनवाया था। प्याऊ का पानी रेहड़ी और रिक्शावाले पीते थे।

चारों तरफ़ खुला दालान था। नीम के या शीशम के दरख़्त थे। एक तरफ़ कार पार्किंग थी। उसके साथ स्कूटर और साइकिल पार्किंग।

गोल मार्केट का यह दफ़्तर दूसरी मंज़िल पर था। बाहर का वातावरण जितना शानदार था। उतना भीतर नहीं था। बाहर कुदरत की सत्ता थी। पेड़ थे। पौधे थे। धूप थी। छाँव थी। परिन्दे थे। इन सबका हालचाल पूछती हवा थी। जैसे हवा न हो, कोई नर्स हो। कुदरत की एक यह ख़ूबी थी कि वो हर मौसम में मासूम नज़र आती थी। जून की ठेठ दोपहर भी किसी नंगेपाँव चलते बच्चे को देखकर सवाल पूछ लेती थी, "देखो, तुम्हारे पाँव जल रहे हैं। तुम अपनी चप्पल कहाँ भूल आये?"

रद्दी बीनते बच्चे भी पूरी ख़रमस्ती में जवाब देते, "जो चीज़ हमारे पास है ही नहीं। उसे हम भूलेंगे कैसे?"

और फिर, बच्चे चिलचिलाती धूप में दोपहर की तपती ज़मीन पर नंगेपाँव रखते कहीं दूर निकल जाते। दोपहर उन्हें जाता देखती रहती। नीम के उम्रदराज़ दरख़्त, हवा, परिन्दे, आपस में बातचीत करने लगते। सबके सब अलमस्त फ़कीरों जैसे लगते। शायद वो इसलिए फ़कीरों जैसे नज़र आते क्योंकि उनकी दुनिया में बाज़ार नहीं था। उनकी दुनिया में धन भी नहीं था, जिसे वो कमाने का, फिर ख़र्च करने का सोचते।

इसलिए कुदरत की दुनिया, सच्ची, पवित्र और चालाकी रहित थी।

लेकिन ज्योंही आप तीस सीढ़ियाँ चढ़कर, दूसरी मंज़िल पर प्रामिनेंट इंश्योरेंस कम्पनी के बड़े-से हॉल में प्रविष्ट होते, एक चालाक-सा सन्नाटा, आपको शातिर अन्दाज़ से देखता। लॉबी का रहस्य से भरा सन्नाटा, थोड़ा उचकता, फिर वहीं रह जाता। आप आगे बढ़ते। हल्का-सा शोर। यह शोर आवाज़ों की ख़ारिशों से पैदा होता। किसी धृतराष्ट्री धुएँ की तरह, यहाँ-वहाँ सिर पटकता। इस शोर में किसी साफ़-सुथरे शब्द को चुनना, नामुमकिन होता। इस शोर में किसी, माँ-बहन के साथ देह का रिश्ता जोड़ती... सात्त्विक गालियों को किसी-किसी वक़्त सुना जा सकता था। सुनने को फोन की घंटी की आवाज़ के अतिरिक्त ऑफ़िसरों के केबिन के बाहर बजती बेल को भी सुना जा सकता था।

इस हॉल के तीन विभाजन थे। रेलिंग थी बीच में। बीच में केबिनेट और रैक और अलमारियाँ। अलमारियों में टॉप सीक्रेट... क्लेम फ़ाइलें रखी जाती थीं। ताज्जुब इस बात का था कि फ़ाइलें फिर भी लापता हो जाती थीं। फिर उस क्लेम फ़ाइल को लेकर 'तलाश' शुरू होती। 'तलाश' ऊपरी सतह पर और निचली सतह पर

'डील'! फ़ाइल अचानक मिल जाती। क्लेम की स्क्रूटनी बनती। क्लेम 'सैटल' हो जाता।

अलमारियों में टॉप सीक्रेट क्लेम फ़ाइलों के अतिरिक्त, कुछ और भी था जो टॉप सीक्रेट था और इन अलमारियों में रखा जाता था। दारू की बोतलें तो रखी ही रहती थीं। ताश की गड्डियाँ भी उन अलमारियों में रखी रहती थीं जिनके पत्तों के आगे चिड़ी, ईंट, पान हुकम के निशान और पीछे स्त्री देह का खुलता संसार!... अर्धनग्न तस्वीरें।

इस दफ़्तर में हर साल बिजनेस इंक्रीज़ हो रहा था और क्लेम भी। ऑफ़िसरों में अहंकार और क्लास थ्री में कुंठा भी अपने-अपने अनुपात में बढ़ रही थी। यहाँ काम करनेवालों और काम न करनेवालों का भी अनुपात लगभग बराबर था।

तारिक अनवर, रावत, तरदीप गुप्ता, लक्ष्मण बिष्ट, चेतन और अनिरुद्ध प्रसाद का अलग ग्रुप था। ये लोग बड़ी तत्परता से दफ़्तर का काम करते। और बड़ी जल्दी परेशान भी हो जाते। परेशान हो जानेवालों में तारिक अनवर, चेतन और अनिरुद्ध प्रमुख थे। तारिक अनवर जब लोगों को और ज़्यादा गिरते देखता तो कहता, "चेतन, हम पहाड़ नहीं बन सकते तो न सही, हम खाइयाँ तो न बनते।"

चेतन उसे देखकर मुस्कराता। चेतन की यही तो ख़ूबी थी। वो कम बोलता था। ज़्यादा महसूस करता था। लेकिन तारिक जब परेशान होता, शेर सुनाता। एक दिन एक क्लेम की रिकमेंडेशन को देखकर उसने कहा था—

यही अन्दाज़े दयानत है तो कल का ताजिर,
बर्फ़ के बाट लिये धूप में बैठा होगा।

दयानतदारी का यह दिलफ़रेब अन्दाज़ किसी 'हिडेन एजेंडे' की तरह, डी.एम. मिस्टर शानी के ऑफ़िस से लेकर, बैरियल तक के केबिन में, हर कहीं मौजूद था।

एक दिन पता नहीं क्या सोचते हुए तारिक ने कहा था—

एक ही सफ़ में खड़े हो गये महमूदो-अयाज़
न कोई बंदा रहा न कोई बंदा-नवाज़।

यह शेर उसने तब कहा जब उसे असीम खन्ना की हक़ीक़त का पता चला। जिसने तीन रेडियेटर साल्वेज में से निकालकर चुपचाप तीन हज़ार में बेच दिये थे। असीम खन्ना असिस्टेंट था। मरीन इंश्योरेंस और क्लेम के अतिरिक्त, 'साल्वेज' को रखवाना और बिकवाना भी उसकी ड्यूटी में शुमार था। वो दफ़्तर में एफ़ीशिएंट, ओबीडिएंट के अतिरिक्त, बहुत ज़्यादा ईमानदार भी समझा जाता था। उसके व्यक्तित्व का दूसरा पक्ष जब ज़ाहिर हुआ तो किसी को कुछ भी नहीं हुआ था। लेकिन तारिक परेशान हो उठा था।

दफ़्तर में हंदा साहब थे। हंदा साहब को अपनी 'कास्ट' बिलकुल अच्छी नहीं

लगती थी। उन्हीं की बिरादरी के खट्टर साहब भी थे। वो बहुत दिलचस्प इनसान थे। वो अपनी कास्ट की तफ़सील करते, "खट्टर, मतलब एक खाट के ऊपर दूसरी खाट दूसरी के ऊपर तीसरी।" कुल मिलाकर जो बनी वो खट्टर कास्ट बनी। हंदा साहब और खट्टर साहब का आपसी प्यार और तक़रार साथ-साथ चलता रहता था।

खट्टर ने एक दिन हंदा साहब की कास्ट की ऐतिहासिकता को खोल दिया था। चिढ़ गये थे हंदा साहब। लेकिन खट्टर बताते रहे, "इनके पूर्वज बहुत ग़रीब थे। फ़ाकाकशी की नौबत आ गयी। तब ज़माना सीधा था। लोग जज़्बाती। ख़ुद खाएँ और पिंड (गाँव) का एक परिवार भूखा सो जाय, यह तो ख़ुदा को नाराज़ करनेवाली बात हुई। चुनाँचे, तय हुआ कि हर घर से एक रोटी निकाली जाएगी। ऐसा हुआ भी। उस रोटी को 'हंदा' कहा जाता था। हंदा लेनेवाले परिवार की पहचान तो पहचान, ज़ात भी 'हंदा' बन गयी।"

यह पाकिस्तान के मुल्तान की बातें हैं। दिल्ली में हंदा साहब जब विभाजन के बाद आये तो बाप ने पहले साइकिल पर कपड़े लादे और फेरी लगाई। बाद में करोलबाग़ में 'हंदा साड़ी हाउस'! पंजाबी मेहनतकश लोग थे। एक तरफ़ शर्म थी दूसरी तरफ़ भूख। शर्म को सबने किनारे किया और अपने-अपने काम धन्धे में जुट गये। किसी ने कबाड़ी का काम किया तो किसी ने सुबह-सवेरे गलियों में ब्रेड, बन्द, फैन और बिस्कुट बेचे। वो चलती-फिरती बेकरी शॉप बन गये। ये और बात कि बाद मुद्दत के उन सबने कंफेक्शनरी की दूकानें खोलीं।

खट्टर साहब कभी-कभी टी-9 टेबल को अपने दोनों हाथ से उठाते। बहुत ऊपर तक। क़रीब दो फुट ऊपर। फिर यथास्थान मेज़ को रखते। दम साधते। कहते, "यू नो! मेरा बाप अनाज मंडी में पल्लेदार था। ढाई मन की बोरी को पलटी मारता और अपनी पीठ पर उठा लेता। पीठ थोड़ी झुक जाती उसकी। लेकिन ऐसे चल रहा होता जैसे पीठ पर ढाई मन गेहूँ की बोरी नहीं, फूलों का गुलदस्ता धरा हो।"

फिर गहरी साँस लेते खट्टर साहब, "बाद में बुरा हाल हो गया था मेरे बाप का। ढाई मन की बोरी को मज़े-मज़े में उठा लेनेवाला शख़्स, पानी का गिलास भी नहीं पकड़ सकता था। उसके हाथ काँपते थे। पूरा जिस्म काँपता था उसका। पारकिन्सन की बीमारी हो गयी थी उसे।"

खट्टर साहब और हंदा साहब पर्सनल डिपार्टमेंट में थे। पर्सनल और अकांउट्स दो ऐसे डिपार्टमेंट थे जिनकी प्रामिनेंट के हर दफ़्तर में विशिष्टता थी। इसलिए इन दोनों का इस दफ़्तर में भी महत्त्व था। हंदा साहब को दफ़्तर के हर एम्पलाई की इंक्रीमेंट डेट का पता था। बेशक, बारह-पन्द्रह एम्पलाई ऐसे थे जो 'स्टेगनेशन' पर थे। उनका कई सालों से इंक्रीमेंट नहीं हुआ था और उन्होंने दफ़्तर में कई सालों से काम भी नहीं किया था।

खट्टर साहब का काम थोड़ा भिन्न था। उनका काम था रोज़ाना माहौल का एक्सरे लेना और उसे डी.एम. तक पहुँचाना।

डी.एम. मिस्टर शानी की बड़ी-सी मेज़ पर स्टाफ़ के हर आदमी का शिजरा ऐसे खुला रहता था जैसे प्रापर्टी डीलरों की मेज़ पर नयी कॉलोनियों के नक्शे!

मिस्टर शानी टकले थे। गोरे चिट्टे, भरे हुए गाल। उनको देखते रहने पर ऐसा लगता जैसे कोई छिला हुआ चिकना-सा, बहुत बड़ा-सा अंडा हो—शानी साहब का चेहरा ऐसा लगता था। वो मुस्कराते तो ऐसे लगता जैसे ज़्यादा उबलने पर अंडा फट गया हो और उसकी ज़र्दी नज़र आने लगी हो। वो बहुत शाइस्ता नज़र आते। लेकिन थे नहीं। वो बहुत डिस्पिलिंड दिखाई देते। लेकिन थे नहीं। वो किसी रईस जैसे लगते। लेकिन पाकिस्तान और बाद में हिन्दुस्तान में आकर, उनके पिता तथा पिता के भाइयों ने भैंसों का करोबार किया। डेरी चलायी। दूध से लेकर गोबर तक सबमें मुनाफ़ा कमाया। शानी साहब ने अपने पिता से एक 'गुर' सीखा था। जो भैंस दूध न दे उसे इंजेक्शन दे दो। भैंस का सारा दूध उसके थनों में उतर आएगा।

चुनाँचे, शानी साहब जो अपनी तमाम कुलीनता के बावजूद, मसखरे, मदारी, मनचले नज़र आते थे। वो चाहते थे, लोग उन्हें इज़्ज़त की नज़रों से देखें। लोगों का क्या कहें? बिलकुल नामाकूल। शानी साहब को जॉनी साहब कहते। एक दो पैग चढ़ा लेते तो जॉनी साहब... जॉनी वाकर हो जाता। यानी शानी साहब का दूसरा नाम जॉनी वाकर था।

शानी साहब और कुछ सीख सके हों या न सीख सकें हों, अपने पिता को भैंसों की डेरी में टीका लगाते और भैंसों का दूध दुहते ज़रूर देख चुके थे—वही पाठ उन्होंने अपने जीवन में उतार लिया था। उनकी मेज़ के सामने जो शख़्स बैठा होता, वो उसे 'भैंस' समझते और फिर वही 'ट्रीटमेंट' देते जो उनके पिता अपनी भैंसों को दिया करते थे।

लेकिन यह ट्रीटमेंट कुछेक लोगों पर बहुत सफल रहा तो कुछेक पर बिलकुल नाकामयाब! चेतन, तारिक, तरदीप, रावत, अनिरुद्ध, हंदा साहब और कुछ ऐसे कर्मचारी थे जो अपनी शर्तों पर ज़िन्दगी जीने के आदी थे। आत्मसम्मान उनकी आदतों में शुमार था और टकराने की ज़िद किसी लहज़े की तरह थी। अफ़सर से टकराने के नतीजे अक़्सर ख़राब निकलते हैं, बिलकुल वैसे जैसे किसी अन्धी दीवार से टकराना।

जैकब की बात थोड़ी दूसरी थी। जैकब चपरासी था। महाअक्खड़। महाचालू। बद्तमीज़ इतना जैसे कि ख़ुराफ़ातियों के संस्थान से डिप्लोमा ले आया हो।

एक सुबह जब उसने पानी का गिलास शानी साहब की मेज़ पर रखा तो पानी ज़रा-सा छलक गया। मेज़ पर फैल गया। मेज़ पर पानी फैला और शानी साहब के

दिमाग़ में फ़ितूर! वो ग़ुस्सा गये। बिफर पड़े, "यह तरीका है पानी के गिलास को रखने का?"

"अभी साफ़ कर देता हूँ।" जैकब ने शानी साहब के ग़ुस्से को अनदेखा करते हुए कहा।

शानी साहब को उम्मीद थी कि अदना-सा चपरासी अपने किये पर शर्मसार होगा। माफ़ी माँगेगा। लेकिन उसने माफ़ी माँगना तो दूर, लापरवाही-सी दिखाई। शानी साहब ग़ुस्से से तमतमा रहे थे। कभी वो मेज़ पर फैले पानी को देखते तो कभी जैकब को। जैकब, जिस डस्टर से शानी साहब के ऑफ़िस की मेज़-कुर्सियाँ, रैक, फ़ाइलें साफ़ कर रहा था। उसी डस्टर से उसने मेज़ पर फैले पानी को साफ़ किया। लेकिन इस बीच हुआ ये कि मेज़ पर रखी लक्ष्मीजी की फ्रेम जड़ी तस्वीर को गन्दा-सा डस्टर छू गया और तत्काल, उसी डस्टर का एक कोना उस गिलास में जा डूबा जिसमें पानी भरा था।

बस जी, फिर क्या था। शानी साहब के अन्दर कोई हाक़िम पैदा हुआ हो या न हुआ हो, कोई सामन्त तो पैदा हो ही गया। उसी सामन्त ने ऊर्जा दी, ग़रूर दिया और चपरासी को उसकी औक़ात बताने की जुर्रत भी।

शानी साहब ने एक के बाद दूसरा थप्पड़ जैकब के गाल पर मारा और कहा, "ये दो थप्पड़ तेरे लिये काफी हैं। वरना मैं तो आदमी का रेशा-रेशा करके रख देता हूँ।"

"थप्पड़ क्यूँ मारे?" जैकब ने डस्टर छोड़ा और तनकर खड़ा हो गया शानी साहब के सामने। वो सवाल का जवाब माँग रहा था और शानी साहब की टाँगे काँप रही थीं। बड़ी मुश्किल से कह पाये शानी साहब, "सबक सिखाने के लिए।"

जैकब ने पता नहीं क्या सोचा। जो सोचा वो ख़तरनाक ही तो था। शानी साहब के ऑफ़िस का दरवाज़ा हमेशा बन्द रहता था। उसने तो बस अन्दर से चिटखनी लगाई और फिर किसी कपास की तरह धुन दिया शानी साहब को। फिर इत्मीनान से चिटखनी हटाई। दरवाज़ा खोला और कमरे से बाहर।

ऑफ़िस में छोटा-सा 'महाभारत' हुआ। महाभारत में संजय नामक शख़्स ने सारा मंज़र देखा और धृतराष्ट्र को आँखों देखा हाल सुनाया। अफ़सोस! इस महाभारत का कोई चश्मदीद गवाह भी नहीं था।

अपमान का घूँट पीकर रह गये शानी साहब। कई बार उनके मन में आया कि जैकब को चार्जशीट थमा दें। सस्पेंड करवा दें। डिस्पिलिनिरी एक्शन तो ज़रूर हो।

लेकिन कर कुछ भी नहीं पाये थे शानी साहब। एक तो जैकब धमकी देकर गया था, "मूँ खोला तो पेट खोल दूँगा... सारी अँतड़ियाँ बाहर।"

दूसरे, कोई चश्मदीद गवाह भी तो नहीं था। तीसरे, किसी चपरासी से किसी

डिवीजनल मैनेजर का पिट जाना... तौहीन तो क्या होती है... डूब मरनेवाली बात होती है।... जैकब किसी विजेता जैसा हो जाता और शानी साहब पूरी दिल्ली में किसी को मुँह दिखाने लायक न रहते।

सीने पर बाँध लिया पत्थर। होठों पर चिपका ली सेलोटैप और हो गये चुप! इतने चुप कि जैसे पार्थिव देह!

शुक्र था, उनके अपने ऑफ़िस में हैंगर पर प्रेस की हुई शर्ट टँगी थी। उन्होंने शर्ट चेंज की। पुरानी शर्ट को उन्होंने ब्रीफकेस में रखा। कुर्सी पर बैठे। पानी का गिलास उठाया। पानी पिया। यह वही पानी था जिसमें डस्टर का एक कोना डूब गया था।

पानी के गिलास में तो डस्टर का कोना डूबा था और ख़ुद शानी साहब कहीं अपने अन्दर डूब गये थे। हर शख़्स के अन्दर एक काला समन्दर भी होता है। आदमी उसमें अगर जा गिरे तो बाहर निकलने के लिए बड़ा तरद्दुद करना पड़ता है।

जैकब का क्या था? मस्तमौला। मारपीट के बाद ऐसे बाहर निकला जैसे आमलेट खाकर किसी ढाबे से बाहर निकला हो। वो तो हमेशा की तरह दफ़्तर की मेज़-कुर्सियाँ साफ़ करता रहा। लेकिन शानी साहब अपना दिल तक साफ़ न कर पाये। बदला लेने की भावना कुलबुलाती रही। वो बस इतना कर पाये कि जैकब का ट्रांसफर रोशनआरा ब्रांच ऑफ़िस में करवा दिया। मज़े की बात यह कि जैकब तो रहता ही मलकागंज में था। रोशनआरा ब्रांच ऑफ़िस के बिलकुल पास!

जैकब को तो उन्होंने जैसे-तैसे ठिकाने लगा दिया लेकिन अनिरुद्ध!

अनिरुद्ध का क़िस्सा बाद में। अनिरुद्ध जैसे लोग हमेशा ग़लत समय पर इस संसार में प्रविष्ट होते हैं। ईश्वर ने अनिरुद्ध का भी ग़लत कालखंड चुना था। वो सौ साल पहले इस संसार में आया होता तो बेहतर था। सौ साल पहले की इनसानी क़द्रें उससे मेल खाती थीं। यहाँ तक कि जो जज़्बा, जो लहज़ा, जो बिरादराना माहौल, अनिरुद्ध के दिलो-दिमाग़ में था, वो अब दुर्लभ हो चुका था। वो एक ज़माना पहले किसी सरमाये की तरह मौजूद था।

अनिरुद्ध कभी-कभी हालाते-हाज़रा पर तबसरा करते हुए बेचैन हो जाता था, "जन्म दिन हो। मेज़ हो। मेज़ पर केक हो। केक पर जलती हुई मोमबत्तियाँ हों। और तो और केक काटने के लिए चाकू भी पास रखा हो... लेकिन अफ़सोस! न कोई तालियाँ बजानेवाला हो। न मोमबत्तियों को बुझाने की हिम्मत हो। न केक काटने के लिए चाकू उठाने का हौसला...। हमारे वक़्त ने हर शख़्स को इसी तरह अकेला कर दिया है दोस्तो!... यह समय जश्न मनाने का नहीं, अकेलेपन के अँधेरे से लड़ने का है।"

एक दिन रावत ने कहा, "अनिरुद्ध गाता अच्छा है। मैंने इसे 'हीर' गाते सुना

था एक दिन।''

लक्ष्मण बिष्ट तुरन्त बोला, ''रोता भी अच्छा है। मैंने इसे एक दिन चुपचाप आँसू बहाते देखा था। मैंने हैरान होकर पूछा। वो बड़े सहजभाव से बोला—ये मेरे नहीं, ईश्वर के आँसू हैं। इन आँसुओं को तुम ईश्वर के आँसू नहीं मानते तो मत मानो।... इन आँसुओं को प्रार्थना मान लो।''

अनिरुद्ध, ठहाके लगाता तो रोशनदान में बैठे कबूतरों के पंख फड़फड़ाने लगते। रोता तो इतना चुपचाप कि उसके आँसू मौन प्रार्थना हो जाते। गाता तो ऐसे लगता जैसे कोई सूफ़ी ज़िन्दगी की बन्दगी कर रहा हो या फिर मुहब्बत का फ़लसफ़ा!

एक दिन जब चेतन डिस्पैच का सारा काम कर चुका था। पिओन, पटेल चौक के जी.पी.ओ. में लैटर डिस्पैच करने जा चुका था। चेतन कुछ देर के लिए ख़ाली हुआ था। चाय पीने का सोच ही रहा था कि देवयानी मैडम ने चेतन को बुलाया था। चेतन को अच्छा लगा था। देवयानी ने उसे दूसरी या तीसरी बार बुलाया था।

चेतन देवयानी मैडम के पास पहुँचा। ख़ाली पड़ी कुर्सी पर बैठ गया।

देवयानी मैडम चेतन को देखकर मुस्करायी। देवयानी मैडम मुस्कराते हुए और भी ज़्यादा ख़ूबसूरत लगने लगती थी। अपनी मुस्कान का पता, देवयानी मैडम को भी था। देवयानी मैडम को बहुत सारी बातों का पता था। एक बार उसने कहा भी था कि वो पीठ पीछे फ़ब्तियाँ कसते हुए लोगों को भी पहचान लेती है, क्योंकि उसकी सिर्फ़ दो आँखें नहीं... कई सारी आँखें हैं। फिर उसने जैसे बात और ज़्यादा साफ़ कर दी हो—''हर स्त्री की देह पर कई सारी आँखें होती हैं।''

देवयानी मैडम कोई लैटर साइन कर रही थी। उसने लैटर को एक तरफ़ रखते हुए कहा, ''मिस्टर चेतन, आप बहुत कम बोलते हैं?''

''मैं अपने शब्दों को बचाकर रखता हूँ।'' चेतन ने कहा।

''किसलिए?'' देवयानी मैडम ने पूछा।

''अपने साथ संवाद के लिए।'' चेतन ने जवाब दिया। ज़रा-सा देवयानी मैडम को देखा।

''अपने साथ संवाद?''

''जी।''

''इसका मतलब ये है कि आपका और कोई दोस्त नहीं। सिर्फ़, आप अपने दोस्त।... सिर्फ़, आपका संवाद, अपने साथ।'' देवयानी ने कहा।

''इसका मतलब ये भी है कि आप अपने साथ दोस्ती निभाना जानते हैं।'' चेतन की आवाज़ में विनम्रता थी।

''इसका क्या अर्थ हुआ?'' देवयानी मैडम ने पूछा।

''अर्थ हुआ मैडम!... हम सारा जीवन दूसरों को जानने में ख़र्च कर देते हैं।

हम क्या हैं—इसका पता हमें जब चलता है, तब बहुत देर हो चुकी होती है।'' चेतन ने कहा। देवयानी को देखने लगा।

''तो, आप जानते हैं, आप क्या हैं?'' देवयानी का प्रश्न तीखा था। जैसे उसने शब्दों की दीयासलाई जलाकर बुझा दी हो।

''मैं जब कभी अपने आपको जानने की कोशिश करता हूँ, बेहद डर जाता हूँ।'' चेतन बोला।

''अपने अन्दर किसी कमज़ोर इनसान को देखकर?'' देवयानी मुस्करायी। मुस्कराने में शैतानी थी।

''अपने अन्दर हाहाकार करते अधूरेपन को देखकर।'' चेतन ने कहा। न उत्तेजना न व्यग्रता। आवाज़ में ठहराव। जैसे कोई शख़्स अपने विषय में बहुत कुछ जान गया हो।

''आप तो कम्पलीटमैन नज़र आते हैं।'' देवयानी मैडम बोली। मुस्करायी। मुस्कान में कोई गहरा अर्थ भी था छुपा हुआ।

''रेमंड्स सूटिंग्स के कम्पलीटमैन जैसा।'' इस बार चेतन भी मुस्कराया।

''तो आप इन्कम्पलीट हैं... अधूरे।'' देवयानी गम्भीर हो गयी थी।

''आप भी।'' चेतन ने देवयानी को एकटक देखते हुए कहा।

एक पल के लिए देवयानी मैडम सकपका गयी। पाँच फुट छह इंच लम्बी, गौरवर्णा, ख़ूबसूरत नक्श, घनेबाल, गहरी काली आँखें, प्रतिभा सम्पन्न। कपड़ों के पहनने से लेकर, बातचीत तक में सलीका... और उनके समाने बैठा क्लास थ्री एम्पलाई उन्हें अधूरा कह रहा था। वो सकपका गयी थीं। और सकपकाना ज़रूरी भी था। एक पल के लिए तो उन्हें ऐसे लगा जैसो किसी ने बड़ी भद्दी-सी गाली दे दी हो उन्हें।

कुछ देर के लिए चुप रही देवयानी मैडम। चेतन भी चुप रहा। उठकर जाने लगा तो देवयानी ने उसे चाय के लिए रोक लिया!

चाय के दो कप मेज़ पर रखकर, कैंटीनवाला लड़का चला गया तो देवयानी ने पूछा, ''मिस्टर चेतन, पूर्ण कौन है?''

''मृत्यु।'' चेतन बोला।

''सिर्फ़ मृत्यु?'' देवयानी चौंक गयी।

''केवल मृत्यु।'' चेतन ने कहा। चाय के कप को उसने उठाया। फिर रख दिया। बोला, ''हम अधूरे हैं। इसलिए अन्धी महत्त्वाकांक्षाओं के मारे हैं। इसलिए हमने अहंकार का कवच ईजाद किया है...।''

''...कम्पलीटमैन नज़र आने के लिए।'' देवयानी ने चेतन की बात काटते हुए कहा।

"अपनी अज्ञानता छुपाने के लिए।" चेतन बोला।

चेतन ने चाय का घूँट भरा। बोला, "एक छोटी-सी कथा याद आ रही है... ज्ञान का अहंकार किस तरह, चारों खाने चित गिरता है... सादगी भरे एक वाक्य से।"

देवयानी मैडम ने चेतन को देखा। जैसे कथा सुनने के लिए बेताब हो।

चेतन ने चाय के कप को एक तरफ़ रखते हुए कहा, "एक छोटी-सी लड़की अपने छोटे भाई को उठाकर एक पहाड़ी पर चढ़ रही थी। उसी पहाड़ी से एक पहुँचे हुए संन्यासी उतर रहे थे। उन्होंने लड़की को देखा। तरस खाते हुए बोले—'ऐ लड़की, तू इतना बोझ उठाकर, पहाड़ी पर चढ़ रही है।' लड़की ने संन्यासी की बात सुनी और तुरन्त जवाब दिया, 'ये बोझ कहाँ है... ये तो मेरा भाई है।' "

"वैरी फाइन!... फेंटेस्टिक रिप्लाई।" देवयानी मैडम ने कहा। मुस्करायी। फिर बोली, "मिस्टर चेतन, कम बोलने वाले शायद इसलिए अच्छा बोलते हैं। क्योंकि वो मन्थन में लगे रहते हैं।"

"आप भी कम बोलती हैं।" चेतन ने कहा।

"ज़्यादा बोलते हुए हम शब्दों का अपमान कर रहे होते हैं।" देवयानी मैडम बोलीं।

तभी इंटरकॉम की घंटी बजी। मिस्टर बैरियल ने देवयानी को बुलाया।

देवयानी ने फोन रखा। बोली, "अभी मिस्टर बैरियल मेरी क्लास लेंगे... फिर आपकी। आप बाद में जाएँगे मि. बैरियल के पास।"

"वहाँ हमें अपने शब्द ख़र्चने पड़ेंगे।" चेतन ने कहा। ज़रा-सा हँसा।

"आपने कभी महसूस किया है मिस्टर चेतन?"

"क्या?"

"वो शख़्स ख़ुद ख़र्च हो रहा होता है।" देवयानी ने कहा। एक ऑफ़िसर की यह टिप्पणी दूसरे ऑफ़िसर के बारे में थी। टिप्पणी तल्ख़ थी। लेकिन इस टिप्पणी के पसमंज़र, तीन महीने के अनुभव थे।

"आप ठीक कह रही हैं मैडम। वो अपनी सारी मनुष्यता ख़र्च कर चुका है।" चेतन ने कहा।

"एक मनुष्य जब अपनी मनुष्यता ख़र्च कर दे तो फिर उसके पास क्या बचता है?" देवयानी ने पूछा।

"कीचड़।" चेतन ने जवाब दिया।

"किस चीज़ का?" देवयानी ने दराज़ बन्द करते हुए पूछा।

"अहंकार का।" चेतन ने कहा।

देवयानी मुस्करायी। बोली, "आयरनी ऑफ़ फेट। वही शख़्स इस ऑफ़िस में

एडमिनिस्ट्रेटिव ऑफ़िसर है।''

''मैडम, ये चेहरा हमारे समाज का भी चेहरा है।'' चेतन ने कहा।

''अगर ये चेहरा हमारे समाज का चेहरा है तो फिर रहने के लिए हमें कोई दूसरी जगह ढूँढ़नी पड़ेगी।'' देवयानी ने कहा। उसने अपने पेन को खोला। बन्द किया।

''क्या ऐसा सम्भव है?'' चेतन ने पूछा।

''नहीं। हमें इसी समाज में रहना है। और यही सबसे बड़ी पीड़ा है।''

''आउटसाइडर बनकर।'' चेतन ने कहा। थोड़ा-सा हँसा। उठ खड़ा हुआ। देवयानी मैडम मिस्टर बैरियल के केबिन की तरफ़ चल पड़ी।

बैरियल का होना किसी अश्लीलता के होने जैसा था। वो निर्लज्ज था। बेशक वो कपड़े पहनकर आता था, लेकिन बातें करते वक़्त वो निर्वस्त्र होने लगता। वो किसी भी स्तर पर नीचे उतर जाता और उस पतन को वो अपनी बोल्डनेस समझता। वो पैंतालीस-छियालीस की उम्र का घुटा हुआ आदमी था। किसी ज़माने में वो यूनियन का सचिव था। जहाँ कहीं, क्लास थ्री का एम्पलाई 'फँसता' बैरियल बीच में आ जाता। उस डील या समझौते में नुकसान हमेशा एम्पलाई का होता। फायदे में मैनेजमेंट होती या फिर बैरियल! मैनेजमेंट से उसके सम्बन्ध, कभी मुखबिर जैसे तो कभी दलाल जैसे। जब क्लास थ्री के बीच उसकी परतें उघड़ने लगीं तो उसने छल-छद्म, तिकड़म और पाखंड से प्रमोशन हासिल कर ली। वो ऑफ़िसर बना दिया गया। लात मारी उसने यूनियन के सचिव पद को। सब टापते रह गये। बैरियल ने अपने यारबाशों को दारू पार्टी देते हुए कहा कि इसे कहते हैं कलाकारी! इसे कलाकारी कहते हैं या मक्कारी, लेकिन एक शख़्स ने अपनी अदाकारी दिखा ही दी थी। वो अनिरुद्ध था। तब दोनों संसद मार्ग की किसी ब्रांच में थे। साढ़े पाँच के बाद, अनिरुद्ध ने बैरियल के ऑफ़िस से बाहर निकलने की प्रतीक्षा की। जब बाहर निकला तो उसे बिलकुल भी इल्म नहीं था कि उसके कपड़े ही नहीं, देह भी तार-तार कर दी जाएगी। अनिरुद्ध ने उसे इतना ठोका कि बन्दे को घर नहीं, अस्पताल पहुँचाया गया। कुटिल, कायर और कमीना बैरियल, अनिरुद्ध से इतना डर गया था कि उसने एफ.आई.आर. में 'अज्ञात व्यक्ति द्वारा हमला' बताया।

यह भी अजब संयोग था कि गोल मार्केट के इस दफ़्तर में दोनों एक साथ थे। बैरियल और अनिरुद्ध! बैरियल अनिरुद्ध से ख़ार खाता था। लेकिन मन-ही-मन ख़ौफ़ज़दा भी था। इसलिए वो अपने केबिन में अनिरुद्ध को कभी नहीं बुलाता था और अनिरुद्ध, बैरियल के केबिन में ऐसे घुसता जैसे सिरज़ोर आँधी! लाख दरवाज़े बन्द करो। आँधी न सिर्फ़ प्रविष्ट हो जाती है बल्कि अपने होने का अहसास भी करा

देती है।

शायद यही वजह थी कि बैरियल, दफ़्तर में 'साफ़्ट टारगेट' ढूँढ़ता था। मिस देवयानी न सिर्फ़ साफ़्ट टारगेट थी, बल्कि बेहद ख़ूबसूरत भी थी। बैरियल की एक बुरी आदत यह भी थी कि वो प्रत्येक स्त्री को सिर्फ़ 'मादा' समझता था और इस जुगाड़ में रहता कि सभी 'मादाएँ' उसके साथ रासलीला रचाएँ। लेकिन मादाओं का अपना संसार था और अपनी निजता! बैरियल उस निजता को तोड़ने का प्रयास करता। अफ़सरी रौब और भय जैसे हथियार से सम्भव है उसने किसी स्त्री को हमबिस्तर बनाया हो।

इन दिनों बैरियल देवयानी को हासिल करने की जुगत में था। देवयानी जान गयी थी। मज़े की बात तो यह थी कि कई बार ऐसा लगता वो बैरियल को आमन्त्रित कर रही है तो कई बार, जैसे वो उसे धिक्कार रही हो। कुल मिलाकर बैरियल अपना खेल खेल रहा था और देवयानी अपना। देवयानी, डायरेक्ट ऑफ़िसर बनकर आयी थी। अभी प्रोबेशन पीरियड में थी। वो समझदार थी और जानती थी कि छह महीने का वक़्त मुश्किल वक़्त है।

देवयानी जब बैरियल के केबिन में पहुँची तो बैरियल ने उस वक़्त नयी सिगरेट होठों से लगायी थी। उसे शायद यह गुमान था कि वो जब सिगरेट होठों से लगाता है तो नयी 'लुक' में नज़र आता है। उसे यह भी गुमान था कि सिगरेट पीते हुए और सिगरेट का धुआँ छोड़ते हुए, केबिन का माहौल दिलकश हो जाता है।

बैरियल ने कुछ देर तक सिगरेट को होठों में यूँ ही लगा रहने दिया था। देवयानी को देखकर वो ज़रा-सा मुस्कराया था। यह मुस्कान अजीब क़िस्म की थी। सिगरेट मुँह में हो और उसके साथ एक अधेड़ क़िस्म का आदमी मुस्काराने की कोशिश कर रहा हो। इस बीच हुआ यह था कि मुस्कराते वक़्त, सिगरेट उसके होठों-से फिसलकर टेबल पर आ गिरी थी। सिगरेट का गिरना था या फिर उसकी मुस्कान का या फिर ख़ुद उसका अपना गिरना था... उसने सिगरेट के गीले हो चुके सिरे को ज़रा-सा देखा था। सिगरेट को होठों में दबाकर बोला, "हाऊ आर यू मिस देवयानी?"

"फाइन।" देवयानी ने जैसे कोई ग़ैर-ज़रूरी काम पूरा किया हो।

"फाइन का मतलब जुर्माना भी होता है। स्कूल में जब मैं पढ़ता था तो बड़ा नॉटी था। यू नो!... हर महीने मुझ पर दो-तीन रुपये का 'फ़ाइन' लग जाता था।" बैरियल ने फाइन शब्द की तशरीह की। स्कूल का संस्मरण सुनाया। अपने नॉटी होने का और जुर्माना अदा करने की बात कही। देवयानी चुप रही। बैरियल को यही बात अखरती थी। वो जब दूसरे लोगों को अपने जीवन के संस्मरण सुनाता तो वो चकितभाव से सुनते। प्रतिक्रिया व्यक्त करते। बैरियल को अच्छा लगता। वो अपने

मोटे फ्रेम के चश्मे को थोड़ा-सा दुरुस्त करता। फिर अपने आप बोलता, ''ज़िन्दगी में बोत कुच्छ देखा है।... बोत कुच्छ सीखा बी है।''

लेकिन देवयानी तो ऐसे बैठी थी जैसे वो उसे सुन न रही हो, झेल रही हो। जैसे वो उसकी सिगरेट के धुएँ को झेल रही थी।

अचानक बैरियल ने दराज़ खोला। एक नया, बिलकुल नया सिगरेट का पैकेट निकाला। सिगरेट के पैकेट पर 'शी' लिखा था। 'शी' ब्रांड की सिगरेट ख़ास तौर से स्त्रियों के लिए बनाई गयी थी।

बैरियल ने सिगरेट का कश लिया। टेबल पर पड़ी शी ब्रांड की सिगरेट के पैकेट को देवयानी की तरफ़ सरकाते हुए बोला, ''मैडम, स्पेशली फॉर यू।''

''नो थैंक्यू। आई डोंट स्मोक।'' देवयानी ने कहा। मन-ही-मन उसने बैरियल को अँग्रेज़ी में कोई गाली दी। शायद बास्टर्ड कहा हो।

''वैरी स्ट्रेंज। आप जैसी बोल्ड ऐंड ब्यूटीफुल वोमेन सिगरेट न पिएँ...। ...इस सिगरेट को तो बहुत फाइन टोबेको से बनाया जाता है। आप पीकर देखें। आई थिंक। यू विल लाइक इट।'' बैरियल ने देवयानी को देखा। दृष्टि जैसे चाकू हो और वो देवयानी के ब्लाउज़ को चीरने की कोशिश कर रही हो।

''सर, हमने तीन मोटर क्लेम डिसकस करने थे।'' देवयानी ने याद दिलाया।

''आई रिमेम्बर।... अभी मैंने आपको इंटर-कॉम पर इन फ़ाइलों के लिए बुलाया था।'' बैरियल ने सिगरेट का कश लिया। उसने थोड़ा-सा धुआँ छत की तरफ़, बाक़ी का देवयानी की तरफ़ छोड़ा। जैसे धुआँ न हो कोई नायाब शय भेंट की हो। मुस्कराया बैरियल। चिढ़ गयी देवयानी।

''धुएँ का सफ़र... क्या अजीब सफ़र है।'' बैरियल ने कहा।

''बूढ़ी इच्छाओं का अन्धा सफ़र भी कमोबेश ऐसा ही होता है।'' देवयानी ने कहा।

''मैं कुछ समझा नहीं।'' बैरियल बोला।

देवयानी चुप रही।

''मैडम, आज आपकी तबीयत कुछ ठीक नहीं लग रही?'' बैरियल ने कहा।

''तबीयत ठीक है सर।'' देवयानी ने उकताकर जवाब दिया।

''नहीं, कुछ तो है।'' बैरियल बोला। इस बीच उसने 'शी' ब्रांड के पैकेट को उठाकर दराज़ में रखा। देवयानी को देखा। जैसे देख न रहा हो, एनेस्थीसिया की डोज़ दे रहा हो।

''मैं ठीक हूँ सर।'' देवयानी मोटर क्लेम की फ़ाइल को देखते हुए बोली।

''देवयानी... फ़ाइल तो ठीक है। लेकिन आप ठीक नज़र नहीं आ रहीं।'' बैरियल बोला। ऐसे बोला जैसे कोई बहुत 'क़रीबी' बोलता है। पहली बार उसने

देवयानी का नाम लिया। न मैडम कहा न मिस।

"सर, मेरी बात छोड़िए। आई एम ओके। बट फ़ाइल इज़ नॉट!" देवयानी चाहती थी काम की बात हो, फिर वो उठे और बाहर निकलकर राहत की साँस ले।

"फ़ाइल की नहीं... मुझे आपके प्रोफ़ाइल की चिन्ता है मैडम।" बैरियल ने हँसने की कोशिश की। सिगरेट की राख़ को ऐश-ट्रे में गिराया।

देवयानी ने देखा। उसे लगा, राख़ सिर्फ़ सिगरेट की ही नहीं, बैरियल की विकृति की भी है।

देवयानी चुप रही।

बैरियल सिगरेट के टोटे को ऐश-ट्रे में मसल कुचल कर, थोड़ी संजीदगी, थोड़ी रहस्यमयी आवाज़ में बोला, "आपके वो दिन तो नहीं चल रहे मैडम?"

"कौन-से दिन?" देवयानी कुछ भी न समझ पायी।

"वो दिन!...आई मीन पीरियड और नेपकिन के दिन।" बैरियल ने कहा। मुस्कराया।

देवयानी बौख़ला गयी।

इतना बड़ा ऑफ़िसर और ऐसी बात—अनावृत करती। एक स्त्री की निजता में सेंध लगाती।

देवयानी ने बैरियल को देखा। देखती रही एकटक। जैसे देखना यक्षप्रश्न हो। जैसे देवयानी पूछ रही हो—आप इतने संस्कारहीन मनुष्य क्यों हैं।

"प्लीज़ डोंट मांइड।" बैरियल हँसा। यह हँसी फीकी हँसी थी। फिर कहा, "मिस, यू नो। आई एम वैरी फ्रैंक। मोर ओवर, लतीफ़े सुनने-सुनाने का मैं बड़ा शौक़ीन हूँ। इट वाज़ ए जोक!... डोंट टेक इट अदरवाइज़।"

देवयानी ने गहरी साँस ली। उसका मन हुआ बैरियल को इसी तरह देखते-देखते, उसके मुँह पर थूक दे।

बैरियल ने सिगरेट के पैकेट में से नयी सिगरेट निकाली। लाइटर से सिगरेट जलायी। कश लिया। धुआँ छोड़ा। देवयानी को देखते हुए बोला, "मैडम, आपने तो बात दिल को लगा ली।... मैं दिल का साफ हूँ यार। मेरे मन में कुच्छ नहीं... कुच्छ बी नहीं।... इतना टेंस एटमसफेयर इन माई केबिन... नो! आई वांट लाइट ऐंड चीयरफुल मौसम।... चलो एक जोक सुनाता हूँ। हरियाणवी में है जोक। मेरा ख़याल है आप इंजाय करेंगी। हरियाणवी बहुत हाज़िर जवाब होते हैं।... हरियाणा के किसी बस अड्डे पर एक जवान लड़की खड़ी थी। उसने जो सूट पहन रखा था उस पर हवाई जहाज़ छपे हुए थे। एक हरियाणवी लड़का लगातार उस लड़की को देखता जा रहा था। लड़की ग़ुस्से में आकर बोली, 'क्यूँ रे तनैं जहाज़ कद्दे न देखे?...' लड़के ने जवाब दिया, 'जहाज़ तो कई बार देखे। पर ईसा जहाज़ों का

अड्डा पहली बार देखा।' "

चुटकुला समाप्त करने के बाद ठहाका लगाया बैरियल ने। देवयानी चुप बैठी रही। जैसे बैरियल का ठहाका तेज़ाब का भरा गुबारा हो। वो फट गया हो और उस तेज़ाब के छींटे, यहाँ-वहाँ बिखरते चले गये हों।

देवयानी उठी। उसने फ़ाइलों को देखा। एक पल के लिए दुविधा में रही। फ़ाइलों को उठाये या पड़ा रहने दे मेज़ पर। फिर उसने फ़ाइलों को उठाया। केबिन से बाहर निकली। वो गहरे तनाव में थी। उसने भरसक कोशिश की थी कि तनाव को अपने चेहरे पर नज़र न आने दे।

फ़ाइलों को देवयानी ने अपनी मेज़ पर रखा। कुछ पल के लिए विचारमग्न रही। क्या करे? वो जानती थी बैरियल की अश्लीलता में शामिल न होने का नतीजा क्या होगा? मुजरिम वही समझी जाएगी।

उसने इंटरकॉम को तीन बार उठाया। रखा। यह विचलन था। द्वन्द्व भी था। एक स्त्री का द्वन्द्व। पुरुष समाज में एक अकेली स्त्री का द्वन्द्व। जो मानसिक सन्ताप झेलकर आयी थी और बेचैन थी। ख़ौफज़दा थी। जो तय नहीं कर पा रही थी कि क्या करे?

उसने फिर इंटरकॉम का रिसीवर उठाया। एक नम्बर के बटन को दबाया। एक नम्बर डिविजनल मैनेजर मिस्टर डी.के. शानी का था। देवेन्द्र कुमार शानी।

"यस।" शानी साहब ने इंटरकॉम के रिसीवर को उठाते हुए पूछा। ऐसा लगता था वहाँ कई सारे लोग बैठे हैं और वो जल्दी से बात सुन लेना चाहते हैं।

"सर, मैं मोटर क्लेम की तीन फ़ाइलें मिस्टर बैरियल के पास लेकर गयी थी...।" देवयानी कुछ कहना चाहती थी। "देन?" शानी साहब किसी और मूड में थे।

"सर वो कुछ दूसरे कामों में बिज़ी थे।" देवयानी ने कहा।

"मैडम, इतनी मामूली बात के लिए मुझे डिस्टर्ब किया।... वो जब बिज़ी न हों तब जाना उनके पास।... ऐंड लिसन। कोआपरेट हिम। ही इज़ युअर बॉस।" शानी साहब ने रिसीवर रख दिया।

देवयानी ठगी-सी रह गयी।

दस पैंतीस का वक़्त था। सवा दस के करीब बैरियल ने चेतन को अपने केबिन में बुलाया था। चाय का पूछा था। चेतन के इंकार करने के बावजूद मिस्टर बैरियल ने चाय मँगवा ली थी। अभी चाय नहीं आयी थी। मिस्टर बैरियल ने अपनी बड़ी-सी टेबल पर पड़ी कई सारी फ़ाइलों को देखा था। मुँह बिचकाया था। फ़ाइलें उठायी थीं। नीचे टेबल ग्लास था। टेबल ग्लास के नीचे एक आदिवासी स्त्री की

तस्वीर थी। तस्वीर में स्त्री के स्तन दिखाई दे रहे थे। स्त्री की विवशता थी। बैरियल का सुख था। बैरियल दिन में कई-कई बार उस तस्वीर को देखता था। वो चाहता था उसके केबिन में बैठे और लोग भी इस तस्वीर को देखें—ख़ासतौर से स्त्रियाँ, जो इस दफ़्तर में काम करती थीं।

बैरियल ने फ़ाइलें उठायी थीं। आदिवासी की तस्वीर और तस्वीर में सुडौल स्तन! वो देखता रहा। चेतन ने भी तस्वीर को देखा। फिर बैरियल ने फ़ाइलें रख दीं।

चाय के दो कप मेज़ पर रखकर, कैंटीन बॉय चला गया।

"कैसा चल रहा है?" चाय का कप अपनी ओर सरकाते हुए बैरियल ने पूछा।

"बहुत अच्छा चल रहा है।" चेतन ने जवाब दिया।

"स्ट्रेंज।" बैरियल ने कहा।

चेतन ने एक बार बैरियल को देखा। स्ट्रेंज जैसी बात कहाँ से पैदा हो गयी।

"मिस्टर चेतन! आपकी सेलरी फिगर मैं जानता हूँ। इतनी कम सेलरी और आप कह रहे हैं कि अच्छा चल रहा है।... इज़ इट नॉट स्ट्रेंज?" बैरियल ने कहा। वो थोड़ा-सा हँसा।

"सर, रहने के लिए एक छत की ज़रूरत होती है। वो मेरे पास है। चलने के लिए पाँव भी हैं और पाँव रखने के लिए ज़मीन भी है।... धूप और हवा का साथ भी है और देर तक देखते रहने के लिए आसमान भी है।... इसलिए सर, अगर मैंने कहा कि अच्छा चल रहा है तो इसमें हैरान होने जैसा कुछ भी नहीं।" चेतन बोलता चला गया।

"मिस्टर चेतन, अभी आप अपनी लाइफ़ को पोएटिक ऐंगल से देख रहे हैं। हक़ीकत की समझ बाद में आएगी, जब जेब छोटी हो जाएगी और ख़र्च ज़्यादा।... इसलिए आपको समझा रहा हूँ कि रियलिस्टिक बनो। पैसे के महत्त्व को समझो। ख़ूब कमाओ। कमाने का रास्ता हम बताएँगे।... बट, इट इज़ बिटवीन यू ऐंड मी।" बैरियल ने आवाज़ को थोड़ा धीमा करते हुए कहा, "हमारे साथ चलो।... हमारे रास्ते पर।" बैरियल चुप हो गया। उसने चाय का घूँट भरा।

"सर, आप ऑफ़िसर हैं। हम सबार्डिनेट हैं। हमें आपके बताये हुए रास्ते पर ही तो चलना है।" चेतन ने कहा।

"वैरी फ़ाइन। आई लाइक इट।" बैरियल ने कहा। चाय का घूँट भरा। फिर बोला, "मेरी रियलिस्टिक अप्रोच है चेतन! यह टाइम, बड़ा नामुराद टाइम है। पैसेवाले का जय-जयकार होता है। पैसे से आपकी छवि बनती है... पैसे से आपकी रिस्पेक्ट होती है।" बैरियल कहता चला गया।

"लेकिन सर...।" चेतन ने कुछ पूछना चाहा।

"चेतन! यू नो, हमारे वक़्त में सबसे रबिश वर्ड कौन-सा है... ईमानदारी!...

फुलिश पीपल ईमानदारी के ढोल को गले में डालकर बजाते रहते हैं और उसकी बेसुरी आवाज़ कोई नहीं सुनना चाहता।''

''सर, ये सब बातें आप मुझे क्यों बता रहे हैं?'' चेतन ने अस्थिर होकर पूछा।

''इसलिए बता रहा हूँ कि तुम थोड़ा 'मलाई' निकालना सीखो।'' बैरियल ने कहा।

''मलाई?'' चेतन कुछ भी नहीं समझा था।

''ओ यार चेतन! कैसे समझाऊँ। इतनी सीधी-सी बात भी नहीं समझ सकते? मलाई मतलब मनी। मनी मेक्स ए मीयर गो।... पैसा कमाना एक कला है। अपनी ज़रा-सी तनख्वाह से बँधे रहना बेवकूफ़ी!'' बैरियल ने कहा। जैसे जीवन का फलसफ़ा पेश किया हो।

चेतन द्वन्द्वग्रस्त था। एकटक देखता रहा बैरियल को। चाय का कप पड़ा रहा। घूँट भरना भूल गया।

''इधर आओ।'' बैरियल ने बैठे-बैठे चेतन को थोड़ा क्लोज़ हो जाने के लिए कहा। क्लोज़ अप हो जाने के बाद बैरियल ने एक भेद खोला, ''पता है कुछ? हर महीने डी.एम. कान्फ्रेंस में प्रीमियम, क्लेम, रेट-टैरिफ़ की बेकार की बातें होती हैं। असल बात पता है क्या होती है?... तुम्हें पता नहीं। मैं बताता हूँ। पन्द्रह लाख रुपये 'ऊपर' पहुँचाने होते हैं। ऊपर पता है कहाँ?... सी.एम.डी. सेक्रेटेरियट और चार जी.एम.!... हिल गयी कुर्सी?... सरक गयी न ज़मीन!... चाय पिओ।... ऐंड लिसन। यह सब सीक्रेट है। बिटविन यू ऐंड मी।''

बैरियल ने अपने मन की बात कह दी थी। चेतन को वो क्लेम सीट देना चाहता था, लेकिन वो चाहता था कि चेतन उस सीट पर किसी 'पपेट' की तरह बैठे। किसी लट्टू की तरह हो जाय। किसी बैलून की तरह उसे जब चाहें फुलाएँ। जब चाहें पिचका दें।

चाय ठंडी हो गयी थी।

चायवाला दूसरी चाय दे गया था। चेतन ने चाय के कप को उठाया था। उसके मन में उथल-पुथल थी। जैसे वो किसी अन्धड़ में फँस गया हो।

बैरियल मुस्करा रहा था। चेतन उद्वेलित। बेचैन। दस बजकर पैंतीस मिनट हुए थे।

अनिरुद्ध राणा बैरियल के केबिन में प्रविष्ट हुआ। हाथ काले। चेहरे पर ग्रीस के धब्बे। गले में छोटा-सा तौलिया और हाथ में साइकिल की चेन। जैसे चेन न हो, सपेरे ने साँप पकड़ रखा हो।

अनिरुद्ध ने बैरियल के केबिन में रखे हाज़री रजिस्टर को खोला। जेब से पेन निकाला। पेन निकालते वक़्त उसकी कमीज़, जेब के पास, हाथ लगने से काली हो

गयी। उसने परवाह नहीं की। अटेंडेंस मार्क करने के लिए वह ज्योंही रजिस्टर पर झुका, अटेंडेंटवाले खाने में एबसेंट मार्क हो चुकी थी।

आग-बबूला हो गया अनिरुद्ध राणा। कुछ देर खड़ा रहा रजिस्टर को देखता। एक हाथ में उसके पेन था। दूसरे हाथ में साइकिल से टूटी हुई चेन थी। चेहरे पर ग्रीस की कालिख के अतिरिक्त, तनाव था, क्रोध था और न जाने क्या-क्या था?

उसने अपने क्रोध को काबू में रखने की बहुत सारी कोशिश करते हुए कहा, "सॉब, ये एब्सेंट।"

"मिस्टर अनिरुद्ध, अपनी वॉच देखिए।" बैरियल ने रूखा-सा जवाब दिया।

"मैं अपनी घड़ी देखता हूँ। आपने मेरे साइकिल की टूटी हुई चेन देखी।" अनिरुद्ध बोला। जैसे कोई अनार फूट पड़ा हो।

"कंट्रोल मिस्टर अनिरुद्ध!" बैरियल ने तमतमा कर कहा। फिर घड़ी दिखाते हुए बोला, "सी!... टाइम देखा है? दस चालीस होने को हैं। दफ़्तर दस बजे का है। आप लोगों के लिए हम साढ़े दस तक इन्तज़ार करते हैं। तब एब्सेंट मार्क करते हैं।"

"ठीक कहा सर। दफ़्तर दस बजे का है। बट सर। आप मेरी प्रॉब्लम तो समझिए। साइकिल की चेन टूट गयी। रास्ते में कोई साइकिल रिपेयर वाला था ही नहीं।... इसलिए लेट हो गया।" अनिरुद्ध ने लेट आने का स्पष्टीकरण दिया। वो ऐसे बोल रहा था जैसे अपने गुस्से को पी रहा हो।

"आप साइकिल की टूटी चेन लेकर आ गये। कल कोई स्कूटर का हेंडिल लेकर आ जाएगा... परसों कोई बस का स्टीरिंग लिये खड़ा होगा... मैं किस-किस की एब्सेंट 'कनडोन' करूँगा।... मेरे अपने प्रिंसीपल हैं। डिस्पिलिन ऐंड ऑनेस्टी... मोस्ट इम्पोर्टेंट इन माई लाइफ़।" बैरियल ने अपनी बात के आरम्भ में मज़ाक़-सा उड़ाया और बाद में डिस्पिलिन और ऑनेस्टी तक चला आया। ऑनेस्टी जैसा शब्द सुनकर चेतन चौंक गया। और डिस्पिलिन जैसे शब्द को सुनकर, अनिरुद्ध को आग लग गयी हो जैसे।

"मेरे पास न बस का स्टीरिंग है न स्कूटर का हेंडिल।... मेरे पास साइकिल की टूटी चेन है। और मैं तीन मील से पैदल आ रहा हूँ। और मैं बता दूँ कि इस एब्सेंट को सेलीब्रेट करूँगा और ये चेन शाम को पाँच बजे के बाद, एक शख़्स के गले में डालकर उसका अभिनन्दन करूँगा।" अनिरुद्ध राणा अपने बिन्दास लहज़े के लिए मशहूर था। बैरियल के केबिन में प्रविष्ट होते हुए उसने निवेदन जैसा किया था। केबिन से बाहर निकलते वक़्त, वो अपनी पर उतर आया था। सीधे-सीधे धमकी तो नहीं दी थी उसने। लेकिन बैरियल के मन में ख़ौफ पैदा करने के लिए, ये इशारतन बात काफी थी।

बैरियल कुछ पल ऐसे बैठा रहा जैसे वो काठ का हो गया हो या जैसे कोई जादूगर उसके भीतर की आत्मा को निकालकर कहीं चला गया हो। ये और बात थी कि आत्मा जैसी शय को वो बहुत पहले कहीं गुम कर आया था।

चेतन चुपचाप बैठा था।

''देखा इसे।'' बैरियल ने लाइटर से सिगरेट सुलगाते हुए कहा, ''ब्लैक शीप! ऐसी कई ब्लैक शीप हैं इस दफ़्तर में सबको सेट कर दूँगा।... ओ.के. मिस्टर चेतन। बाद में मिलते हैं।'' बैरियल ने कश लिया, धुआँ छोड़ा। धुआँ भटक रहा था और बैरियल का मन!

अनिरुद्ध राणा। क़द छह फुट दो इंच। भरा हुआ चेहरा। चौड़ा जबड़ा। आँखें गहरी काली। चमकती हुई पेशानी। घुँघराले काले बाल। आवाज़ भारी। आदत बीड़ी पीने की और स्वभाव अक्खड़। तन गये तो देवदार और झुक गये तो किसी मासूम बच्चे की प्रार्थना।... अपने समय का कोई आधुनिक कबीर। और पुराने वक़्तों का कोई असफल प्रेमी।... विवाहित और दो बच्चों का पिता अनिरुद्ध। रानीबाग़ से गोल मार्केट तक साइकिल की यात्रा। गर्मी-सर्दी-बारिश... हमेशा साथ साइकिल का। दफ़्तर के कलीग उसे 'मैन विद द साइकिल' कहते और वो ख़ुद को 'मैन विद द इमोशन्स' कहता।

दफ़्तर में आता तो सबसे अलग नज़र आता। दिसम्बर की ठेठ सर्दियों में भी गटगट करता दो गिलास पानी पी जाता। और फिर मेज़ के सामने मत्था टेकता। उसकी मेज़ पर शीशा था। लेकिन शीशे के नीचे किसी देवी-देवता की तस्वीर नहीं थी। वो पता नहीं किसके सामने मत्था टेकता। फिर सबको देखता। सबकी तरफ़ हाथ उठाकर, राम-राम करता। तारिक अनवर को सलाम कहता। एक बार मुस्कराता। और फिर साइकिल यात्रा का रोमांचक वृत्तान्त सुनाने लगता। उसे इस बात से कोई गरज़ नहीं होती थी कि उसकी बात कोई सुन भी रहा है या नहीं। वो अपनी रौ में बोलता रहता।

अनिरुद्ध राणा इस दफ़्तर में सहायक पद पर था। यानी असिस्टेंट। यानी क्लर्क। अन्य क्लर्कों की तरह अनिरुद्ध भी क्लर्क था। क्लास थ्री था। क्लास थ्री के स्टीरियो टाइप कल्चर में एक अनिरुद्ध था जो बिलकुल भिन्न था। भिन्न तारिक भी था और चेतन भी। लेकिन अनिरुद्ध विलोम था। इस दफ़्तर की तहज़ीब का विलोम!

बैरियल के केबिन से निकलते वक़्त भी चेन उसके हाथ में लटक रही थी। वो उसे घुमा रहा था। चल रहा था। जैसे कोई जोगी या कोई औघड़ या कोई अलमस्त फ़क़ीर, बड़ी-सी माला को हाथ में लेकर चल रहा हो और उसे न दीन की ख़बर हो

न दुनिया की।

उसने साइकिल की चेन को मेज़ पर रखा। पानी पिया। बीड़ी सुलगायी और फिर एक ज़ोर का ठहाका लगाया। सब चौंक गये। वो फिर हँसा। हँसता चला गया। ऐसे समय में जब लोग चुटकुले सुनकर भी नहीं हँसते थे। वो ख़ामख़ा हँस रहा था। उसकी हँसी, पता नहीं टहल रही थी या उड़ रही थी। उसकी हँसी किसी पतंग की तरह थी जिसके टूटकर गिरने का सब इन्तज़ार कर रहे थे।

"दोस्तो, पता है मैं क्यों हँसा?" उसने हॉल में सभी लोगों को मुख़ातिब होकर कहा।

लेकिन किसी ने उसके प्रश्न का जवाब नहीं दिया। अनिरुद्ध ने एक मिनट तक प्रतीक्षा की। दूसरी तरफ़ से जब किसी शख़्स ने कोई जवाब नहीं दिया तो वो ख़ुद-ब-ख़ुद बोला, "मैं इसलिए हँसा क्योंकि मेरे पास हँसी है। तुम इसलिए चुप हो क्योंकि तुम्हारे पास, मध्यमवर्गीय हिपोक्रेसी है, जो न तुम्हें हँसने देती है न रोने।... तुम लोग हमेशा... इसी तरह रहोगे... हँसने और रोने के बीच! उदासीनता के कीचड़ में धँसे!"

अनिरुद्ध की बात बेशक तीखी थी। चुभती हुई थी। इसके बावजूद सब चुप रहे। अनिरुद्ध बोलता रहा। उसकी एब्सेंट लग चुकी थी। वो फर्स्ट हॉफ़ छुट्टी पर था। उसका छुट्टी पर होना ऐसे था, जैसे उसने पूरे दफ़्तर की घंटी बजा दी हो। बैरियल की तो वो घंटी बजा ही आया था और अब सामने बैठा डबल ए ओ गुप्ता उससे परेशान हो रहा था। लेकिन वो चाहता था कोई दूसरा उसे चुप कराये। यही महानगरीय चालाकी थी और पाखंड भी था। कोई आमने-सामने की लड़ाई नहीं लड़ना चाहता था। बेशक, कई लोगों के पास बन्दूकें भी थीं। लेकिन वो उन बन्दूकों को दूसरों के कन्धों पर रखकर चलाते थे। जैसे कि अब गुप्ता... जो तिलमिला तो रहे थे। कह कुछ भी नहीं रहे थे।

अनिरुद्ध बोलता जा रहा था, "आज पता है एक ट्रक के पीछे क्या शेर लिखा था?... लिखा था—मैं ट्रक हूँ... ठहरी हुई दीवार नहीं हूँ... बाज़ार से निकला हूँ ख़रीदार नहीं हूँ।"

ट्रक के पीछे लिखे शेर को सुनाने के बाद वो एक बार फिर हँसा। उसकी हँसी में कुछ और लोग भी शामिल हुए। बेशक उनकी हँसी, दबी-दबी थी। लेकिन अनिरुद्ध की हँसी दबंग। जैसा आप। वैसी हँसी।

आज बैरियल ने न सिर्फ़ उसकी एब्सेंट मार्क की थी, उसका मज़ाक़ भी उड़ाया था। आज वो चाहता तो हॉल में बैठकर कई सारी सात्विक गालियाँ, बैरियल के नाम रसीद करता। लेकिन जबसे देवयानी मैडम आयी थी, उसने माँ-बहन की गालियाँ देनी बन्द कर दी थीं। लेकिन उसके पास दूसरे टोटके बहुत थे। जैसे कि

ठहाके! लोग जिस हॉल में रंजिदा-कशीदा हो जाते, अनिरुद्ध ठहाके लगाता।

साइकिल की चेन का टूटना और तीन मील से साइकिल के साथ घिसटते हुए दफ़्तर पहुँचना सिर्फ़ पाँच मिनट लेट—दस तीस के बजाय दस पैंतीस पर। और रजिस्टर में एब्सेंट!

कोई और होता तो मंज़र दूसरा होता। वो चिढ़ता। खीझता। मन-ही-मन गालियाँ बकता। काम न करने की चेतावनी देता और कुलबुलाता रहता।

अनिरुद्ध ठहाके लगा रहा था। उसके ठहाके व्यवस्था का विरोध थे।

चेतन हैरान था। ठहाके क्या सचमुच किसी नारे में बदले जा सकते हैं? लेकिन ठहाकों को प्रतिवाद में बदलने की ताक़त अनिरुद्ध में थी।

बड़े सॉब सचमुच बड़े सॉब थे। वो अपने होने में बड़े सॉब थे और दिखने में भी। बड़े सॉब यानी डिविजनल मैनेजर। यानी डी.के. शानी। यानी देवेन्द्र कुमार शानी!

शानी सॉब सुबह-सवेरे हॉल से गुज़रते वक़्त ताज़ादम नज़र आते। वो पैसेज से गुज़रते। ज़रा ठिठकते। हॉल में बैठे लोगों की तरफ़ देखते। मुस्कराते। हाथ उठाकर 'विश' करते। कुछ लोग उनके सम्मान में खड़े होने का नाटक करते। शानी साहब अपने केबिन में चले जाते। उनके अन्दर जाने के बाद उनका पी.ए. शार्टहैंड बुक लेकर अन्दर प्रविष्ट होता। इस बीच शानी सॉब लक्ष्मी जी, गणेश जी, हनुमान जी की तस्वीरों के आगे मत्था टेक चुके होते।

पी.ए. कुर्सी पर बैठता और सिलसिलेवार, हॉल के अन्दर घटित हुई घटनाओं का वृत्तान्त सुनाता। ऐसा लगता कोई संजय, मौजूदा दौर के धृतराष्ट्र को, महाभारत की कथा सुना रहा है। पी.ए. मुखबिर था। जासूस था। पी.ए. शातिर किस्म का ऐसा नौजवान था—जिसके पास चालाकी की कुल्हाड़ी थी और वो किसी के भी पाँव पर मार सकता था।... पी.ए. यानी पर्सनल असिस्टेंट ऐसा ख़बरची था, जो अदृश्य अख़बार पढ़कर सुनाता और उसकी ख़बरों में अनिरुद्ध जैसे ख़ुराफ़ाती, किसी वारदात को अंजाम देते प्रतीत होते।

पी.ए. अपनी विशिष्ट ड्यूटी निभाकर बाहर निकलता। लोग समझते वो डिक्टेशन लेकर निकला है। असल में वो डिक्टेशन देकर निकलता।

इसके बाद शानी सॉब सर्वेयर, वर्कशाप, रिपेयरर, क्लाइंट्स से लेकर साल्वेज खरीदने वाले कबाड़ी तक को फोन कर डालते। इस तरह के 'फोन' कई अर्थ रखते थे। यह एक तरह का गणित था... कैलकुलेशन! बाहर से ऐसा प्रतीत होता कोई अभिन्न मित्र, दूसरे अभिन्न मित्र को फोन पर दोस्ती के नग्मे सुना रहा है। ये फोन

एक तरह से 'रिमाइंडर' की तरह होते। इस तरह के फोन का अच्छा रिस्पांस निकलता। वर्कशाप और रिपेयरर, सर्वेयर और कबाड़ी किसी-न-किसी रूप में नतमस्तक होकर नये काम हासिल करते और पुराने काम का प्रतिशत, शानी सॉब की मेज़ पर रखकर, ख़ुद को सुर्ख़रू महसूस करते।

शानी सॉब अपनी रिवाल्विंग चेयर पर पीठ टिकाते। वो पीछे की तरफ़ झुकती चली जाती। शानी सॉब आँखें मूँद कर, परम तृप्त भाव से अपने भीतर झाँकते। उन्हें लगता सुख शायद इसी चीज़ का नाम है। उनके बड़े-से केबिन में ख़ामोशी के सिवा कोई न होता। वो होते। चमचमाती टेबल होती। कालीन होता। रिवाल्विंग चेयर पर वो ख़ुद होते। सामने सोफ़ा होता। कुर्सियाँ होतीं।

एक दिन अचानक शानी सॉब सोफ़े को देखने लगे थे। इसी सोफ़े पर उन्होंने बहुत पहले एक लेडी-असिस्टेंट को लिटाया था और उस पर ख़ुद पसर गये थे। खेलते रहे थे उसकी देह के साथ। लेडी असिस्टेंट सोफे पर ऐसे पड़ी थी जैसे बर्फ़ की सिल हो। उस बर्फ़ की सिल पर शानी सॉब किसी आग के जंगल की तरह। दो जिस्म इतने करीब कि साँस की आवाज़ भी सुनाई दे जाय। दो जिस्म इतनी दूर कि कहीं कोई भावना का आवेग न प्रेम का जज़्बा!

यह एक तरह की डील थी। लेडी असिस्टेंट ग्यारह महीने से विदाउट-पे थी। उसके पति को अचानक पक्षाघात हुआ था। पूरा घर बिखर गया हो जैसे। बच्चों की पढ़ाई, बच्चों का स्कूल और पति की तीमारदारी। लेडी असिस्टेंट ग्यारह महीने से दफ़्तर नहीं आ पायी थी। आती भी कैसे? बिस्तर पर पति था—पक्षाघात से पीड़ित। जिसकी हर पल ख़बर रखनी पड़ती थी।

लेडी असिस्टेंट के सारे तर्क ख़ारिज कर दिये थे मैनेजमेंट ने और नौकरी से बेदख़ल करने का नोटिस जारी कर दिया था।

शानी सॉब ने लेडी असिस्टेंट को अपने केबिन में बिठाकर, ध्यानपूर्वक उसकी दास्तान सुनी। बड़े हमदर्द लहज़े में कहा कि वो इस टर्मिनेशन के नोटिस को ख़त्म करवा देंगे। नौकरी भी बहाल करवा देंगे... लेकिन...।

वो लेकिन पर ठिठक गये थे। लेडी असिस्टेंट समझदार थी। वो जानती थी जो शब्द बीच में कहीं ख़त्म हो जाते हैं, उनका प्रेक्टिकल रूप कुछ और होता है।

लेडी असिस्टेंट शानी सॉब को देखती रही थी एकटक और शानी सॉब उस स्त्री को।

और फिर उस 'डील' के लिए स्त्री तैयार हो गयी थी। एक तरफ़ विवश स्त्री थी। दूसरी तरफ़ स्त्री-विवशता को देह-राग में बदलता अधिकारी!

बाद में बहुत कुछ बदल गया था। टर्मिनेशन लैटर किसी कूड़ेदान में जा गिरा था। स्त्री की नौकरी बहाल हो गयी थी।

लेकिन एक फ़र्क़ आया था। स्त्री जब-जब ऑफ़िस आती। उसे लगता उसका स्त्रीत्व यहीं-कहीं गुम हुआ है। वो शानी सॉब को देखती तो उसे महसूस होता जैसे वो अब भी उसे निर्वस्त्र कर रहा है।

स्त्री ट्रांसफर करवा कर किसी दूसरे दफ़्तर में चली गयी थी।

शानी सॉब रिवाल्विंग चेयर पर पसरे हुए उस सोफे को देखते रहे थे। उत्तेजना का कीड़ा उनकी देह में रेंगता चला गया हो जैसे। वो पुरानी यादों में खोए रहे देर तक। फिर सोचने लगे—इस सोफे पर अगर देवयानी लेटी हो और उसके तराशे हुए जिस्म से खेलते हुए वो हों, तो वो सुख, आत्मिक सुख होगा... इतना आनन्द... इतना आनन्द कि बस...।

शानी सॉब देर तक वासना के कीचड़ में किसी सुअर की तरह लोटपोट होते रहे।

अचानक फोन की घंटी बजी। वो सँभले। उन्होंने फोन उठाया। उधर से आवाज़ आयी, ''शानी सॉब तुस्सी ग्रेट हो।''

''ओए मल्होत्रा, वी पंजाबी पुत्तर, आलवेज़ ग्रेट।... पंजाबी होते ही ग्रेट हैं मल्होत्रा।''

''बट मिस्टर शानी, यू आर रियली ग्रेट।'' मल्होत्रा कह रहा था। शानी सॉब सुन रहे थे। प्रसन्न थे।

दरअसल, मल्होत्रा का एक क्लेम जो किसी दूसरे ऑफ़िस में अटका हुआ था, शानी सॉब ने अपने प्रभाव से उसे 'पास फॉर पेमेंट' करवा दिया था। यही कारण था कि मल्होत्रा उन्हें ग्रेट कह रहा था।

फोन रखकर भी शानी सॉब मन-ही-मन मुस्कराते रहे। सुखी लोग शायद इसी तरह, मन-ही-मन मुस्कराते रहते हैं। शानी सॉब ने लक्ष्मीजी की तस्वीर के आगे हाथ जोड़ दिये थे। हाथ जोड़ने के बाद, पता नहीं उनका एक हाथ अपने गंजे सिर तक क्यों चला गया था। उन्हें अपने गंजेपन पर बेहद मलाल होता था। सिर पर बाल होते तो वो कितने जवान नज़र आते। ऐसा गोरा चिट्टा भरे हुए गालोंवाला, दमकता हुआ चेहरा है किसी का? चेहरे से कितने ऐलीट लगते हैं? लेकिन सिर! जैसे भयंकर अकाल पड़ा हो। उजड़ गयी हो फसल।

ख़राब वो अब भी नहीं लगते थे। वो अपनी हर शय पर मुग्ध होते। अपने हाथ, उँगलियाँ, अपनी आँखें, अपने होठ और मुस्कान, अपनी आवाज़ और बात करने का ढंग। अपनी हर शय पर वो मर मिटते।

वो आत्ममुग्ध थे। ख़ुद को निहारते। ख़ुश होते। जैसे ईश्वर ने उन्हें इस पृथ्वी पर आनन्द प्राप्त करने के लिए भेजा हो।... वो आनन्द हासिल कर रहे थे। उन्होंने मोंटब्लॉक पेन को खोला बन्द किया। किसी ने गिफ्ट किया था। उस पार्टी का मरीन

क्लेम... आउट ऑफ़ दि वे जाकर पास कराया था। उस पार्टी ने चेक लिया और ये पेन गिफ्ट किया।

सब चलता है। दिस इज़ दि लाइफ़। एक हाथ दे। एक हाथ ले। यही जीवन दर्शन है—उन्होंने अपने आपको समझाया। फिर अँग्रेज़ी में गाना गाने लगे— "आई एम द किंग... डिंग... डिंग... डिंग!"

चेतन सुबह जब दफ़्तर पहुँचा, उस वक़्त कम ही लोग आये थे। जो आये थे वो इक्नोमिक्स टाइम्स का शेयरवाला पेज देख रहे थे। जिस दिन शेयर सूचकांक उछाल खाता, अगले दिन ई.टी. की डिमांड बढ़ जाती। वरना, आपस में बातचीत के लिए तीन 'एफ' थे—फूड, फ़ैशन और फ़िल्म!... जब क्रिकेट मैच होते तो लोगों के रुझान बदल जाते। वो कमेंट्री सुनते। एक्सपर्ट कमेंट्स पेश करते। दफ़्तर में एक वर्ग जुआरियों का भी था। वो शाम को, जब दफ़्तर ख़ाली हो जाता तो स्क्यूरिटी गार्ड की जेब में बीस का नोट रखते। किसी मेज़ के इर्द-गिर्द बैठते। फ़्लैश खेलते। दिन के वक़्त वो कमेंट्री के दौरान, 'सट्टा' खेलते। बेशक, 'स्टेक' बहुत छोटा होता। लेकिन इंश्योरेंस के साथ-साथ, जुआ, शराब, सट्टा जैसे पुनीत कार्य भी चलते रहते।

चेतन को इस दफ़्तर में आये काफ़ी अरसा हो गया था। लेकिन कुछ बात थी कि वो इस दफ़्तर में रम नहीं पाया था। उसका परिचय सबसे था। उसके मित्र भी कई सारे थे। तरदीप, रावत, लक्ष्मण बिष्ट, अनिरुद्ध राणा, तारिक अनवर के साथ वो कई बार चाय पी चुका था। तारिक ने एक दिन चाय पीते हुए उसे कहा भी था, "चेतन, तुम्हारा चुप रहना, इस दफ़्तर के माहौल के एकदम अलग है। यहाँ बड़बोले हैं और जो बड़बोले हैं उन्होंने माफ़ियाओं की तरह, अपने-अपने इलाक़े, तय कर लिये हैं।... कम बोलनेवालों की कोई जगह नहीं होती।"

"हम अपने अन्दर की आवाज़ों को शोर में बदल जाने दें ताकि हम ख़ौफ पैदा कर सकें?" चेतन ने तारिक से पूछा था और तारिक ने कोई जवाब नहीं दिया था।

चेतन जब दफ़्तर पहुँचा था, थोड़े से लोग आये थे। संकेतों में सबसे दुआ-सलाम हुई थी। चेतन अपनी सीट पर बैठ गया था। उसने मेज़ के दराज़ को खोला ही था कि सब स्टॉफ ने चेतन को आकर कहा कि बड़े सॉब बुला रहे हैं।

चेतन एक पल के लिए सोचता रहा कि डी.एम. मिस्टर शानी उसे क्यों बुला रहे होंगे? फिर भी वो उठा। मेज़ के दराज़ को बन्द किया और 'बड़े सॉब' के बड़े केबिन में दाख़िल हुआ।

बड़े सॉब सचमुच बड़े थे। वो पाखंड की रचना करना जानते थे। वो तपाक से मिले। मन्द-मन्द मुस्कराये। कुछ अँग्रेज़ी के वाक्य और कुछ मुस्कान और फिर

सामने पड़ी कई सारी कुर्सियों की तरफ़ बैठने का संकेत!

चेतन डी.एम. मिस्टर शानी के ऑफ़िस में बैठा था। सनमाइका की बड़ी-सी टेबल के उस पार शानी सॉब थे— जैसे वो न हों, ख़ुशियों का कारख़ाना रखा हो कुर्सी पर। जितनी बड़ी टेबल थी, उतना बड़ा शीशा। शीशे के नीचे सरकुलर पेपर, इंश्योरेंस चार्ट, टेलीफोन नम्बरों की लिस्ट और देवी-देवताओं की तस्वीरें। कमरे के एक कोने में गणेश जी की मूर्ति थी तो दूसरे कोने में लक्ष्मीजी की। पैरों के नीचे गुदगुदाता कालीन था—नीले रंग का। हर शय बेआवाज़ थी। सिर्फ़ साँस लेने की आवाज़ थी। केबिन के भीतर तहज़ीब का ऐसा सन्नाटा था कि जैसे अभी-अभी कोई गोली चली हो और आहटों के तमाम परिन्दे उड़ गये हों ख़ौफज़दा होकर।

अगरबत्ती की ख़ुशबू के अतिरिक्त यू डी क्लोन की भी ख़ुशबू थी। दोनों ख़ुशबुएँ मिलकर कोई नयी गन्ध रच रही थीं।... बहरहाल, बाहर के झुलसाते मौसम और बेशुमार, बेतरतीब आवाज़ों के बरअक्स यहाँ सब शान्त था। वातानुकूलित था। यहाँ सुख था जो शायद वो भी इंसुलेटिड था। इसके बावजूद, डी.एम. मिस्टर शानी के अतिरिक्त, जो उपस्थित था वो सुख था। बाहरी जगत् की हाय-तौबा, दुख, उदासी, बदहाली से इस केबिन के भीतर का वातावरण निस्संग था। निस्संगता एक पात्र की तरह मौजूद थी जो डी.एम. मिस्टर शानी की चहेती थी। ऐसा भी लगता था जैसे शानी सॉब ने अपने अन्दर की निस्संगता को कुछ देर के लिए बाहर आ जाने दिया है—केबिन में टहलने के लिए।

शानी सॉब को सरसरी तौर से देखो तो वो किसी आलीशान इमारत की तरह नज़र आते। उन्हें ग़ौर से देखते रहने पर सच मालूम होता—चेहरे पर परम तृप्ति के बावजूद, उनकी आँखों में किसी शिकारकथा का रोमांच नज़र आता।

टेबल पर प्लास्टिक की ट्रे थी। ट्रे में फाइलें थीं। फाइलों में शानी सॉब के 'साइन' थे। शानी सॉब शिखर पुरुष थे। शिखर पुरुष का 'येस' या 'नो' मानीखेज़ होता है।

मेज़ पर दो फोन रखे थे। साइड में केबिनेट था।

आरम्भ में वो थोड़ा-सा मुस्कराये थे। फिर मुस्कान लोप हो गयी थी। जैसे डॉक्टर ने ज़्यादा मुस्काराना सेहत के लिए नुकसानदायक बताया हो। वो चुपचाप एक फाइल का अध्ययन करने लगे थे। वो भूल गये थे कि उनके सामने कोई शख़्स बैठा है। यही तो उनकी अदा थी। वो अपने सामने किसी को अदब के साथ बिठाते और फिर उसे सन्नाटे की ज़द में छोड़ देते। बन्दा किसी बर्फ़ की सिल की तरह रिसता रहता और शानी सॉब मन-ही-मन इस सुखकारी दृश्य का लुत्फ़ उठाते। वो सामने बैठे शख़्स को और ज़्यादा 'अदना' होने देते और ज़्यादा व्यर्थ।

लेकिन चेतन न बर्फ़ की तरह पिघला न किसी अस्थिर मनुष्य की तरह बेचैन

हुआ। वो इस तरह बैठा रहा जैसे शानी सॉब के गंजे सिर और गोलमटोल चेहरे को पढ़ने आया हो या फिर अपने आपको किसी नये माहौल में रखने, जहाँ सिर्फ़ बैठने की और सिर्फ़ साँस लेने की सुविधा हो।

"ओह, आई एम सॉरी।... मैं भूल गया था मिस्टर चेतन।... फोन पीछा नहीं छोड़ते।" शानी सॉब ने बनावटी किस्म का खेद प्रकट किया।

"सर, आपका सर्कल बहुत बड़ा है।" चेतन बोला।

"क्या करूँ?... फ्रेंड्स बहुत हैं।" शानी सॉब ने आत्ममुग्ध होकर कहा।

"सर, फ्रेंड्स या क्लाइंट्स?" चेतन का यह सवाल तीखा था।

"क्या क्लाइंट्स फ्रेंड नहीं हो सकते?" शानी सॉब की आवाज़ खुश्क थी। उन्होंने चेतन को हिकारत की नज़र से देखा।

"हो सकते हैं सर, क्यों नहीं हो सकते।" चेतन बोला।

"फिर?" शानी सॉब ने पूछा।

"आब्जेक्ट डिफरेंट होते हैं।" चेतन ने कहा।

"मैं आपकी बात के मीनिंग समझ रहा हूँ मिस्टर चेतन।" शानी सॉब बोले। उन्होंने मेज़ का दराज़ खोला। कोई डायरी निकाली। दराज़ बन्द किया। बोले, "आप एक असिस्टेंट हैं। आपके एक्सपीरियंस भी बहुत कम हैं... ख़ासतौर से फील्ड के एक्सपीरियंस! फ्रेंडशिप के पीछे भी कोई परपज़ होता है।"

"इट मींज़... फ्रेंडशिप 'डील' का दूसरा नाम है।" चेतन ने कहा। उसने देखा शानी सॉब का चेहरा सख़्त हो गया है।

"इस तरह एनालायज़ करोगे तो परेशान हो जाओगे।" शानी सॉब ने कहा। फिर बात का रुख बदलते हुए बोले, "मिस्टर चेतन, आप चाय लेंगे?" चाय का पूछना एक तरह से जाल फैलाने जैसा था।

"सर, आपके साथ चाय पीना मेरा सौभाग्य होगा।" चेतन ने शानी सॉब के जाल को फैल जाने दिया।

"मेरे लिए भी 'सौभागे' की बात होगी।... आप जैसे जीनियस नौजवान के साथ चाय पीना... प्लैजर मूमेंट्स फार मी।" शानी सॉब जाल को अच्छी तरक़ीब से फैलाते जा रहे थे कि बन्दा ऐसे फँसे कि हाथ-पैर तक न मार सके।

"थैंक्यू सर।" चेतन बोला। थोड़ा मुस्कराया, "सर, आप मेरी कुछ ज़्यादा ही प्रेज़ कर रहे हैं।"

"यू डिज़र्व इट।" शानी सॉब ने कहा। मन-ही-मन मुस्कराये।

शह और मात का खेल दोनों तरफ़ से खेला जाने लगा था।

चाय पीते हुए और कप की ओर देखते हुए चेतन ने कहा, "ऐसे अच्छे कप में चाय पीना, चाय को इंजाय करने जैसा होता है सर।"

"रियली... आई फील इट सो।" शानी सॉब ख़ुश नज़र आये।

"सर, कंटेंट तो इम्पोर्टेंट होता है... प्रिजेंटेशन का भी अपना महत्त्व होता है।" चेतन कहता चला गया। वो जानबूझकर शानी सॉब के लिए माहौल बना रहा था।

शानी सॉब हँसे। पहली बार हँसे। वो हँसे तो रिवाल्विंग चेयर हँसी। वो हँसे तो मेज़ हँसी। वो हँसे तो उनके हाथ की अँगूठियाँ हँसी। वो हँसे तो जैसे शालीनता की आँखों में कंकर जा गिरा हो।

दोनों चाय पीने लगे। जैसे अगली तैयारी में जुट गये हों दोनों।

"मिस्टर चेतन, मैंने अब्ज़र्व किया है, तुम इस ऑफ़िस में परेशान-से रहते हो।" शानी सॉब ने कहा। वो नया खेल खेलने लगे थे।

"नॉट एट ऑल सर। मुझे यहाँ कोई भी परेशानी नहीं।" चेतन ने कहा। उसकी आवाज़ में दृढ़ता थी। यह दृढ़ता जानबूझकर पैदा की गयी थी।

"दिस डी.ओ. इज़ जस्ट अ फैमिली... बिग फैमिली। कोई परेशानी हो तो मुझे बताना... विदाउट ऐनी हेज़ीटेशन।" शानी सॉब ने कहा। चेतन सतर्क हो गया। थोड़ा सँभला, "बिलकुल सर! परेशानी होगी तो आपको बताऊँगा। यू आर ऑफिस हेड ऐंड हेड ऑफ दि फैमिली।"

शानी सॉब मेज़ के शीशे के नीचे रखी विष्णु भगवान की तस्वीर के आगे हाथ जोड़ते हुए बोले, "चेतन, मैं तो रब्ब से डरता हूँ। किसी का भी बुरा नहीं चाहता। बड़ी मेनत्त की है। बोत संगरश किया है। तब, इस ऊँचाई पे पोंचा हूँ।"

"सर, आप शिखर पर खड़े हैं।" चेतन ने हवा दी।

"नई मिस्टर चेतन। ये शिखर नई। मैं सचमुच शिखर तक जाना चाहता हूँ। आप जैसे यंगमैन की दुआओं का सहारा है जी।" शानी सॉब ने अपने व्याकुल मन की तहरीर की। इस बीच फोन की घंटी बजी। उन्होंने फोन सुना। फोन बन्द। रिसीवर रखा। चाय मँगवायी। फिर वही नफ़ीस क्रॉकरी। फिर वही खेल...।

शानी सॉब मुस्कराते हुए शानदार नज़र आते। उनका चेहरा सनमाइका की तरह भावहीन लेकिन चमचमाता हुआ नज़र आता। वो बड़े पवित्र नज़र आने लगते। जैसे कुर्सी पर वो न हों, कोई अगरबत्ती जल रही हो। वो जितने पवित्र नज़र आते, उतने ज़्यादा शिकारी। वो जाल फैलाने या फिर काँटे में मछली पकड़ने में हुनरमन्द थे। लेकिन लगता ऐसे जैसे उन्होंने काँटा नहीं फेंका, कोई प्रेमगीत गाया है। यही उनकी अदा थी। यही जलवा।

वो चाय पीते रहे। वो चेतन को अब्ज़र्व करते रहे। उन्हें महसूस हुआ, चेतन उनके जाल में पूरी तरह फँस चुका है।

उन्होंने मेज़ पर अपनी दोनों कोहनियाँ टिकाते हुए, आवाज़ को रहस्यमयी बनाते हुए कहा, "मिस्टर चेतन! तुम एक बार मुझे सेटिसफाई कर दो... फिर

देखो... ।''

केबिन में वातावरण डरावना-सा हो गया। केबिन किसी गुफा में बदल गया हो जैसे।

''फिर क्या देखो सर?'' चेतन जानबूझकर बेवक़ूफ़ बना रहा।

''फिर... फिर मैं तुम्हारा लाइफ़ स्टाइल बदल दूँगा।'' शानी सॉब थोड़ा लाउड हो गये।

''लाइफ़ स्टाइल सर...?'' चेतन की आवाज़ में वही रहस्य और वही बेवकूफी।... एक कुटिलता से वार कर रहा था। दूसरा बेवकूफी से।

''लिसन... प्लीज़ डोंट माइंड! अब तुम एक पैटी असिस्टेंट जैसी ज़िन्दगी जी रहे हो।... मैं तुम्हारी ज़िन्दगी की शेप बदल दूँगा।... यू विल लिव लाइफ़... किंग साइज़ लाइफ़।'' शानी सॉब कहते चले गये। उनकी आवाज़ में उतार-चढ़ाव थे।

''थैंक्यू सर... थैंक्यू वैरी मच।'' चेतन ने कहा। मुस्कराने की कोशिश की।

''मिस्टर चेतन!... अब तुम मेरे बहुत क्लोज़ हो गये हो।''

''वाई नॉट सर।''

''हाँ! आई एप्रिशिएट दिस फीलिंग।... मैं कह रहा था... ये मेरी लाइफ़ का निचोड़ है... ऐसेंस ऑफ माई लाइफ़... मोरेलिटी जैसा रद्दी वर्ड इस दुनिया में और कोई नहीं।'' शानी सॉब ने कहा। थोड़ा-सा मुँह बिचकाया। जैसे मोरेलिटी का कसैला स्वाद उनके मुँह में घुल गया हो।

''दिस इज़ युअर ग्रेट एक्सपीरियंस।'' चेतन ने कहा। वो थोड़ा हँसा। बिलकुल बेवजह हँसा।

शानी सॉब ने कुछ देर बाद कहा, ''बैरियल से तीन फाइलें ले लो। उनकी स्क्रूटिनी तैयार करनी है। वन इज़... डी.एल. थ्री सी... बत्ती पचपन... ट्रक क्लेम है।''

''...टोटल लॉस क्लेम।'' चेतन ने शानी सॉब की बात काटते हुए कहा।

''वैरी शार्प मिस्टर चेतन।... दूसरी फाइल वीना विश्वास की है और तीसरी... ।'' शानी सॉब सोचने लगे।

''रामदीन ऐंड संस की।'' चेतन ने कहा। उठ खड़ा हुआ।

शानी सॉब चकित रह गये। अभी तो चेतन को क्लेम सीट दी ही नहीं गयी... फिर इसको कैसे पता चला कि ये क्लेम फाइलें प्रोसेस करनी हैं? उन्होंने मन-ही-मन सोचा—इस लड़के कों एनेस्थीसिया की डोज़ फिर कभी देंगे। या तो बन्दा बेहोश या फिर फिनिश!

चेतन बैरियल के केबिन में पहुँचा। बैरियल को पता था। शानी सॉब ने 'इन्फार्म' कर दिया था। वो सिगरेट के कश ले रहा था। उसने चेतन को बैठ जाने का

संकेत किया। सिगरेट का कश लिया। पूछा, ''किस तरह आते हो ऑफ़िस?''

''कभी बस से... कभी ट्रेन से।'' चेतन ने कहा।

''पुअर गाई।'' बैरियल ने मुँह से सिगरेट का बहुत ज़्यादा धुआँ छोड़ा। जैसे धुआँ मुँह से नहीं, किसी कारख़ाने की चिमनी से निकला हो।

''क्यों सर?'' चेतन ने पूछा।

''ऐसी यंग ऐज और बसों में धक्के।'' बैरियल बोला।

''धक्के नहीं सर, संघर्ष!'' चेतन ने कहा।

''दिल के बहलाने को ग़ालिब ये ख़याल अच्छा है।'' बैरियल मुस्कराया। उसके पीले दाँत नज़र आये। कुछ लोग हँसते हुए या मुस्कराते हुए बहुत ख़राब लगते हैं। बैरियल उनमें से था।

''ऐनी हाऊ!'' बैरियल ने सिगरेट को ऐश-ट्रे में मसलकर, फिर उसी में दबाते हुए कहा।

चेतन ऐश-ट्रे में पड़ी सिगरेट को देखने लगा।

''एक साल के अन्दर तुम बाइक पर आना-जाना शुरू कर दोगे।'' बैरियल ने कहा। एक छोटा-सा विस्फोट।

''कैसे सर?'' चौंक-सा गया चेतन।

''हम तुम्हें ऐसी 'सीट' जो दे रहे हैं।''

''कैसी सीट?'' चेतन ने पूछा।

''क्लेम सीट।'' बैरियल फिर मुस्कराया। उसके पीले दाँत फिर नज़र आये।

चेतन ऐश-ट्रे में पड़ी सिगरेट की राख को देखने लगा। फिर बैरियल को देखते हुए बोला, ''थैंक्यू सर।''

''दिस इज़ ओबलीगेशन।'' बैरियल ने कहा।

''क्लेम सीट?'' चेतन बोला।

''अफकोर्स।'' बैरियल हँसा। थोड़ा-सा हँसा, लेकिन खाँसी ज़्यादा-सी। देर तक खाँसने, पानी पीने के बाद बैरियल के साँस थोड़े दुरुस्त हुए। उसने तीन क्लेम फाइलें उठायीं। वीना विश्वास की फाइल को एक बार देखते हुए बैरियल ने कहा, ''इसे प्रायरिटी पर प्रोसेस कर दो... सबसे पहले।... बिकाज़ शी इज़...।'' बैरियल कहते-कहते रुक गया। अपनी एक आँख को सिकोड़ते हुए बोला, ''बड़ी पौंची हुई चीज़ है।''

''ठीक है सर... सबसे पहले इसे प्रोसेस कर दूँगा... बाद में बाक़ी दो।'' चेतन बोला।

''वैरी गुड!'' बैरियल ने कहा। नयी सिगरेट निकाली। फिर लाइटर ढूँढ़ा। वो किसी फाइल के नीचे पड़ा था। लाइटर से सिगरेट जलाते हुए, कश लेते हुए बोला,

"चेतन, प्लीज़ डोंट माइंड... ब्रदरली पूछ रहा हूँ... कभी परिक्रमा रेस्टोरेंट में गये हो?"

"नहीं सर।" चेतन ने कहा।

"मेरे साथ चलना।... एक अलग तरह का एक्सपीरियंस होता है।... आप टेबल पर बीयर का गिलास रखकर बैठे होते हैं। बहुत आहिस्ता से आप घूम रहे होते हैं। आप आसमान में होते हैं... पूरी दिल्ली को... दिल्ली की इमारतों को... मकानों की छतों को देखते हुए।... जब तक आपका बीयर का गिलास ख़त्म होता है। आप दिल्ली का एक चक्कर लगा चुके होते हैं। यही तो ख़ूबी है। रोमांटिसिज़्म ऑफ़ लाइफ़!... कभी चलना मेरे साथ। यू विल रियली इंजाय! ऐनी हाऊ।... क्लेम प्रोसेस कीजिये।... चैक आज ही देने हैं।" बैरियल ने लालच की कोई जादुई सन्दूक खोल दी हो जैसे।

"ओ.के. सर, थैंक्यू वैरी मच।" चेतन उठा फाइलें उसके हाथ में थीं।

बैरियल के केबिन से बाहर निकलते वक़्त उसे महसूस हो रहा था जैसे कोई बेताल उसके कन्धों पर चढ़ आया है। कुछ बोझ–सा महसूस हो रहा था उसे। यह बोझ था या फिर कोई द्वन्द्व।

चेतन को लग रहा था यह कोई इंश्योरेंस का दफ़्तर नहीं, कैसीनो है, जहाँ अधिकारीगण कार्ड शफल करते हैं। बाँटते हैं। दाँव लगाते हैं और जीतते हैं। अधिकारी हमेशा जीतने के लिए खेलते हैं, सबार्डिनेट हारने के लिए।... इस बार भी हार चेतन की होगी।

चेतन ने सबसे पहले वीना विश्वास की क्लेम फाइल को उठाया। क्लेम फाइल की 'स्क्रूटिनी' के लिए उसका अध्ययन ज़रूरी होता है। कुछ तत्त्वों की बारीक खोजबीन भी ज़रूरी होती है। लेकिन यहाँ तो आलम दूसरा था। चेतन का मन हुआ हँसे। ख़ूब हँसे। ठहाके लगाये। सर्वेयर से लेकर, बैरियल जैसे शातिर अफ़सर की बेवकूफी पर वो इतना हँसे कि पूरा दफ़्तर चौंक जाय।

वीना विश्वास की एक क्लेम फाइल में, एक ही सर्वेयर की दो सर्वे रिपोर्ट रखी हुई थीं। पहले वाली सर्वे रिपोर्ट में क्लेम—'नो क्लेम' था। दूसरी सर्वे रिपोर्ट में क्लेम को 'पे–एबल' कर दिया गया था और क्लेम राशि थी सत्तर हज़ार! यह मारुति एट हंड्रड कार का क्लेम था।

कितनी बड़ी गलती कर बैठा था बैरियल। नो क्लेम वाली रिपोर्ट को निकाल लेना चाहिए था। लेकिन यह लापरवाही थी या फिर बेहद आत्मविश्वास कि एक क्लेम की दो रिपोर्ट—एक में क्लेम ख़ारिज दूसरे में क्लेम देय!

चेतन ने दोनों सर्वे रिपोर्ट एक लिफ़ाफे में डालीं। भगतसिंह मार्केट में जाकर दोनों की फोटोकॉपी करायी। फिर क्लेम प्रोसेस किया। दोनों रिपोर्टों का हवाला देते

हुए नोट में लिखा कि जो क्लेम पहले सर्वेयर 'नो क्लेम' कर चुका है उसका भुगतान कैसे हो सकता है? फाइल में रखी दोनों (परस्पर विपरीत) रिपोर्टें इस क्लेम की विसंगति का पक्का सबूत हैं। अत: क्लेम 'रेपुडिएट' किया जाय।

और बाक़ी दो क्लेम फाइलें।

एक में ड्राइविंग लाइसेंस 'फेक' था। जो गाड़ी चला रहा था उसके पास ड्राइविंग लाइसेंस था ही नहीं। दुर्घटना के दौरान अगर चालक के पास ड्राइविंग लाइसेंस न हो तो क्लेम पूरी तरह से निरस्त कर दिया जाता है। लेकिन इस क्लेम में चालाकी बरती गयी थी। पहले ड्राइवर नरेश कुमार था जिसके पास ड्राइविंग लाइसेंस नहीं था। क्लेम फार्म में नाम बदल दिया गया था। अब कोई गजराज सिंह था जो ड्राइवर था जिसके पास डी/एल भी था।

चेतन इस क्लेम को भी नो क्लेम करने का मन बना चुका था। फिर उसने समझदारी से काम लिया। ड्राइविंग लाइसेंस और ड्राइवर की जाँच पड़ताल करने हेतु 'क्लेम इनवेस्टीगेटर' की नियुक्ति का निवेदन किया। इस तरह का नोट तैयार करके उसने दूसरी क्लेम फाइल को और अधिक जटिल बना दिया।

तीसरी फाइल किसी रामदीन ऐंड कम्पनी की थी। इंश्योरेंस प्राइवेट कार का था जबकि उसका इस्तेमाल होता था कमर्शियल!... चेतन ने दो लाइनों के नोट में इस क्लेम को ख़ारिज कर दिया था।

तीनों फाइलें लेकर जब चेतन बैरियल के केबिन में जाने लगा तो उसने अपने आपको टटोला, क्योंकि चेतन के लिए यहाँ से रास्ता पथरीला हो जाना था।

बैरियल मुस्कराया। चहककर बोला, "आइए चेतन जी वैरी गुड। बहुत जल्दी प्रोसेस कर दिये क्लेम।... कितना-कितना अमाउंट पास किया?"

"सर देख लीजिये।" चेतन ने कहा।

बैरियल ने फाइलें देखीं। बौखला उठा। तमतमाकर बोला, "मिस्टर, आपके लिए यह टेस्ट था।... दिस वाज़ लिटमस टेस्ट!... आपने प्रूव कर दिया कि आप परले दरजे के बेवकूफ हो।... आप क्या समझते हैं आपके दो कौड़ी के नोट से फाइलें रुक जाएँगी?... तुम्हारी कोई औक़ात नहीं। ज़ीरो वैल्यू है तुम्हारी।... अंडरस्टैंड। इन क्लेमों की पेमेंट आज होगी... आज!... मुझे थोड़ा-सा डाउट था। मुझे तुम रिलायेबल नहीं लग रहे थे। इसलिए मैंने और डी.एम. सॉब ने आपको समझाने की कोशिश की थी। बट...! यू आर टोटली फेल्ड! लिसन, मैनेजमेंट के हाथ बहुत लम्बे होते हैं। वो चाहे तो किसी को उड़ने के लिए छोड़ दे, चाहे तो किसी के पाँव में कील गाड़ दे।"

बैरियल के सामने तीन क्लेम फाइलें रखी थीं। वो फाइलों पर नज़र टिकाये रहा। बोलता रहा। उसका एक-एक शब्द, ज़हर बुझे तीर की तरह था। उसने चेतन

को मूर्खता का अहसास कराया था और उसे उसकी औक़ात भी बता दी थी। उसे यह भी बता दिया था कि आनेवाला वक़्त उसके लिए मुश्किल होगा।

चेतन अपनी सीट पर आकर बैठा ही था कि रावत, तरदीप, तारिक और अनिरुद्ध उसके पास आये।

हैरानी इस बात की थी कि चेतन के पहुँचने से पहले, पूरी बात हॉल में फैल गयी थी। अफ़वाहों का सफ़र कितना तेज़ होता है... दफ़्तरों से लेकर सड़कों तक!

"अपने पाँव पे कुल्हाड़ी मारी है तूने।" रावत ने प्रतिक्रिया व्यक्त की।

"तीन फाइलों में से एक क्लेम फाइल पर तू फेवरेबल रिमार्क्स दे सकता था।" तरदीप ने कहा।

"नतीजा अच्छा नहीं निकलेगा।" तारिक ने गहरी साँस ली।

"चेतन, मैं एप्रीशियट करता हूँ। किसी एक में तो इतनी हिम्मत है कि वो मैनेजमेंट से जा टकराया।" अनिरुद्ध ने चेतन की पीठ थपथपायी। चेतन ने ज़रा-सा मुस्कराकर उसकी तरफ़ देखा।

"ऑफ़िस टर्म्ज़ में इसे फुलिशनेस कहेंगे।" रावत बोला।

"अब तेरी एक-एक बात नोट की जाएगी। तेरे पेशाब जाने से लेकर चाय पीने तक।... तुझे हर तरह से हैरास करेंगे ये लोग।" तरदीप ने चेतन को डराया।

"तरदीप, मैंने ख़ूब-सोच समझकर फाइलों में नोट तैयार किये थे। मैं जानता हूँ अब मेरे साथ क्या होगा? तुच्छ लोग अपनी तुच्छता दिखाएँगे। ये चीज़ें मुझे मजबूत बनाएँगी।" चेतन ने उन सबको जवाब दिया।

"वंडरफुल!" इस बार तारिक ने चेतन से हाथ मिलाया। बोला, "तुम्हारे ख़ेमे का आदमी हूँ यार! करता तो मैं भी यही कुछ रहा हूँ, लेकिन थोड़ा झिझक के साथ। लेकिन चेतन, तूने सही लैसन दिया है—जो ग़लत है, वो ग़लत ही है।" तारिक मुस्कराया।

मुझे इस बात की बेहद ख़ुशी है कि इस दफ़्तर में सब भीगी बिल्लियाँ थीं... दो-चार को छोड़कर अनिरुद्ध, तारिक की तरफ़ देखते हुए ठिठका। फिर बोला, "चेतन जैसे लोगों का होना, भरोसा पैदा करता है। यहाँ तो यह भी पता नहीं होता कि आप जिससे हाथ मिला रहे हो, वो आपके साथ है या आपकी जड़ें काट रहा है।" अनिरुद्ध ने कहा। फिर वो चारों चले गये।

चेतन ने अपने आपको कहा, "चेतन, प्रतिवाद का स्वर क्षीण-सा ही सही, है तो!"

लंच के बाद उसने तीनों फाइलें धींगड़ा की टेबल पर देखीं। धींगड़ा, तब तक तीनों फाइलें प्रोसेस कर चुका था। चेतन को देखकर वो मुस्कराया—जैसे चेतन का मज़ाक उड़ा रहा हो।

मज़ाक ही तो उड़ा रहा था वो।

चेतन ने क्लेम फाइलें खोलकर देखीं। उसके वाले नोट्स फाड़ दिये गये थे। नये नोट्स थे। तीनों क्लेम फाइलों में क्लेम पे करने का निवेदन किया गया था। नीचे धींगड़ा के हस्ताक्षर थे। क्लेम को बैरियल ने अप्रूव करना था। तीनों चैक आज बन जाने थे।

"क्या देख रहे हो मिस्टर चेतन?" धींगड़ा ने पूछा। फिर आप ही आप बोला, "कुछ फाइलें ऐसी मुर्गियों की तरह होती हैं जो सोने का अंडा देती हैं।" वो चेतन को देखते हुए मुस्कराया। उसने फाइलें उठायीं। बैरियल के केबिन की तरफ़ चल पड़ा।

देवयानी चली गयी थी। एक सुसभ्य, सुसंस्कृत स्त्री का इस दफ़्तर में दम घुटने लगा था। बेशक, वो मुस्कराने का भरसक प्रयास करती। वो बहुत सुन्दर थी। मुस्कराती तो और भी अच्छी लगती। मुस्कान एक परदा था। उस परदे के पीछे वो अपनी वेदना को छुपाने की कोशिश करती। वो जानती थी, स्त्री दुख का एक तिनका किसी पुरुष के सामने रखे तो पुरुष और कुछ भी नहीं करता, सहानुभूति की सीढ़ी उसकी देह पर टिका देता है।

देवयानी चली गयी थी। वो क्या गयी थी, ऐसा लगता था वो अपने साथ जो अच्छे मौसम लेकर आयी थी, वो मौसम विदा हो गये थे। वो अपने पीछे किसी अफ़सोस को छोड़ गयी थी। एक कश्ती के चले जाने के बाद जैसे कुछ देर तक लहरों में हलचल होती रहती है। फिर चुप। पानी की सतह पर तैरती हुई चुप। कश्ती के चले जाने के बाद जो स्थान ख़ाली हुआ था, वहाँ उदासियों ने घर बना लिया था।

देवयानी की कुर्सी ख़ाली थी... बड़ी-सी मेज़ भी ख़ाली। ख़ाली मेज़ पर ग़र्द... स्मृतियों की ग़र्द। या फिर अनुपस्थिति की। कुर्सी पर उनका होना, एक महिला अधिकारी का होना भर नहीं था। एक ऐसी स्त्री का होना था, जो वातावरण को रचना जानती थी। जो स्वयं किसी रचना की तरह थी। लेकिन विडम्बना यह थी कि यहाँ का माहौल, ऐसी रचनाओं को जीवित मांसपिंड में बदलने के जलसे मुनक़्क़द करता था।

देवयानी की कुर्सी ख़ाली थी। ख़ाली कुर्सी, ऐसे लगती जैसे कोई अचानक अपना घर ख़ाली करके चला गया हो। ख़ाली कुर्सी को देखना, अपने ख़ालीपन को देखने जैसा था। पता नहीं क्यों, कुर्सी पर बैठे हुए लोगों से ज़्यादा, ख़ाली कुर्सी की तरफ़ ध्यान चला जाता था, जिस पर देवयानी बैठती थी। लोग उबासियाँ लेते नज़र आते, वो मुस्कराते हुए। लोग बोलते हुए नज़र आते, वो ख़ामोश! वो ख़ामोश होने

के बावजूद, कितनी ज़्यादा उपस्थित नज़र आती। वो जब दफ़्तर में प्रविष्ट होती तो लगता सरगर्मिये-हयात चली आयी है। वो अपना बैग कन्धे से उतारती। उसे साइड रैक में रखती। एक दो या फिर तीन-चार मिनट तक खड़ी रहती। मुस्कराती। सर हिलाती। नमस्कार कहती। 'हाय' कहती। कई बार आदाब भी कहती। आदाब कहते हुए उनका दायाँ हाथ, किसी सजदे की तरह, पेशानी तक चला जाता। वो थोड़ा झुकती। मुस्कराती। फिर एकबार वो अपनी मेज़ के सामने आँखें मूँदकर खड़ी हो जाती। जैसे बच्चे प्रार्थना करते हैं, वैसे। वो आँखें मूँदकर, नेक रास्ते पर चलने की ईश्वर से प्रार्थना कर रही होती। उसकी प्रार्थना सच्ची थी। वो एक साल के लगभग इस दफ़्तर में रही, उसने बता दिया कि एक रास्ता दयानतदारी का भी होता है। उसके रास्ते पर चलनेवाले और भी थे। इसलिए वो उनको अपना भरोसेमन्द दोस्त मानती थी।

उसके चले जाने के बाद मेज़ पर ग़र्द चढ़ गयी है और कुर्सी ख़ाली! काश, कोई इस ख़ाली कुर्सी को उठा ले जाता। ख़ाली कुर्सी जैसे देवयानी का कमरा हो—ख़ाली कमरा! उपस्थित से ज़्यादा अनुपस्थित लोग याद आते हैं। जैसे देवयानी। उसकी उपस्थिति गरिमापूर्ण थी। सड़ रहे सिस्टम के बीच वो किसी उम्मीद की तरह थी। उसका चले जाना, सिस्टम की शिकस्त थी। सिस्टम मोतबर लोगों को नहीं, चतुर लोगों की भीड़ को पसन्द करता था। वो भीड़ नहीं थी। वो चतुर भी नहीं थी। वो बुद्धिमान थी। वो चली गयी थी। ख़ाली कुर्सी यहाँ के ख़ालीपन का प्रतीक थी।

देवयानी की ख़ाली मेज़ कुर्सी को देखना उदास हो जाने जैसा था चेतन के लिए। दोनों लगभग साथ-साथ आये इस ऑफ़िस में। देवयानी डायरेक्ट अधिकारी बनकर और चेतन सहायक के पद पर। लेकिन देवयानी ने चेतन को हमेशा किसी दोस्त की नज़र से देखा। शायद चेतन को वो अपना भरोसेमन्द कलीग समझती थी। शायद यही वजह थी कि उसके चले जाने के बाद अगर कोई सबसे ज़्यादा उदास था तो वो चेतन था। लेकिन यह उदासी इतनी निजी और इतनी पवित्र थी कि इसे मन के तहख़ाने में छुपाकर रखना लाज़मी था।

एक शाम जब चेतन लेडी हार्डिंग अस्पताल की चहारदीवारी के साथ-साथ, कनॉट प्लेस की तरफ़ जा रहा था, पीछे से देवयानी तेज़-तेज़ चलती हुई आयी थी। पास आकर उसने पूछा था, "चेतन, घर जाने की जल्दी है क्या?" फिर, बिना जवाब का इन्तज़ार किये वो बोली, "चलो, पेवेलियन में चलकर कॉफी पीते हैं।"

"श्योर!" चेतन ने कहा। इस तरह कॉफी पीने का आमन्त्रण चेतन को थोड़ा चौंका गया था। जीवन में पहली बार कोई स्त्री उसे कॉफी के लिए, किसी रेस्तराँ में आमन्त्रित कर रही थी। वो कोई और नहीं, उसके दफ़्तर की ऑफ़िसर थी।

दूसरी बार चेतन तब चौंका जब कॉर्नर की ख़ाली टेबल के पास बैठ जाने के बाद उसने पूछा, "बीयर लोगे या वोदका?"

"जी मैं... मैं तो?" चेतन अकबका गया था।

"चेतन, यह समय हमारा समय है... हमारा अपना। यहाँ हमारी अपनी इच्छाएँ हैं और उन इच्छाओं को पूरा करने की ज़िद भी हमारी अपनी है।"

चेतन ने देवयानी की तरफ़ देखा। यह देवयानी कोई दूसरी देवयानी नज़र आ रही थी।

चेतन तय नहीं कर पा रहा था कि क्या कहे? कॉफी, बीयर या वोदका? अभी उसने कुछ भी नहीं लिया था। लेकिन उसके अन्दर, तीनों रसायनों का मिश्रण खलबली मचा रहा था। देवयानी मन्द-मन्द मुस्करा रही थी। रेस्तराँ में हल्की-सी रोशनी थी। मद्धम संगीत था। कम लोग थे। अपनी-अपनी टेबल और अपने-अपने अजनबी! सब पी रहे थे। सब अपनी तलाश में भटक रहे थे। ऐसा लगता था, वो सब, अपने आपको कहीं भूल आये थे। अपने आपको ढूँढ़ रहे थे।

देवयानी मेज़ पर कोहनियाँ टिकाकर कहीं देख रही थी। मैन्यू को वो देख चुकी थी। वो शायद किसी अदृश्य को देख रही थी। उसे देख रही थी, जो दिखाई नहीं देता था।

चेतन चुप था और देवयानी भी। ऐसा लगता था, दोनों चुप के पत्थर से टकरा गये हैं। देवयानी जब इस तरह चुप होती थी, उसका चेहरा, ख़ामोशी का फड़फड़ाता हुआ काग़ज़ महसूस होता था।

देवयानी थोड़ा सँभली थी। आख़िर, रेस्तराँ में कोई कितनी देर तक चुप बैठ सकता था? पीते हुए लोग वाचाल थे या फिर गुमसुम। न पीनेवाले दो थे देवयानी और चेतन! उनकी चुप और तरह की थी। जैसे आवाज़ करती हवा, सरकंडों में ठिठक गयी हो। उसे कई सारे काँटे चुभ गये हों।

बीयर का गिलास चेतन के सामने था, वोदका विद लाइम कार्डियल देवयानी के लिए। दोनों पीने लगे थे। चेतन अब भी संकोच में था। हतप्रभ शब्द ज़्यादा ठीक था। उसने कभी सोचा भी नहीं था कि वो किसी रेस्तराँ में बैठकर, देवयानी के साथ बीयर पिएगा। सोचा तो उसने यह भी नहीं था कि देवयानी वोदका, जिन या ह्विस्की पीती होगी।

"मिडिल क्लास वृत्त से बाहर निकलो चेतन।" देवयानी ने कहा था। वो चेतन के द्वन्द्व को समझ रही थी।

"आई एम फाइन।" चेतन ने मुस्कराने की कोशिश की थी।

"गुड!... हम यहाँ गुड फीलिंग के लिए आये हैं... किसी मातमपुर्सी में नहीं।" देवयानी ने वोदका का बड़ा-सा घूँट भरा। मुस्कराने की कोशिश की।

"आप ऑफ़िस में बहुत ज़्यादा टेंशन में रहती हैं।" चेतन ने कहा।

"जो सोचता है, टेंशन में रहता है।" देवयानी ने गहरी साँस ली।

"सब लोग सोचते हैं।"

"लेकिन मिस्टर बैरियल और चेतन के सोचने में फ़र्क होता है।" देवयानी ने चेतन की तरफ़ देखा।

"ऑफ़िस में आपकी प्रेजेंस, एटमसफ़ेयर को बदल देती है।" चेतन ने कहा।

"मुझे लगता है चेतन, हम जब किसी नयी जगह पर आते हैं तो अपने हिस्से का वातावरण भी साथ ले आते हैं।" देवयानी की आवाज़ में ठहराव था। वोदका के दो-तीन बड़े घूँट भरने के बाद, अब वो धीरे-धीरे, छोटे-छोटे घूँट भर रही थी। वो एक पुरुष के साथ थी, लेकिन सहज थी। ऐसा भी लगता था उसे किसी 'कम्पनी' की ज़रूरत थी। चेतन उसे उपयुक्त लगा। फेथफुल फ्रेंड। या फिर फेथफुल कलीग। या फिर मिडल क्लास यंगमैन, जो संस्कारों की चहारदीवारी में खड़ा था। देवयानी उसे बाहर निकाल लायी थी।

"मुझे लगता है, आप ऑफ़िस के डर्टी एटमसफेयर को बदलकर रख देंगी।" चेतन ने कहा।

"व्हाइटवॉश कर दूँगी पूरे ऑफ़िस में..." देवयानी थोड़ा ऊँचे सुर में बोली। ऐसे लगा जैसे वो चेतन का मज़ाक उड़ा रही है। न सिर्फ़ चेतन का बल्कि अपना भी। वो मुस्कराने लगी थी।

"आप मेरी बात को मज़ाक समझ रही हैं?" चेतन ने कहा।

"मज़ाक नहीं समझ रही। चेतन, इस बात को नोट कर लो। या आप सिस्टम का हिस्सा बन जाते हैं या फिर सिस्टम आपको, बाहर उछाल फेंकता है। अकेले व्यक्ति की लड़ाई अक़्सर हार जाने के लिए होती है।... हार, तब और भी ज़्यादा कनफ़र्म होती है, जब लड़ाई लड़नेवाला कोई पुरुष नहीं, कोई स्त्री हो।" देवयानी संजीदा हो गयी थी। उसने गिलास में बची हुई वोदका ख़त्म की। चेतन की तरफ़ देखा। चेतन पता नहीं क्या सोच रहा था।

वेटर ने चेतन के गिलास को बीयर से भर दिया था। देवयानी के गिलास में वोदका थी—लाइम कार्डियन के साथ।

रेस्तराँ में पहले क्लासिकल संगीत बज रहा था। अब कोई दूसरी सीडी, सीडी प्लेयर में लगायी गयी थी। सेक्सोफोन की दिलकश आवाज़ रेस्तराँ में एक अजीब-सा माहौल पैदा कर रही थी। ऐसा लगता था, पर्दे के उस पार कोई बूढ़ा हब्शी, सेक्सोफोन पर, अपने उजड़े हुए समय को याद कर रहा है।

"कुछ लोग ओलों की तरह होते हैं चेतन! वो दूसरों को नष्ट करते-करते, ख़ुद भी पानी-पानी हो जाते हैं।" बहुत देर बाद देवयानी की आवाज़ सुनाई दी।

चेतन समझ गया था देवयानी का संकेत किसकी तरफ़ है।

''पानी हो जाना उनकी नियति है।'' चेतन ने कहा। बीयर का घूँट भरा। छोटी-सी प्लेट में रखे मूँगफली के दाने को मुँह में डाला।

''नष्ट करना उनकी नेचर।'' देवयानी ने चेतन की तरफ़ देखा। थोड़ा-सा मुस्करायी।

''लेकिन आप सृजन करना जानती हैं।'' चेतन बोला।

''चेतन, आप जानते हैं, संसार की तमाम स्त्रियाँ सर्जक की भूमिका निभाती हैं।'' देवयानी ने वोदका का हल्का-सा घूँट भरा।

''मैं संसार की तमाम स्त्रियों को नहीं जानता।''

''तो?''

''आपको जानता हूँ।'' चेतन ने कहा।

''सचमुच?'' देवयानी ने चेतन को देखा।

''हाँ, सचमुच।'' चेतन ने कहा। एक ज़िद-सी थी उसकी आवाज़ में।

''कितना आयरनीकल है मिस्टर चेतन, आप मेरे बारे में कुछ भी नहीं जानते। फिर भी आप बड़े विश्वास के साथ कह रहे हैं कि आप मुझे जानते हैं।'' फीकी-सी हँसी हँस पड़ी देवयानी।

चेतन परेशान-सा बीयर के गिलास को देखता रहा। उसने अपने आपको व्यस्त रखने के लिए दो-तीन घूँट भरे। वो महसूस कर रहा था, बीयर, संगीत, नीम रोशनी और देवयानी के अतिरिक्त भी कुछ है जो ज़िन्दगी के तलघर में पड़ा है।

''दफ़्तर में मेरा होना आपको अच्छा लगता है चेतन?'' देवयानी ने पूछा।

''बेशक!''

''और न होना?''

''न होना मतलब?''

''मैं शायद चली जाऊँगी।'' देवयानी ने कहा।

''क्या इसे जोक समझूँ?'' चेतन ने पूछा।

''आप बीयर का एक गिलास और ले लीजिये।'' देवयानी ने कहा।

''और आप?'' चेतन ने पूछा।

देवयानी अपने ख़ाली गिलास की तरफ़ देखने लगी। जैसे अपने तलघर में झाँक रही हो।

''हमारे पास दुविधाओं के धागे होते हैं। और हम उनके सिरे ढूँढ़ते रहते हैं।'' देवयानी अब भी अपने ख़ाली हो चुके गिलास में झाँक रही थी।

''या फिर...?'' चेतन कहते-कहते ठिठका।

''या फिर क्या?'' देवयानी ने चेतन की तरफ़ देखा।

"हमारे पास तेल में डूबी स्मृतियों की उँगलियाँ होती हैं जिन्हें हम जलाते हैं और सोचते हैं कि हमने चराग़ रोशन किये।" चेतन बोला। उसकी आवाज़ किसी कटी पतंग की तरह थी, गिरती-पड़ती।

बीयर का तीसरा गिलास, लेकिन वोदका का आधा पैग देवयानी के लिए।

रेस्तराँ में नीम रोशनी। पीनेवालों के धुँधले-से चेहरे। बेतरतीब आवाज़ें। जैसे आवाज़ें न हों, आवाज़ों की झाड़ियाँ हों।

सेक्सोफोन के उठते हुए स्वर। कोई लरज़ती हुई-सी धुन! देवयानी के मन में।

"चेतन, जीवन के रहस्य भी किसी छतरी की तरह होते हैं। अक़्सर वो छतरी बन्द रखते हैं हम।" देवयानी ने कहा। घूँट भरा। चेतन को देखा।

"आज आप वो छतरी अपने साथ ले आयी हैं?" चेतन ने पूछा।

"बारिश न होने के बावजूद।" देवयानी ने कहा। और सामने की तरफ़ ऐसे देखने लगी जैसे बारिश की बौछार को देख रही हो।

"चेतन, कुछ देर पहले आपने कहा था कि आप मुझे जानते हैं।" देवयानी ने पूछा।

"कहा था।" चेतन बोला।

"जंगल में बिलकुल अकेले खड़े वृक्ष को कोई भी नहीं जानता। उसे पृथ्वी जानती है।" देवयानी ने कहा।

"मैं कुछ समझा नहीं।" चेतन बोला।

"मिस्टर चेतन, मेरा अकेलापन मेरी पृथ्वी है।" देवयानी गम्भीर हो गयी थी। वोदका असर दिखाने लगी थी। पहले वो हर बात पर मुस्करा देती थी। अब वो मुस्कराना भूल गयी थी। एक संजीदा किस्म की स्त्री, जो सोचती, जो खो जाती, जो घूँट भरती, जो चेतन को देखती या फिर किसी अदृश्य को। जो बोलती तो ऐसा लगता जैसे फ़िकरों को कहीं बहुत दूर से ढूँढ़ के लायी है।

उसने अपने अकेलेपन की बात ऐसे की थी जैसे अपने हाथ में पकड़ी रहस्य की छतरी को खोल रही हो।

"मुझे कोई हक़ नहीं कि मैं आपके अकेलेपन के विषय में पूछूँ।" चेतन ने कहा। उसने बीयर के गिलास को उठाया। फिर मेज़ पर रख दिया।

"मिस्टर चेतन, आई एम मैरिड।" देवयानी ने रहस्य की छतरी को इत्मीनान से खोला।

"रियली?" चेतन चौंक गया।

"दो साल पहले मेरी शादी हुई थी।" देवयानी ने कहा। गहरी साँस ली।

चेतन ने देवयानी की तरफ़ देखा। कोई भी सवाल पूछना उसे ग़ैर-ज़रूरी महसूस हुआ।

"आपने पूछा नहीं कि ऑफ़िस में सब लोग मुझे मिस देवयानी कहते हैं और मैं प्रतिवाद नहीं करती।" देवयानी ने चेतन को देखा, बर्फीली नज़र से।

चेतन चुप रहा। बेशक कई सारे सवाल उसके मन में थे। एक सवाल तो यह भी था कि पेवेलियन रेस्तराँ में क्या वो अपने जीवन के रहस्य बताने के लिए चेतन को अपने साथ ले आयी थी?

"हम एक साल साथ रहे।" देवयानी ने कहा। उसकी आवाज़ भटकती हुई आयी हो जैसे।

"हम मतलब?" चेतन ने पूछा।

"हम मतलब मैं और मनीष सभरवाल... मेरे हसबैंड।"

"फिर?" चेतन ने पूछा। वो झिझकते हुए पूछता।

"फिर!... कितना छोटा-सा लफ़्ज़ है, फिर। लेकिन वही टर्निंग प्वाइंट भी है। और इसी फिर लफ़्ज़ में ज़िन्दगी का कोहराम छुपा है।"

"कोहराम?" चेतन सवाल पूछकर फिर अटका।

"हाँ, कोहराम!... मनीष सभरवाल एक कम्पनी में सीईओ थे... बहुत बड़ा डेज़ीगनेशन... बहुत छोटे वो ख़ुद!" देवयानी ने कहा। उन्होंने वोदका का छोटा-सा घूँट भरा। वो किसी गहरी सोच में डूब गयी। रेस्तराँ में सेक्सोफोन की आवाज़, ख़ानाबदोश होकर, भटकती हुई महसूस होती थी। नीम रोशनी जैसे देवयानी के मन की तहरीर हो। मेज़ों से उठता हुआ शोर, बेतरतीब आवाज़ों का दश्त मालूम होता था।

देवयानी कहीं दूर चली गयी थी—स्मृतियों की ख़ाक छानने। उनका चेहरा बेशक ख़ूबसूरत था। लेकिन अब ग़मज़दा भी नज़र आता था। पीने के बाद जैसे उसने अपने नकली चेहरे उतारकर रख दिये हों।

"सीने में संशय की कील गड़ जाए तो उसका निकलना मुश्किल होता है।" देवयानी की आवाज़ में जैसे कोई परिन्दा फड़फड़ाया हो।

"वो आप पर शक करते थे।" चेतन बोला।

"वो मुझ पर शक करते थे। उनका शक किसी ला-इलाज बीमारी की तरह था चेतन!... वो ऑफ़िस जाते। मैं घर में होती। वो बाहर में ताला लगाकर जाते।" देवयानी ने जैसे अपने मन की पीड़ा व्यक्त की हो।

चेतन चुप रहा। जैसे देवयानी की बात सुनकर सहम गया हो।

"वो... मनीष सभरवाल... सीईओ... मुझे अपनी रियासत समझते थे... अपनी कॉलोनी। ऐसी कॉलोनी जिसमें मेरी निजता का प्रवेश वर्जित था।" देवयानी ने कहा। कुछ देर चुप रही। वोदका का गिलास मेज़ पर रखा था। वो पीना भूल गयी हो जैसे।

अचानक देवयानी हँस पड़ी। अजीब-सी हँसी। जैसे यह हँसी उसकी अपनी न हो। किसी और की हो। वो उठा लायी हो चुराकर।... वो हँसती रही। चेतन भौचक-सा उसे देखता रहा।

वो हँसते-हँसते बोली, "वो ताला लगाकर ऑफ़िस जाते। उन्हें शक होता कि डुप्लीकेट चाबी किसी दूसरे के पास भी है।... चेतन, रियली, ऐसे लोग, दूसरे के जीवन को नरक बना देते हैं।"

"आप सब सहती चली गयीं... इतनी ऐजूकेटेड, इतनी आधुनिक, इतनी स्मार्ट होने के बावजूद।" चेतन ने पहली बार प्रतिक्रिया ज़ाहिर की।

"हाँ। मैं सहती रही। एक साल तक सहती रही। क्योंकि मनीष सभरवाल के साथ शादी करने का फैसला मेरा अपना था। मैं इस फैसले को ग़लत नहीं होने देना चाहती थी।" देवयानी ने अपनी विवशता ज़ाहिर की।

"आपने समझदारी भरा क़दम एक साल बाद उठाया।" चेतन ने कहा।

"समझदारी भरा क़दम?... चेतन, आप नहीं जानते मनीष से मैंने प्रेम किया था। और कोई भी स्त्री प्रेम की हद से बाहर आते हुए सबसे ज़्यादा परेशान होती है।" देवयानी ने गहरी साँस ली।

"तो?" चेतन ने पूछा। बहुत देर बाद उसने बीयर का घूँट भरा।

"मैं उससे छुटकारा चाहती थी चेतन और उसे छोड़ते हुए दुखी भी थी।" देवयानी की आवाज़ में दुख के चिथड़े थे।

"आप दोनों अलग हो गये?"

"हाँ... क्योंकि उसका टार्चर मैं सह नहीं सकती थी।"

"उसमें पुरुष का दम्भ था?"

"नहीं, उसमें कोई मानसिक विकृति थी।"

"फिर?"

"फिर हम कई बार मिले लेकिन कोर्ट में।"

"तलाक के लिए?"

"हाँ। मैं तलाक लेना चाहती थी। वो मुझे तंग करना चाहते थे। केस को उम्रभर लटकाए रखना चाहते थे।"

"उम्रभर?" चेतन ने पूछा।

"हाँ उम्रभर।" देवयानी ने गहरी साँस ली। कुछ देर वोदका के ख़ाली गिलास की तरफ़ देखती रही। पता नहीं कौन ज़्यादा ख़ाली था, वोदका का गिलास या फिर वो।

"चेतन, आपको मालूम है न, मैं लास्ट वीक तीन दिन की छुट्टी पर थी।" देवयानी ने पूछा।

"मालूम है। यह भी मालूम है बैरियल ने आपसे इस सिलसिले में पूछताछ भी की थी।" चेतन ने जवाब दिया।

"मैं मनीष सभरवाल के घर गयी थी।" देवयानी ने कहा। उसकी आवाज़ में कुछ था। न मालूम वो क्या शय थी, सूखे पत्तों की चरमराहट जैसा कुछ।

"उनसे मिलने?" चेतन ने सहजभाव से पूछा।

"नहीं, उनका शव देखने।" देवयानी ने ख़ाली गिलास को देखते हुए कहा।

"क्या?" अचानक बिजली का नंगा तार चेतन के पैर के नीचे आ गया हो जैसे। वो उछल पड़ा। परेशान होकर बोला, "शव?... मैं कुछ समझा नहीं।"

"मनीष सभरवाल की डेथ हो गयी थी। मेंटल स्ट्रैस इतना ज़्यादा था उन्हें कि ब्रेन हेमरेज हो गया। उन्हें बचाया नहीं सका था।" देवयानी ने गहरी साँस ली। वो छत की तरफ़ देखने लगी थी या फिर कहीं और। किसी अन्य संसार में। किसी अदृश्य की जानिब।

"वैरी सैड।... स्ट्रेंज आर दि वेज़ ऑफ़ गॉड।" चेतन ने कहा।

"रियली स्ट्रेंज! मैं जिस शख़्स से छुटकारा पाना चाहती थी वो इस संसार को छोड़कर चला गया था।" देवयानी की आवाज़ सर्द थी।

"ज़िन्दगी भी अजीब कशमकश का नाम है।" चेतन बोला। वो कुछ और भी कहना चाहता था। लेकिन वो ख़ुद किसी कशमकश में घिर गया था।

"अजीब-सी कशमकश!" देवयानी ने गहरी साँस ली। छटपटाहट-सी थी उसके स्वर में। वो कुछ याद करते हुए बोली, "चेतन, मैं जिससे तलाक लेना चाहती थी, उसकी मृत्यु पर फूट-फूट कर रोई। पता है क्यों? मैं उस मनीष के लिए रोई, जिससे मैं प्रेम करती थी।" देवयानी की भीगी हुई-सी आवाज़।

फिर वो आवाज़ रेस्तराँ की नीम रोशनी में कहीं गुम हो गयी। देवयानी चुप। चेतन चुप। सेक्सोफोन की लरज़ती हुई आवाज़।

देवयानी ने बिल की पेमेंट की। चेतन को देखकर मुस्करायी। यह मुस्कान उसकी अपनी थी। शायद इसलिए उसकी मुस्कान के पीछे, उदासियों के भी छोटे-छोटे घर थे।

चेतन देवयानी की ख़ाली कुर्सी को देख रहा था और सोच रहा था, स्त्री के दुख कितने अलग तरह के होते हैं। स्त्री अगर खिलखिलाकर हँसे तो समझो वो कोई शोकगीत भी गा रही है।

देवयानी किसी दूसरी कम्पनी में चली गयी थी। वो हमेशा मुस्कराती रही और उदासियों की गठरी छुपाकर रखती रही। उदासियों की गठरी को उसने एक दिन चेतन के सामने खोला और कुछ दिन बाद वो इस दफ़्तर से विदा हो गयी—

अलविदा कहकर!

अनिरुद्ध राणा की सस्पेंशन!

ख़बर ऐसे फैली दिल्ली के इंश्योरेंस दफ़्तरों में जैसे जंगल की आग।

अनिरुद्ध जो बेबाक था। साफगो। ख़ुशतबीयत और भ्रष्ट ऑफ़िसरों की चूलें हिलानेवाला।... मैनेजमेंट ने एक बार तो उसे हिलाकर रख दिया। जिस्म के अन्दर कोई ज़लज़ला गुज़ार दिया हो जैसे। अनिरुद्ध को इस बात का तो गुमान था कि उसकी ट्रांसफ़र कभी भी हो सकती है, लेकिन वो मुअत्तिल कर दिया जाएगा, यह उसने नहीं सोचा था। डिविजनल मैनेजर शानी सॉब से लेकर बैरियल तक, मन-ही-मन उससे ख़ौफ़ खाते थे। चिढ़ते थे। लेकिन कर कुछ भी नहीं पाते थे।

यह तो सस्पेंशन से कुछ दिन पहले की बात है। शानी सॉब ने अनिरुद्ध को अपने चैम्बर में बुलाया था। दरअसल, वो अनिरुद्ध राणा जैसे बिगड़ैल घोड़े को, कभी-कभी अपने चैम्बर में बुलाकर थोड़ा पुचकार दिया करते थे। वो इस ख़ुशफहमी में होते कि अनिरुद्ध को उन्होंने सही मिक़दार में क्लोरोफार्म सुँघा दिया है।

सस्पेंशन से कुछ दिन पहले भी शानी सॉब ने अनिरुद्ध को फॉरेन कंट्री के संस्मरण सुनाये तो अनिरुद्ध मन-ही-मन बोला—कम्बख़्त, दुबई क्या हो आया जैसे पूरे विश्व का भ्रमण कर आया हो।

और जब शानी सॉब ने डिसिप्लिन की बात की जो उनका प्रिय शगल था और डिसिप्लिन की बात करते वक़्त वो अपने अतीत को भी थोड़ा-सा खोले बिना नहीं रहते थे। वो बताते कि इंश्योरेंस से पहले वो मिलिट्री में थे। इसलिए डिसिप्लिन उनके रग रेशे में समाया हुआ है। यह बात अलग थी डिविजनल मैनेजर मिस्टर शानी का एक अध्याय कुछ और लोगों के हाथ आ लगा था। उनके अनुसार—शानी सॉब मिलिट्री में नहीं, पुलिस में हवलदार या दीवान जैसे किसी पद पर थे। रिश्वत ख़ोरी के चक्कर में कई बार सस्पेंड हुए। अपने महकमे की एक सार्जेंट को छेड़ने के जुर्म में टर्मिनेट कर दिये गये।

वही शख़्स, डिसिप्लिन को आमआदमी के लिए ज़रूरी प्रेयर की तरह कह रहा था और अनिरुद्ध कुढ़ रहा था।

जब शानी सॉब ने उससे चाय का पूछा तो अनिरुद्ध जैसे सरफिरे क्लर्क का इसके अतिरिक्त दूसरा जवाब हो भी क्या सकता था कि अफ़सर की चाय में सौदेबाज़ी की गन्ध होती है। बेशक, अनिरुद्ध का यह जवाब सवा सोलह आने ठीक था। फिर भी दफ़्तर के मुखिया के सामने ऐसा जवाब, हेकड़ी कम, बेवकूफी ज़्यादा थी। ऐसे जवाब पर शानी सॉब क्या ख़ुश होते? बिलकुल भी नहीं। बेशक, वो थोड़ा-सा हँसे। वो हँसे तो उनका गोल-मटोल चेहरा और ज़्यादा चमकने लगा। वो

दूसरे किसी काम में लग गये। अनिरुद्ध को उन्होंने व्यर्थ बना दिया।

फोन की घंटी बजी तो वो फोन पर बातें करने लगे। उनका शैफ़र का पेन, जिसकी निब सोने की थी, खुला था। वो ख़ाली अनिरुद्ध को सामने रखकर फोन सुनते जा रहे थे। पेन से कुछ लिखते भी जा रहे थे। वो हँसते। अँग्रेज़ी का वर्ण लिखते। फिर कोई बात करते। फिर एक वर्ण। फिर मुस्कराना और फिर एक एलफाबेट। फोन समाप्त करके उन्होंने जब रिसीवर को इंस्टूमेंट पर रखा तो एक शब्द लिखा जा चुका था—ईडिअट!

ईडिअट शब्द अनिरुद्ध के लिए था। यह गालीनुमा शब्द, अनिरुद्ध ने पता नहीं पढ़ा था या नहीं, हो सकता है यह गालीनुमा शब्द यूँ ही लिखा गया हो। यह शब्द अनिरुद्ध की उपस्थिति में क्यों लिखा गया—यह प्रश्न अपनी जगह मौजूद था।

अनिरुद्ध राणा की सस्पेंशन! जैसे पहाड़ की चोटी पर खड़े किसी आदमी को अचानक किसी ने आकर धक्का दे दिया हो। वो फिसलता चला गया हो और कुछ अदृश्य हाथ, तालियाँ बजाते रहे हों।

कई बार कारण महत्त्वपूर्ण नहीं होते। कारक महत्त्वपूर्ण होता है। नहीं, कारक से भी ज़्यादा महत्त्वपूर्ण, पूर्वग्रह होते हैं। अनिरुद्ध की सस्पेंशन के पसःमंज़र, शानी सॉब की रंजिश थी। रंजिश से ज़्यादा चिढ़ और चिढ़ से ज़्यादा उसे छोटा साबित करने और ख़ुद को बुलन्द नज़र आने की ख़ामख़याली!

हेड ऑफ़िस से कई तरह के सरकुलर आते रहते थे। कई बार तो ऐसा भी महसूस होता कि हेड ऑफ़िस और रीजनल ऑफ़िस महज़ सरकुलर जारी करने के कारख़ाने हैं। कोड ऑफ़ कंडक्ट को लेकर भी कई तरह के सरकुलर इशू हो चुके थे। ये और बात थी कि कर्मचारियों ने इन सरकुलरों की इबारत में चुटकुले ढूँढ़ लिये थे। सब अपनी चाल चलते रहे—मस्त-मस्त! थोड़ा काम, ज़्यादा विश्राम! स्टॉफ की यही नीति थी। कुछ पके हुए, खाए-अघाए लोगों का अपना अनुभव था। वो कहते थे—मैनेजमेंट की आँखों में सुअर का बाल होता है। वो बेमुरव्वत होती है। आप जितना ज़्यादा काम करके देंगे, वो उतना ज़्यादा आप पर सवार होती जाएगी। दूसरी बात यह भी थी कि कम काम करनेवाले कम गलतियाँ करते हैं, ज़्यादा काम करनेवालों से ज़्यादा गलतियाँ होती हैं और वही आख़िरकार निशाना बनते हैं।

हेड ऑफ़िस और रीजनलन ऑफ़िस के एच आर तथा पर्सनल विभाग, इस ज़हनियत से वाकिफ़ थे। इसलिए समय-समय पर अनुशासन सम्बन्धी सरकुलर जारी होते रहते थे। उन सरकुलरों पर कुछ दिन अमल होता। लोग अनुशासित सैनिकों जैसे नज़र आते। फिर वही आलम। सरकुलर फाइल हो जाते और लोगबाग़ स्वच्छन्दता से उड़नेवाले घोड़ों पर सवार नज़र आते।

हेड ऑफ़िस से सरकुलर जब आता तो डी.एम. अपने कमरे में सबको बुला

लेते। वो बैठे रहते। सब खड़े रहते। उन्हें अच्छा लगता। उन्हें महसूस होता वो डिसिप्लिन की क्लास ले रहे हैं। डिसिप्लिन का लेसन पढ़ा रहे हैं। स्टॉफ के लोग यन्त्रवत् खड़े रहते। यह खड़ी मीटिंग बोझिल, उबाऊ और बेमतलब हाती। वो फिर भी खड़े रहते। डी.एम. मिस्टर शानी को वो ख़ुश रखना चाहते थे। इसलिए खड़े रहते।

इस बार भी सब खड़े रहे। लेकिन अनिरुद्ध ने डी.एम. की बड़ी टेबल के सामने पड़ी एक कुर्सी को सरकाया। बैठ गया। तनाव रहित अनिरुद्ध। तनावग्रस्त डी.एम.। और तमाशबीन शेष! शानी सॉब ने तीखी नज़र से अनिरुद्ध को देखा जैसे कह रहे हों—अपनी औक़ात देख। बाक़ी लोग खड़े हैं और तू बैठ गया है... लाट सॉब है क्या?

अनिरुद्ध ने भी उसी भाव से देखा। यह नज़रों का टकराना चकमक पत्थरों के टकराने जैसा था।

बैठना जैसे अपराध हो। दरबारे-ख़ास में कोई दरबारी, जैसे बादशाह सलामत के सामने बैठने की हिमाकत कर बैठा हो। कुछ-कुछ वैसा मंज़र। कुछ देर के लिए ख़ामोशी। सब चुप। यह चुप किसी पर्दे जैसी। उस चुप के पीछे छुपते हुए या छुपने की कोशिश करते हुए लोग। डबल ए.ओ., स्टेनो पीए से लेकर चपरासी तक। माहौल को भाँपते हुए। ख़ामोशी को सूँघते हुए।

अचानक अनिरुद्ध ने ज़ोरदार ठहाका लगाया। सन्नाटे की दीवार में सेंध लगाता ठहाका। ऐसा ठहाका जो वातावरण के तनाव की चिन्दी-चिन्दी करता चला गया। ऐसा ठहाका जिसकी उम्मीद किसी को नहीं थी। ऐसा ठहाका जो डिविजनल मैनेजर के आबाताब के परखचे उड़ा गया। यह ठहाका जितना ग़ैर-ज़रूरी था उतना ज़्यादा मारक! उतना ज़्यादा सवाल पैदा करता।

सवाल पूछा भी। डिविजन मैनेजर ने नहीं। अनिरुद्ध के पीछे खड़े डबल ए.ओ. गुप्ता ने, ''व्हाट इज़ द रांग विद यू?''

अनिरुद्ध ने पलटकर देखा। अपनी सीट से खड़ा हुआ। गुप्ता को देखते हुए बोला, ''गुप्ता जी, मेरा थैंक्स कीजिए। ऐसा लग रहा था हम सब शोकसभा में शामिल हुए हैं। मैंने थोड़ा-सा हँसकर इस मीटिंग का एजेंडा बदल दिया।''

अनिरुद्ध ने गुप्ता के तलखी से पूछे गये सवाल की हवा निकाल दी। बैठते-बैठते फिर हँसा। इस बार चुप के पर्दे के पीछे से दबी-दबी हँसियाँ उछलीं। फिर चुप पसर गयी।

डी.एम. मिस्टर शानी को अनिरुद्ध का रवैया बहुत ख़राब लगा। उसका बैठना, उसका बेवजह हँसना, उसका गुप्ता से ज़बान लड़ाना... सब ख़राब था। डी.एम. ने 'डिसिप्लिन' के लिए मीटिंग कॉल की थी और मीटिंग शुरू होने से पहले अनिरुद्ध

की ख़ुराफ़ात ने मीटिंग के उद्देश्य को पिलपिला कर दिया था।

गहरी साँस ली थी शानी सॉब ने। उनके ऑफ़िस में खड़े एम्पलाइज़ बुतों की तरह खड़े थे, जो थोड़ा-थोड़ा हिलते। थोड़ी-थोड़ी साँस लेते। ऐसा लगता था जैसे बुतों ने साँस लेने की तरक़ीब सीख ली है।

डी.एम. मिस्टर शानी ने हेड ऑफ़िस के सरकुलर को अपने दोनों हाथों में रखा! सबको देखते हुए बोले, ''कितना शेमफुल है हमारे लिए। डिसिप्लिन से रिलेट करता, पिछले तीन सालों में यह दसवाँ सरकुलर है।''

''सर, दसवाँ या सौवाँ?'' अनिरुद्ध ने पूछा।

''शटअप।'' शानी सॉब अचानक ग़ुस्से में आ गये। उनकी टेबल के सामने बैठा एक अदना-सा कर्मचारी कितनी जुर्रत से उनकी खिल्ली उड़ा रहा था।

''शटअप गाली होती है सर।'' अनिरुद्ध ने कहा। शानी सॉब ने उसकी बात को अनसुना कर दिया।

शानी सॉब ने सरकुलर पढ़कर सुनाया। जिसका सार संक्षेप यह था कि सभी कर्मचारी और अधिकारी समय के अनुसार ऑफ़िस में आएँ। कर्मचारी अपनी दिनभर की आउटपुट की एक फाइल बनाएँ। इससे अबव एवरेज, एवरेज और बिलो-एवरेज कर्मचारियों की परख हो सकेगी। बिलो एवरेज कर्मचारियों की ट्रांसफर कर दी जाएगी।

जिस बात पर दूसरे एम्पलाई कुढ़ते-भुनभुनाते, लेकिन चुप रहते। उस बात को अनिरुद्ध राणा धड़ल्ले से उठाता। अब भी उसे मसखरी सूझी। बोला, ''सर, जैसे यूरोप के असमाजिक तत्त्व एक टापू में उतार दिये गये। इस प्रामिनेंट के सारे बिलो-एवरेज एम्पलाई, ऐसे किसी टापू में ट्रांसफर कर दिये जाएँगे?''

इस प्रश्न को सुनकर सब हँस पड़े। शानी सॉब का गोरा-चिट्टा, भरा-भरा चेहरा सिकुड़ गया। वो पहले से ज़्यादा संजीदा हो गये। उन्होंने शब्दों को चबाचबा कर कहा, ''मिस्टर अनिरुद्ध, मैं बाकियों के बारे में तो नहीं जानता, लेकिन आपके लिए कोई आईलैंड ज़रूर...।'' बाक़ी का वाक्य उन्होंने अधूरा छोड़ दिया।

चैम्बर में इतना ज़्यादा सन्नाटा पसर गया कि जैसे मनुष्य नहीं, लाशें खड़ी हों।

''मैं उस आईलैंड में जाने से नहीं डरूँगा सर!'' अनिरुद्ध बोला। फिर उठ खड़ा हुआ। सरकुलर की तरफ़ उँगली से संकेत करते हुए बोला, ''ऐसे सरकुलरों की कोई भी एहमियत नहीं सर!''

''आप एच.ओ. से आये सरकुलर के बारे में ऐसा कह रहे हैं?''

''सर, आप मेरी बात समझ नहीं रहे।''

''मैं नासमझ हूँ।... आपका मतलब है मैं नासमझ हूँ।''

''मैंने ऐसा नहीं कहा सर।''

''तो कैसा कहा?''

''मेरे कहने का मतलब ये है कि...।''

''बात साफ-साफ करो मिस्टर अनिरुद्ध!... बातों के मतलब मत निकालो।'' शानी सॉब की आवाज़ बेशक नीची रही लेकिन उनके शब्दों में जैसे चिंगारियाँ फूट रही हों।

''सर, मैं न हेड ऑफ़िस के सरकुलर का विरोध कर रहा हूँ न आपका।''

''देन?... देन व्हाट? व्हाट रबिश?''

''सर, आप... और आपका रीजनल ऑफ़िस... और आपका हेड ऑफ़िस जब तक क्लास थ्री की साइकी नहीं समझेगा, तब तक ऐसे सरकुलरों का कुछ नहीं होना।'' अनिरुद्ध ने एक बार अपने पीछे खड़े कलीग्स को देखते हुए कहा।

''व्हाट द हैल! एच आर में पढ़े-लिखे लोग हैं। वो क्लास थ्री को समझते हैं और उसकी साइकी को भी।... हो सकता है वो आप जितने स्मार्ट न हों।'' शानी सॉब ने ग़ुस्से में कहा। उन्होंने आख़िर में अनिरुद्ध पर तंज़ किया!

''सर, ह्यूमन रिसोर्सेज़ डिपार्टमेंट में पढ़े-लिखे लोग होंगे। लेकिन क्लास थ्री से प्रेक्टिकली वो कभी नहीं मिले। क्लास थ्री की फ्रस्ट्रेशन किताबें पढ़कर नहीं समझी जा सकती।'' अनिरुद्ध कहता चला गया। पूरी दृढ़ता के साथ। लेकिन शानी सॉब को उसकी बातें खलती रहीं। वो चाहते थे कि अपने कमरे में खड़े स्टाफ के लोगों को हेड ऑफ़िस का सरकुलर पढ़कर सुनाएँ। सब ध्यानपूर्वक सुनें। फिर वो डिसिप्लिन पर थोड़ा-सा प्रवचन झाड़ें। उसे भी लोग बड़ी श्रद्धा से सुनें। फिर वो उस डिसिप्लिन के विषय में बताएँ जो उनके अन्दर स्थापित है—किसी स्थापत्य की तरह— इनबिल्ट डिसिप्लिन। फिर वो अपने आपको ऑफ़िस का रोल मॉडल घोषित करें और इस घोषणा पर कमरे में खड़े सब लोगों के चेहरों पर उल्लास छा जाय। फिर वो थैंक्स कहें। मुस्कराएँ। मुस्कराते हुए यह भी कहें, कि ''वैल, जेंटलमेन, दिस वाज़ नाइस मीटिंग। आज से हम सब डिसिप्लिन मेनटेन करेंगे... मोर ऐफ़ीशिएंट... मोर ओबीडिएंट।... चाय आप सब लोगों की टेबल पर पहुँच जाएगी।... ओ के थैंक्स अगेन।'' कहते हुए वो मीटिंग समाप्त करते। सबकुछ हमेशा की तरह। यन्त्रवत्। लेकिन इस अनिरुद्ध राणा ने उनका खेल बिगाड़ दिया था। शानी सॉब के अन्दर कुछ खौलने लगा था। बेशक, अनिरुद्ध की बातें ठीक थीं। क्लास थ्री, फ्रस्ट्रेटिड क्लास थी। वो कुंठित थी और डिसिप्लिन को तोड़ते हुए उसे ऐसे लगता जैसे मैनेजमेंट का मख़ौल उड़ा रही है।

शानी सॉब के चैम्बर से सब लोग बाहर हॉल में चले आये थे। अपनी-अपनी सीटों पर बैठ गये थे। अनिरुद्ध राणा हैरान था। किसी ने भी आकर उसकी पीठ नहीं थपथपाई थी। बल्कि वातावरण विपरीत था। सबको अपनी नौकरी बचाने की चिन्ता

सताने लगी थी। अनिरुद्ध की टेबल के पास खड़े होने का मतलब था, शानी सॉब के प्रतिपक्ष में खड़े होना। ऐसा जोखिम कोई नहीं उठाना चाहता था। समझदार लोग हवा के रुख को पहचानते हैं। वो उसी दिशा में चलने लगते हैं। बेशक, वो भीड़ होते हैं। बेशक, उनकी अपनी कोई पहचान नहीं होती। लेकिन अपने आपको सरवाइव करने के लिए यह ज़रूरी होता है कि अपनी पहचान को अपने जूते के नीचे, किसी सिगरेट के टोटे की तरह मसल दिया जाय।

ज़्यादातर लोग पहचानहीन थे। उनकी पहचान सिर्फ़ पहचान पत्रों तक सीमित थी। ऐसा लगता था लोग नहीं रहे। वो आई कार्ड हो गये हैं।

अनिरुद्ध के अन्दर व्यक्ति था। वो बिलकुल निहत्था और अकेला था। लेकिन उसकी पहचान थी। शानी सॉब ने उस पहचान को किनारे लगा दिया। मिसबिहेव के तहत उसे सस्पेंड कर दिया गया। अपना पक्ष मज़बूत करने के लिए अनिरुद्ध पर बहुत सारे आरोप लगाए गये।

तीन दिन तक सन्नाटा छाया रहा और तीन दिन बाद यह विस्फोट!

अनिरुद्ध सस्पेंड!

पूरी इंश्योरेंस इंडस्ट्री में यह ख़बर ऐसे फैली जैसे बाढ़ का पानी!

ऑफ़िस में अजीब तरह का सन्नाटा था। जैसे झील में किसी के डूब मरने के बाद होता है। पहले छपाक-छपाक की कई सारी बेतरतीब आवाज़ें—ज़िन्दगी की आख़िरी आवाज़ें। फिर चुप। झील के पानी पर जैसे मौत लेट गयी हो।

वैसी चुप थी ऑफ़िस में। ऑफ़िस का वाचाल मौसम अचानक सन्नाटे की ज़द में आ गया था। संजीदगी इतनी ज़्यादा कि परायी लगती थी। ख़ामोशी इतनी ज़्यादा कि डर पैदा करती थी। डिसिप्लिन इतना ज़्यादा कि वो दम घोंटता था।

एक अपाहिज क़िस्म की सरसराहट थी। कुछ विकलांग फिकरे। टूटे-फूटे शब्द। यहाँ-वहाँ। चलते-फिरते सुनाई देते। खुलकर कोई नहीं बोल रहा था। यही वक़्त का तक़ाज़ा था।

"आई एम सॉरी मिस्टर राणा।" गुप्ता ने अनिरुद्ध को बुलाकर मेज़ पर सस्पेंशन ऑर्डर रखते हुए कहा, "मुझे यह सस्पेंशन ऑर्डर देना पड़ रहा है।"

अनिरुद्ध ने सस्पेंशन ऑर्डर को उठाया। उसने गहरी साँस ली।

"ओरिजनल आप रख लें... और इसकी कॉपी पर साइन कर दें... देट यू हैव रिसीव्ड दि ओरिजनल।" डबल ए.ओ. गुप्ता ने कहा। गुप्ता की आवाज़ में दफ़्तरी लहज़ा था।

ओरिजनल ऑर्डर को जेब में तहाकर रखते हुए अनिरुद्ध उठने लगा तो गुप्ता अचानक बोला, "मिस्टर अनिरुद्ध, आपको ऐसा नहीं करना चाहिए था।"

"कैसा?" अनिरुद्ध ने पूछा।

इस छोटे से प्रश्न को सुनकर डबल ए.ओ. गुप्ता सकपका गया। उसे जवाब ढूँढ़ना मुश्किल प्रतीत हो रहा था। फिर भी वो बोलता गया, ''मेरा मतलब है बड़े सॉब के साथ जिरहबाज़ी नहीं करनी चाहिए थी।''

अनिरुद्ध फीकी-सी हँसी हँसा। उठ खड़ा हुआ। अपनी सीट पर आकर उसने चाय मँगाई। सस्पेंशन ऑर्डर पढ़ने लगा। चाय ठंडी होती रही। सस्पेंशन ऑर्डर उसकी आँखों के सामने पड़ा रहा। सच बोलने की कीमत शायद इसी तरह चुकानी पड़ती है। सच बोलनेवाला शहर-बदर कर दिया जाता है।

सस्पेंशन ऑर्डर तन्त्र की ताक़त का प्रतीक था। तन्त्र संवेदनशून्य होता है। बेशक होता है। लेकिन वो अपनी मुख़ालफ़त सहन नहीं करता। तन्त्र, दरहक़ीकत किसी कोल्हू की तरह होता है और विरोध करनेवाले को वो किसी नामुराद गन्ने की तरह निचोड़ कर रख देता है।

अनिरुद्ध की मेज़ पर पड़ा सस्पेंशन ऑर्डर उसकी औक़ात का मख़ौल उड़ा रहा था। अकेला वो पहले भी था, पूरे दफ़्तर में अलग तरह का इनसान। लेकिन इतना ज़्यादा अकेला उसने अपने आपको पहले कभी नहीं समझा था।

साढ़े ग्यारह बजे थे। साढ़े पाँच बजे तक उसे दफ़्तर में रहना था। वह वक़्त मुश्किल था। वो किसी से नज़रें नहीं मिला पा रहा था। पहले ऐसा नहीं था। तब, अपनी सीट पर बैठा अनिरुद्ध, किसी को देखता तो पूरी तरह से आँखों में आँखें डालकर। सामनेवाला नर्वस हो जाता। आज वो ख़ुद नर्वस था। अपनी नज़रों की पतंग को उड़ने से रोकता हुआ। कोई अदृश्य-सी डोर को तोड़ता हुआ। ऑफ़िस के किसी नो-मैंस-लैंड जैसा। किसी जज़ीरे जैसा जहाँ अज़हद सन्नाटे के जहाज़ औंधे मुँह पड़े हों।

अनिरुद्ध राणा चाहता तो उठकर चला जाता। चला जाता तो बाहर आकर राहत-सी महसूस करता। बाहर किसी खोखे के बेंच पर बैठकर चाय पीता। तब सस्पेंशन ऑर्डर उसकी जेब में पड़ा होता और वो गर्म चाय पी रहा होता। लेकिन वो उठकर बाहर गया ही नहीं था। बैठा रहा। बैठे-बैठे वो मेज़ के दराज़ खोलता। मेज़ के दराज़ बन्द करता। पता नहीं, आज उसकी कौन-सी महत्त्वपूर्ण चीज़ खो गयी थी, जिसकी वो तलाश कर रहा था। शायद चीज़ कोई गुम नहीं हुई थी, वो ख़ुद गुम हो गया था। दफ़्तर के पैंतालीस पचास लोगों के बीच एक ऐसा शख़्स, जिसे दफ़्तर में होकर भी नहीं होना था। कम-से-कम छह महीने तक उसे इंक्वायरी में उलझे रहना था। उसके बाद इंक्वायरी कमेटी का निर्णय... तीन-चार महीने और लग जाने थे। रिपोर्ट पर बहुत कुछ निर्भर करता था—बहाल होना या फिर नौकरी से बर्ख़ास्तगी।

टी.टी. सिंह आया था, ''ज़रा दिखा तो सस्पेंशन ऑर्डर?'' इतना कहकर

उसने मेज़ पर पड़े ऑर्डर को उठाया था। चश्मे को अपनी आँखों पर दुरुस्त करते हुए ऑर्डर को पढ़ने लगा था। सस्पेंशन ऑर्डर को वो इस तरह देख रहा था जैसे अँग्रेज़ी अख़बार का पेज थ्री देख रहा हो।

मेज़ पर सस्पेंशन ऑर्डर रखते हुए बोला, ''ऐलीगेशन बहुत सख़्त लगाए गये हैं। टस्सल करनी पड़ेगी।''

अनिरुद्ध ने एक बार, ज़रा-सा टी.टी. सिंह को देखा। कहा कुछ भी नहीं।

यह वही टी.टी. सिंह था जिसने एक बार डेवलपमेंट ऑफ़िसर की बन्द दराज़ का ताला तोड़कर, कवरनोट बुक निकाली थी और ऐसे ट्रक का थर्ड पार्टी इंश्योरेंस, बैक डेट में कर डाला था, जो एक आदमी को कुचल आया था। यह क्राइम था। बहुत बड़ा जुर्म। थर्ड पार्टी एक्सीडेंट हो चुका था। बन्दा ट्रक के नीचे आकर मर गया था। इंश्योरेंस बैक डेट में। ताकि हर्जाना ट्रक मालिक को नहीं, इंश्योरेंस कम्पनी को भुगतना पड़े।

उसी टी.टी. सिंह को यूनियन और ऑफ़िसरों ने मिलकर बचाया था। वरना नौकरी तो जाती। दो-चार साल की क़ैद तो तय थी ही।

वही टी.टी. सिंह किसी कथावाचक की तरह आया था। प्रवचन झाड़ता और अनिरुद्ध के मन में भय पैदा करने की कोशिश करता चला गया था।

टी.टी. के जाने के बाद, दो-तीन और जन आये थे। वो टेबल पर रखा सस्पेंशन ऑर्डर उठाते। पढ़ते। रखते। भावशून्य चेहरा और बर्फ़ की तरह ठंडे शब्द—''वैरी बैड!'' कोई वैरी बैड कहता तो कोई वेरी सैड! एक ने कहा, ''ब्रदर, मैनेजमेंट बहुत सख़्त हो गयी है।'' एक अन्य ने कहा, ''तेनूं की लोड़ सी पंगा लैंड़ दी।... चुपचाप खड़ा होके ओदी बकवास सुणदा ते कपड़े झाड़के बाहर आ जांदा।'' एक अन्य असिस्टेंट ने अपने गहरे अनुभव का परिचय दिया था, ''अनिरुद्ध जी, समन्दर में रहना हो तो पानी से बैर नहीं करना चाहिए।'' फिर एक और कलीग आया था। वो अनिरुद्ध का सस्पेंशन ऑर्डर पढ़कर चुपचाप खड़ा रहा। फिर हमदर्दी जताते हुए बोला, ''भाईजी, लम्बी लड़ाई लड़नी पड़ेगी आपको। यूनियनवालों ने इस केस को अपने हाथों में ले लिया तो मामला जल्दी सुलट सकता है। वरना तो... जूतियाँ ही नहीं, पैरों की ऐड़ियाँ भी घिस जाएँगी।''

कई सारे कलीग आये। सस्पेंशन ऑर्डर पढ़कर, अपने कमेंट्स देकर लौट गये। किसी एक ने भी नहीं कहा कि अनिरुद्ध हम तेरे साथ हैं। बल्कि वो सब अनिरुद्ध को अपने से अलग करते गये। वो काग़ज़ी हमदर्दी के साथ आते और भय का वातावरण, अनिरुद्ध के मन में रचकर चले जाते।

यह पहली बार हुआ था कि अनिरुद्ध चुप बैठा रहा। कलीग आते। सस्पेंशन ऑर्डर उठाते। अपनी ख़राशज़दा टिप्पणी उगलते। अनिरुद्ध ज़रा-सा देखता। चुप

रहता। वो चुप रहता। उसका मन सुलगता। वो चुप रहता उसकी आँखों से आवेश का धुआँ निकल रहा होता। वो चुप रहता लेकिन अपने भीतर के हाहाकार को किसी-न-किसी रूप में दबाये रखता।

उसने किसी से कुछ नहीं कहा था। लोग चाहते थे, वो जिस अनार को आग लगाकर आये हैं, वो फट पड़े। लेकिन अनिरुद्ध ने ज़ब्त किये रखा। वो पानी पीता रहा। दराज़ खोलता रहा। ज़रूरी सामान अपने झोले में डालता रहा क्योंकि अब उसे इस दफ़्तर में पाँच-सात महीने नहीं आना था। अगर नौकरी बहाल न हुई तो हमेशा के लिए छुट्टी।

डिविजनल मैनेजर शानी सॉब ने उस दिन छुट्टी कर ली थी। उन्हें एक ज़रूरी काम आ पड़ा था। वो इस संसार में इतने ज़रूरी थे कि उनके जीवन में सब काम ज़रूरी होते थे। इकोनामिक्स टाइम्स पढ़ना उनके लिए ज़रूरी था और डॉलर, पाउंड के रेट देखना भी ज़रूरी। इलैक्ट्रिक रेज़र से शेव करना ज़रूरी था तो कान की मैल निकालना भी ज़रूरी। नॉन स्टिक फ्राइंग पेन पर आमलेट बनाना और खाना उनके लिए ज़रूरी था तो डायबिटीज़ की गोली लेना भी ज़रूरी। देवी-देवताओं के आगे मत्था टेकना ज़रूरी था तो किसी ख़ूबसूरत स्त्री के सपने देखना भी ज़रूरी। उन्हें कब्ज़ की शिकायत रहती थी, इसलिए ईसबगोल खाना भी ज़रूरी था। ज़्यादा पीते तो उन्हें लूज़ मोशन शुरू हो जाते। इसके लिए डिपेंडेल-एम लेना भी उनके लिए ज़रूरी हो जाता। उनके पचास-पचपन बैंक खाते थे। वो अक़्सर भूल जाते कि किस बैंक में कितनी रक़म है। कई बार तो वो अपने खाते और खाते नम्बर भी भूल गये। इसलिए वो हर सुबह अपने सारे बैंकों की पास बुक देखते। यह 'देखना' भी उनके जीवन की एक ज़रूरी आदत बन गयी थी। शानी सॉब नॉनवेज के शौकीन थे। नॉनवेज के साथ पीते। पीते और खाते। यह जीवन का आनन्द था। वो लुत्फ़ उठाते। लेकिन खट्टे डकार उन्हें हमेशा परेशान किये रहते।

वो बदहज़मी से परेशान रहते और उन्हें लगता कि उन्हें उल्टी आ जाएगी। उनका मन पक्का था लेकिन जी कच्चा रहता। वो दो बार इंडोस्कोपी भी करा चुके थे। अलसर जैसा कुछ था।... इसलिए वो रोज़ सुबह, ओसिड या ज़िनटेक या ऐसीलॉक या पेंटोसिड को भी पानी के साथ ज़रूर ले लेते।

इतने सारे ज़रूरी काम थे उनके पास। आज एक और ज़रूरी काम।... कहा ये जाता है जब ऑफ़िसर इस तरह का बड़ा 'एक्शन' लेते हैं तो ख़ुद छुट्टी पर चले जाते हैं। यह एक डिप्लोमेटिक चाल होती है। किसी अनहोनी से बचने की तरकीब। अपने भीतर के भय को छुपाने का आवरण।

अनिरुद्ध अकेला बैठा रहा—साढ़े पाँच बजे का इन्तज़ार करता। शायद वो इसलिए ज़्यादा देर तक बैठे रहना चाहता था कि कल से उसके लिए दफ़्तर में प्रवेश वर्जित होगा। वो दफ़्तर में आएगा तो ऑफ़िसरों की स्पेशल परमीशन के बाद, गार्ड की निगरानी में।... इस एहतियात के साथ कि वो ऑफ़िस डाकूमेंट्स के साथ छेड़छाड़ न करे। उन्हें नष्ट न कर दे। या फिर, किसी कलीग अथवा ऑफ़िसर पर आक्रमण न कर दे...।

पता नहीं वो किसलिए बैठा रहा। लेकिन वो बैठा रहा। बेशक, वो पूरे दफ़्तर में पराया घोषित किया जा चुका था। ऐसे ही होता था। कोई एम्पलाई या ऑफ़िसर अगर सस्पेंड होता तो अचानक वो अकेला पड़ जाता। वो बिजली के नंगे तार जैसा हो जाता। सब बचकर निकलते।

साढ़े पाँच नहीं बजे थे अभी। पाँच बीस का वक़्त था। दफ़्तर से घर जाने की तैयारी में सब अपनी-अपनी मेज़ों की फाइलें सँभाल रहे थे कि एक ज़ोरदार ठहाका गूँज गया था। सब चौंक गये। पलटककर देखा। ठहाका लगानेवाला और कोई नहीं, अनिरुद्ध था। अनिरुद्ध हँस रहा था। अकेला अनिरुद्ध, बिना किसी चुटकुले के हँस रहा था। जिसकी मेज़ पर सस्पेंशन ऑर्डर रखा था, वो अनिरुद्ध हँस रहा था। वो लगातार हँस रहा था। कुछ ऐसे, जैसे पहाड़ से पत्थर लुढ़कते चले जा रहे हों। उसकी हँसी, लुढ़कते पत्थरों की आवाज़ जैसी थी। उसकी हँसी जितनी ज़्यादा बेवजह थी, उतनी ज़्यादा सवाल पैदा करती... उतनी ज़्यादा डराती, खलबली मचाती।

वो हँसी एक बेचैन शख़्स की हँसी थी। पता नहीं, वो हँसी थी या वक्तव्य। लोग सामान समेट रहे थे। वो हँसकर, उदासी की ग़र्द झाड़ रहा था। वो हँस रहा था जैसे चिढ़ा रहा हो। जैसे हँस न रहा हो, तन्त्र की मुर्दानगी पर थूक रहा हो। जैसे हँस न रहा हो, रो रहा हो। चालीस-पचास लोगों के बीच उसकी हँसी उतनी अकेली थी, जितना अकेला वो ख़ुद था। वो ऐसी व्यवस्था में अकेला कर दिया गया था, जहाँ झूठ की अगरबत्तियाँ जलाकर सचाई का मर्सिया पढ़ा जाता है।

साढ़े पाँच बज चुके थे। वो हँस रहा था। किसी में हिम्मत नहीं थी कि उससे पूछे कि वो क्यों हँस रहा है? उसकी हँसी पर सब हैरान थे। शायद परेशान भी थे। अनिरुद्ध ठहाके लगाने के लिए मशहूर था। वो पहले ठहाके लगाता तो किसी खिलन्दड़े के ठहाके महसूस होते। लेकिन आज, अनिरुद्ध की हँसी में तुर्शी थी। जैसे वो हँस न रहा हो, पिसी हुई लाल मिर्चों को उड़ा रहा हो।

अनिरुद्ध ने अपनी मेज़ के दराज़ को आख़िरी बार बन्द किया। वो अपनी हँसी को बहुत ज़्यादा गिरा चुका था। अब उसका हँसना स्थगित था। वो हँस नहीं रहा था। बेवजह, चुपचाप खड़ा था। चाबियों का गुच्छा उसके हाथ में था और शायद

आँसुओं का गुच्छा उसकी आँखों में।

सब जा चुके थे अकेला वो था या फिर हॉल के एक कोने में बैठा चपरासी मदनलाल! ये वही मदनलाल था जिसका क़द साढ़े चार फुट था और ट्रांसफ़र होकर इस दफ़्तर में आया ही था। लक्ष्मण बिष्ट ने मदनलाल को 'ओ बौने' कहा तो अनिरुद्ध ने लक्ष्मण बिष्ट को झिंझोड़ते, थप्पड़ लगाते हुए कहा था, ''लक्ष्मण, सभ्य लोग एक-दूसरे को संज्ञा-विशेषणों से नहीं, नाम से बुलाते हैं। इसका नाम मदनलाल है। अगर मदनलाल को तूने फिर कभी बौना कहा तो मैं तुझे कार्टून बनाके रख दूँगा।''

वही मदनलाल आया था, ''सरजी, मेरे लायक कोई सेवा हो तो बताना।... शानी सॉब ने अच्छा नईं किया आपके साथ।''

मदनलाल की सरल-सी बात ने अनिरुद्ध राणा को विचलित कर दिया था। अनिरुद्ध ने मदनलाल के कन्धे को थपथपाते हुए कहा, ''यार, बुरा कुछ भी नहीं हुआ। थोड़ा चेंज आया है... एक नया मोड़।... ज़िन्दगी सरल रेखा का नाम नहीं होता। ट्विस्ट तो आते रहते हैं।... मदनलाल।'' अनिरुद्ध ने मदनलाल से हाथ मिलाते हुए कहा, ''कभी ज़रूरत होगी तो यार तुझे फोन पर कह दूँगा।''

अनिरुद्ध ऑफ़िस की सीढ़ियाँ उतरकर पार्किंग तक आया। स्कूटरों, कारों की जगह ख़ाली हो चुकी थी। उसकी साइकिल खड़ी थी। साइकिल को पकड़कर वो चलता रहा। कुछ दूर तक ऐसे ही चलता रहता था—पैदल। साइकिल को हैंडिल से पकड़े हुए।

बस स्टॉप से कुछ आगे जहाँ एक गली थी और गली में चाय का खोखा था, वहाँ चेतन, रावत, लक्ष्मण तारिक खड़े थे। अनिरुद्ध के लिए खड़े थे। उसका इन्तज़ार करते।

''चल चाय पीते हैं उसी खोखे पर।'' तारिक ने कहा।

''आख़िरी बार?'' अनिरुद्ध ज़रा-सा हँसा।

''ये आगाज़ है... इब्तिदा है अनिरुद्ध।'' तारिक बोला।

''मैं अंजाम समझ रहा था।'' अनिरुद्ध ने कहा। मुस्कराने की कोशिश की। फिर बोला, ''मुझे पता था तुम मुझे यहीं कहीं मिलोगे।''

''रियली?...कैसे सोच लिया था तुमने?'' चेतन ने पूछा।

''तुम्हारे चेहरे मुझे तमाशाइयों जैसे नहीं लगते।'' अनिरुद्ध बोला।

''लेकिन हम कुछ कर भी तो नहीं पाये।'' रावत ने कहा।

''तुम मेरा इन्तज़ार कर रहे थे।... क्या ये कम है कि अब मैं अपने आपको अकेला नहीं समझ रहा।'' अनिरुद्ध ने कहा जैसे आत्मविश्वास से भरा कोई व्यक्ति बोलता है।

''खड़े-खड़े नहीं हो पाएगी बात।'' तरदीप ने कहा।

''चल, बैठकर चाय पीते हैं और कुछ ज़रूरी बातें भी करनी हैं।'' लक्ष्मण बोला।

''ठीक है। मैं चलने को तैयार हूँ। लेकिन प्रवचन मत झाड़ना। और मुझे पश्चाताप का अहसास भी मत कराना।'' अनिरुद्ध ने अपने मन की बात कह दी।

''हम आगे की योजना बनाना चाहते हैं।'' तारिक ने गम्भीरता से कहा।

''तारिक भाई।'' अनिरुद्ध ने गहरी साँस लेते हुए कहा, ''योजनाएँ आप सब बनाते रहो। लेकिन हक़ीकत ये है कि लड़ाई मुझे अकेले ही लड़नी है।''

अनिरुद्ध की बात सुनकर सब ख़ामोश हो गये। अनिरुद्ध सच ही तो कह रहा था और उसका प्रतिवाद कोई करता भी कैसे?

सबको चुप देखकर अनिरुद्ध घबरा-सा गया। फिर फीकी हँसी हँसते हुए बोला, ''यारो, मुझे तो ये भी पता नहीं कि सस्पेंशन के बाद होता क्या है... और मुझे क्या-क्या करना पड़ेगा?''

''तुम्हें लम्बे प्रोसेस से गुज़रना पड़ेगा।'' लक्ष्मण बोला।

''वो तो मैं जानता हूँ।'' अनिरुद्ध ने कहा।

''जो आरोप लगाए गये हैं उनका जवाब देना पड़ेगा। किसी सुलझे हुए वकील से जवाब लिखवाना पड़ेगा।'' तरदीप ने समझाया।

''फिर इंक्वायरी कमेटी बैठेगी।'' तारिक ने कहा।

''सारे आफिसर तुम्हारा केस कमज़ोर करने की कोशिश करेंगे।'' रावत ने चेतावनी-सी दी।

''देख लूँगा सबको।'' अनिरुद्ध तैश में आ गया।

''यूनियन से भी सपोर्ट मिल सकती है लेकिन यूनियन वालों का कुछ पता नहीं।'' चेतन ने कहा।

''संशय सबसे बुरी शय है।'' अनिरुद्ध ने कहा। बाक़ी चुप रहे। जैसे सब सन्दिग्ध चेहरा लगाकर खड़े हों।

''विश्वास का संकट, संशय की उँगली पकड़कर चलता है।'' अनिरुद्ध ने साइकिल को चाय के खोखे के पास खड़ा करते हुए कहा।

सब एक-दूसरे को देखने लगे, जैसे लापता विश्वास की तलाश कर रहे हों।

''चाय मेरी तरफ़ से।'' अनिरुद्ध ने कहा।

''और हमारी तरफ़ से?'' रावत ने पूछा।

''बेस्ट विशिज़।'' अनिरुद्ध ज़रा-सा हँसा।

''तुमने निकम्मी चीज़ का नाम लिया।'' चेतन बोला। थोड़ा-सा मुस्कराया।

''निकम्मी या दुर्लभ?'' अनिरुद्ध ने कहा। सब उसकी तरफ़ देखने लगे।

“मेरे मुश्किल समय में दोस्तों की दुआएँ किसी हमसफ़र की तरह होंगी।” अनिरुद्ध ने गहरी साँस ली। सामने सड़क की तरफ़ देखने लगा। बसें, कारें, स्कूटर गोलचक्कर से घूमते हुए निकल जाते। कुछ दिन पहले इसी गोलचक्कर पर, ऐटी नाइन नम्बर की बस, घूमते हुए पलट गयी थी। वो डबल डेक्कर बस थी। डबल डेक्कर बसों के साथ यही दिक्कत थी। कई बार उनका सन्तुलन बिगड़ता। वो पलट जातीं। अभी-अभी एक डबल डेक्कर बस गुज़री थी। अनिरुद्ध उसी को देख रहा था। फिर उसकी नज़र सूरज की तरफ़ चली गयी, डूबते हुए सूरज की तरफ़। सूरज लहूलुहान लगता था। शाम होते-होते, वो तमाम शहर के दुख इकट्ठे करता। दुख इतने ज़्यादा होते कि वो लहूलुहान हो जाता। आज उसके सीने में एक दुख अनिरुद्ध का भी हो शायद।

अनिरुद्ध डूबते सूरज को देख रहा था। एक डूबता हुआ सूरज उसके अन्दर भी था जिसे वो किसी को नहीं दिखाना चाहता था।

“तुम मुश्किल में घिर गये अनिरुद्ध।” तरदीप ने चाय का कप हाथ में लेकर कहा।

“मुश्किल में मैं नहीं, तुम सब हो।” अनिरुद्ध ने चाय का कप हाथ में लिया। एक बार सबको देखा।

“हम?” लक्ष्मण बिष्ट ने पूछा।

“हाँ तुम।”

“कैसे?”

“आसान जीवन जीनेवाले हमेशा मुश्किल में रहते हैं।” अनिरुद्ध एकटक लक्ष्मण को देखता रहा।

“अभी तुम इंक्वायरी में फँसे नहीं। इसलिए यह बात कह रहे हो।” लक्ष्मण बोला।

“मैंने कोई ग़बन नहीं किया। मैं झूठ के तंग जूते पहनकर भी नहीं खड़ा।” अनिरुद्ध ने बड़े आत्मविश्वास के साथ कहा तो चेतन के मुँह से अनायास एक शब्द निकला—ज़िन्दाबाद!

अनिरुद्ध ने चेतन को देखा।

सब लकड़ी के बेंचों पर आमने-सामने बैठे थे। चाय के कप सबके हाथ में थे। जैसे वो सब चाय पीने नहीं, अनिरुद्ध को विदा करने आये हों।

“यह हमारे तन्त्र की नियति है दोस्तो, जो उसकी शर्तें नहीं मानता, वो उसे उठाकर बाहर कर देता है... इतना बाहर कि जो उसके साथ होता है, वो उसके अपने अकेलेपन का बीहड़ होता है।” अनिरुद्ध कहता चला गया। सब सुनते रहे।

“फिर भी कुछ लोग उसकी शर्तें नहीं मानते।” चेतन ने कहा।

"ज़िन्दगी को अपनी शर्तों पर जीनेवाले, सबसे पहले तन्त्र की कुटिलता के मुँह पर थूकते हैं।" अनिरुद्ध ने कहा।

"रिजल्ट क्या निकलता है?" लक्ष्मण बिष्ट ने पूछा।

"यही तो प्राब्लम है। नफ़े-नुक़सान का गणित करने वाले, बहुत अच्छे दुनियादार तो होते हैं। बहुत अच्छे नागरिक नहीं होते।" अनिरुद्ध ने कहा। उसका जवाब जितना सांकेतिक था उतना स्पष्ट। लक्ष्मण बिष्ट सकपका गया।

कुछ देर चुप रहने के बाद अनिरुद्ध ने कहा, "क्या मुझे अपने समय के ब्लैक होल से टकराने का भी हक़ नहीं?"

"सच बात पता है क्या है?" चेतन ने कहा। सब उसकी तरफ़ देखने लगे। वो बोला, "हमारे परिवार अक़्सर हमें कायर बना देते हैं। हम कोई भी लड़ाई लड़ने से पहले अपने परिवार को देखते हैं। हमारी ललकार, जी हजूरी में बदल जाती है।"

"चेतन तुमने बिलकुल ठीक कहा। यही सच है। हमारे परिवार, हमारी सारी आक्रामकता छीन लेते हैं।" तरदीप बोला। थोड़ा रुका। फिर कहा, "ज़िन्दगी इस तरह ठीक-ठाक चलती रहती है।"

"ज़िन्दगी में सबकुछ ठीक-ठाक होना ही ज़िन्दगी नहीं है।" अनिरुद्ध ने कहा।

सब बैठे आपस में बातचीत करते रहे। वो अनिरुद्ध को यह अहसास कराने के लिए मिले थे कि वो अकेला नहीं है। सुबह से शाम तक अकेला बैठा अनिरुद्ध यहाँ आकर, कुछ देर के लिए तनावमुक्त हो गया था।

"अनरुिद्ध, अब हम सब अपनी-अपनी चाय ख़त्म कर चुके हैं। लेकिन न हम ख़त्म हुए हैं न हमारे रिलेशन्स!" चेतन ने कहा।

अनिरुद्ध ने आभार जतानेवाली नज़रों से देखा।

"लिसन।" रावत बोला, "एक बार यूनियन ऑफ़िस ज़रूर जाना... दूध का दूध पानी का पानी हो जाएगा।"

"जाऊँगा... ज़रूर जाऊँगा।" अनिरुद्ध ने कहा।

सब उठ खड़े हुए। सबने अनिरुद्ध से हाथ मिलाते हुए आनेवाले समय में आर्थिक सहायता की भी पेशकश की। अनिरुद्ध मुस्कराया। साइकिल पर चढ़कर चला गया।

अनिरुद्ध राणा जब यूनियन ऑफ़िस पहुँचा तब ग्यारह बजे थे। कमरे में टेबल थी। कुर्सियाँ थीं। टेबल की बीच वाली कुर्सी पर डी.एन. शर्मा... यूनियन सचिव बैठा था। वो मरियल-सा, लम्बा, साँवला था। उसका चेहरा मातमी था। वो कभी-

कभार हँसता। हमेशा सोचते हुए नज़र आता। पता नहीं वो क्या सोचता रहता? उसके क़रीबी कहते कि वो हमेशा इस द्वन्द्व में उलझा रहता है कि दूसरी यूनियनों को कैसे तोड़ा जाय? यानी, जो मैनेजमेंट की सोच थी, वही शर्मा की। लेकिन बाह्य तौर से शर्मा किसी कीर्तन मंडली में चिमटा बजानेवाला नज़र आता। वो अक़्सर आलथी-पालथी मारकर बैठता। जैसे कोई देसी आदमी बैठा हो। बेशक, वो आधुनिक चालाकियों का अजायबघर था। वो बैठते वक़्त, अपने कान की मैल निकालता रहता। कान की मैल का निकालना और दिल की मैल का जमते रहना सब साथ-साथ चलता रहता। कभी-कभी वो अपने पैरों के नाखूनों को अपनी उँगलियों से तोड़ता और उनमें छुपे मैल को ढूँढ़ लेता।

यूनियन सचिव डी.एन. शर्मा के आसपास, यूनियन के एक्ज़ीक्यूटिव मेम्बर बैठे थे। कुछ और भी थे। जो सिर्फ़ कामरेड थे लेकिन यूनियन में उनकी सक्रियता और ऑफ़िस आउटपुट में निष्क्रियता हमेशा बनी रहती थी।

डी.एन. शर्मा को अपने ऑफ़िस में बैठकर पाँव या कान की मैल निकालना अच्छा लगता था। उसे कामरेडों से घिरे रहना भी पसन्द था। यूनियन ऑफ़िस में, स्त्रियों के प्रेम प्रसंगों से लेकर, ऑफ़िसरों के भ्रष्टाचार तक पर, चटखारे लेकर 'डिबेट' होती। डी.एन. शर्मा लुत्फ़ उठाता। मन्द-मन्द मुस्कराता। एक्ज़ीक्यूटिव मेम्बर ठहाका लगाते। एक-दूसरे को कुत्ता, कमीना के सम्बोधन से बुलाते। एक-दूसरे से सिगरेट छीनते। माँ-बहन की गालियाँ बकते। चाय पीते। बिन्दास नज़र आते।

डी.एन. शर्मा अपने कामरेडों से कभी-कभार मिलता आशीर्वाद-सा देता। बोलता, "फिर कब्बी फुरसत में मिलूँगा। अब्बी तो बोत काम करणे हैं।... सी.एम.डी. से टाइम ले रक्खा है। ट्रांसफ़र पालिसी पर बात करणी है।" डी.एन. शर्मा ने हमेशा टाइम ले रखा होता था। कभी जी.एम. से तो कभी सी.एम.डी. से। कामरेडों पर प्रभाव जमाने का यह एक अच्छा तरीका था।

डी.एन. शर्मा जब अपने एक्ज़ीक्यूटिव मेम्बरों के साथ राउंड पर निकलता तो ऐसा लगता कोई बर्फ़ का आदमी दफ़्तरों में घूम-फिर रहा है—जिसे न हँसना आता है न मुस्कराना। वो कामरेडों की ताक़त को समझता था। इसलिए उनकी समस्याओं को सुनता। सुनते-सुनते बोर हो जाता। ऊबने लगता। बोलता, "लिखत में दे दो।... बजरंग को कागज़ पकड़ा दो। मैं देख लूँगा।... तूं चिन्ता न कर। साढ़े रहंदे तूं चिन्ता न कीती कर।... तैनूं कै दित्ता, तेरा कम्म हो जाऊगा।"

डी.एन. शर्मा बहुत पहले मर-मिटनेवाला कामरेड था। अफ़सरों से भिड़ जाता। मैनेजमेंट से टकराता। रिस्क उठाता बाद में वो यूनियन सचिव बनकर भी, किसी सामान्य कामरेड की तरह काम करता रहा। अपनी यूनियन को ताक़तवर

बनाता रहा। ये तमाम बातें काफ़ी पहले की हैं। धीरे-धीरे उसके रुझान बदलने लगे। जब से प्रामिनेंट इंश्योरेंस में 'थ्रिफ्ट ऐंड क्रेडिट सोसायटी' की नींव पड़ी, डी.एन. शर्मा उसमें रुचि लेने लगा। क्रेडिट सोसायटी में पैसा था और घपलों के बहुत सारे सूक्ष्म रास्ते भी। डी.एन. शर्मा ने क्रेडिट सोसायटी में भी 'अपने लोगों' को जमा दिया। सोसायटी का सचिव भी अपना और मेम्बर भी। इन सबके ऊपर किसी 'ईश्वर' जैसा स्वयं डी.एन. शर्मा। क्रेडिट सोसायटी में वो इतना ज़्यादा सक्रिय हो गया कि यूनियन रामभरोसे या फिर छुटभैयों के कन्धों पर। जो समस्याओं को उलझाते। जो कामरेडों के दुखों को इंजाय करते। जो कुछ न करते। सिर्फ़ राजनीति चमकाते।

जिस वक़्त अनिरुद्ध राणा यूनियन ऑफ़िस पहुँचा उस वक़्त ग्यारह बजे थे। एक्जीक्यूटिव मेम्बरों का मजमा लगा था। किसी ईश्वर या किसी पहली कतार के देवता जैसा डी.एन. शर्मा भी वहाँ मौजूद था। मजमें का लुत्फ़ उठाते हुए अपने 'जमूरों' के बीच।

ऐसे मज़ेवादी समय में किसी बाहरी व्यक्ति का हस्तक्षेप, किसी ख़लल की तरह था... बल्कि प्रदूषण की तरह। शायद इसलिए एक उचटती-सी नज़र, अनिरुद्ध पर सबने डाली ज़रूर, फिर अपने वार्तालाप में मशगूल हो गये।

अनिरुद्ध ने एक बार सबको देखा। 'नमस्ते जी' जैसा शब्द उसके होठों से फिसला। फिसला और बिखर गया। दरअसल, जब अनिरुद्ध ने नमस्ते की, उस वक़्त दो एक्ज़ीक्यूटिव मेम्बरों में किसी बात पर कहासुनी हो गयी। दोनों तैश में आ गये। अनिरुद्ध भौचक-सा खड़ा रहा। किंकर्तव्यविमूढ़! नासमझ-सा अनिरुद्ध! सबको देखता हुआ। उनको देखता हुआ जो उसके पुराने कलीग थे। पुराना वक़्त गुज़र चुका था। नये समय में पहचान का संकट पैदा हो गया था। अनिरुद्ध खड़ा था और वो उसे अनदेखा कर रहे थे।

"आओ कामरेड।" एक एक्ज़ीक्यूटिव ने अनिरुद्ध को देखते हुए कहा। जैसे उसने अनिरुद्ध का मज़ाक उड़ाया हो। वो अनिरुद्ध को अच्छी तरह जानता था। चाहता तो उसे नाम से भी बुला सकता था।

अनिरुद्ध ने एक बार उस एक्ज़ीक्यूटिव मेम्बर को देखा। अपनी समस्या बताने के लिए किसी अच्छे-से माहौल के इन्तज़ार में हो जैसे।

"शाम का प्रोग्राम?" डी.एन. शर्मा यूनियन सचिव ने अनिरुद्ध को उचटती हुई नज़र से देखा। फिर अपने किसी जमूरे से सवाल किया।

"पीटर की तरफ़ से।" एक्ज़ीक्यूटिव बतरा ने कहा।

"मेरी तरफ़ से क्यों?" पीटर बोला।

"क्योंकि तेरे बाप की मेरिज है।" पांडे ने कहा। सब हँस पड़े। पीटर एक पल

के लिए सकपका गया। तुरन्त सँभला। बोला, "फिर मेरे बाप से ट्रीट ले लो।"

"ये हुई न बात।" डी.एन. शर्मा बोला।

"तो फिर?" एक्ज़ीक्यूटिव मेम्बर बद्रीप्रसाद बोला।

"मैं थोड़ी-सी प्रॉब्लम लेकर आया था।" अनिरुद्ध ने एक पल के लिए सबको चुप देखकर अपनी बात कहनी चाही। दो-तीन एक्ज़ीक्यूटिव मेम्बरों ने उसे देखा।

"बद्री साले, दूसरों की पीता रहता है... आज तेरी तरफ़ से हो जाय।" शमशेर ने कहा।

"कामरेडों से चन्दा और लेवी भी मैं लेकर आता हूँ। कभी निकलो धूप में, बरसात में तो पता चले।" बद्री ने कहा।

"बद्री की बात बिलकुल ठीक है।" डी.एन. शर्मा बोला।

"तुमने अपनी रेपुटेशन इतनी ख़राब की है के कोई यूनियन मेम्बर दस रुपये देके राज़ी नईं।" बद्री थोड़ा आवेश में बोला।

"बद्री, डोंट लाउड।" डी.एन. शर्मा ने बद्री को देखा।

बद्री आवेश में था। डी.एन. शर्मा की परवाह किये बगैर बोला, "हम यूनियनवालों को देखकर तो भड़क उठते हैं कामरेड।... एक ने तो कह भी दिया था—खामखा के चौदरी बने फिरते हो। करते-धरते कुच्छ हो नईं।"

"बद्री... शटअप! तुझे पता है, वन आउट साइडर इज़ हेयर।" डी.एन. शर्मा बोला।

बद्री ने डी.एन. शर्मा को देखा। फिर अनिरुद्ध को देखा। फिर वहाँ मौजूद तमाम एक्ज़ीक्यूटिव मेम्बरों को देखा।

"शर्मा जी, मैं थोड़ी प्रॉब्लम लेकर आया था।" अनिरुद्ध ने एक बार फिर अपनी बात कहने की कोशिश की।

"तेरी प्रॉब्लम भी सुनते हैं भाई। पहले यहाँ का मसला तो सुलट जाए।" डी.एन. शर्मा ने बड़ी बेरुखी से कहा।

"लेकिन मेरी प्रॉब्लम थोड़ी पेचीदी है।" अनिरुद्ध चाहता था किसी तरह उसकी बात को गौर से सुन लिया जाय।

"कामरेड! यहाँ हर कोई पेचीदा प्रॉब्लम लेकर ही आता है।" प्रकाश ने ऊँची आवाज़ में अनिरुद्ध को जवाब दिया।

"थोड़ी ठंड रख। सुनते हैं तेरी प्रॉब्लम भी!" शमशेर बोला।

"फिर क्या फाइनल हुआ?" डी.एन. शर्मा को शाम की दारू पार्टी की चिन्ता खाए जा रही थी।

"शर्मा जी, कल मुझे सस्पेंड कर दिया गया।" अनिरुद्ध ने अपनी प्रॉब्लम ज़ाहिर की।

''देन व्हाट?'' प्रकाश ने कहा।

''सस्पेंड ही हुआ है न, टर्मिनेट तो नहीं हुआ।'' बतरा ने सिर झटकते हुए कहा।

''यार तूं पंगे भी तो सभी से लेता फिरता था।'' डी.एन. शर्मा ने जैसे ग़र्द-सी झाड़ दी हो।

अकेला बद्री चुप बैठा रहा।

''फिर भी कुछ सोचेंगे तेरे बारे में भी।'' डी.एन. शर्मा ने जैसे पुचकार दिया हो।

''क्या सोचेंगे?'' अनिरुद्ध का धैर्य टूटने लगा था।

''घंटा सोचेंगे।'' शमशेर का हेकड़ीभरा लहज़ा था।

''मैं इस यूनियन का बहुत पुराना मेम्बर हूँ।'' अनिरुद्ध ने कहा।

''तो क्या तेरी आरती उतारें?'' शमशेर बोला।

''आरती अपनी जोरू की उतारियो।'' अनिरुद्ध के अन्दर का स्वाभिमान जाग उठा, जिसमें अक्खड़पन भी था।

''ज़बान सँभालकर बात कर।'' प्रकाश उठ खड़ा हुआ।

''ज़बान और हाथ दोनों सँभाल रक्खे हैं।'' अनिरुद्ध ने कहा। अपनी जगह से उठ खड़ा हुआ।

''नहीं तो?'' बतरा ने पूछा।

''नहीं तो तुममें से एक-आधा अस्पताल की किसी कैजुअलिटी में पड़ा होता।'' अनिरुद्ध ने कहा।

कई सारे एक्ज़ीक्यूटिव एक साथ खड़े हो गये। बीच में से कोई बोला, ''हाथ लगा के देख?''

''मैं हाथ लगाता नहीं, हाथ तोड़ता हूँ।... लेकिन हाथ दुश्मनों के तोड़ता हूँ। तुम सब तो मेरे कलीग हो।'' अनिरुद्ध ने कहा। सब चुप हो गये। वो फिर बोला, ''जा रहा हूँ शर्मा सॉब!... अपना केस मैं ख़ुद फाइट कर लूँगा।''

अनिरुद्ध यूनियन ऑफ़िस से बाहर निकल आया।

उसके बाहर आने के बाद भी कामरेड सन्नाटे की ज़द में रहे।

बद्री ने कहा, ''हमें अनिरुद्ध की बात सुन तो लेनी चाहिए थी।''

''सुन ली थी बात।'' शमशेर बोला।

''ट्रीटमेंट अच्छा नहीं था हमारा।'' बद्री फिर बोला।

''उसके लिए आनन्द रेस्टोरेंट से क्या लंच पैक मँगवाते?'' बतरा ने तंज़िया लहज़े में कहा।

''वो दुखी था।'' बद्री बोला।

"फ्रस्ट्रेटिड था।" पीटर ने कहा।

"बेजत्ती करके गया है हमारी।" डी.एन. शर्मा बोला। फिर गहरी साँस खींचते हुए कहा, "कसम रोज़ी की। इस बन्दे को रिइंस्टेट नहीं होने दूँगा।"

अनिरुद्ध राणा ए आई आई ए यूनियन ऑफ़िस के बाहर निकलकर बरामदे में खड़ा होकर सोचता रहा कि किधर जाय? उसने 'भोगल' के छोले-भटूरे का एक पत्ता लिया। किसी ज़माने में चार रुपये का 'पत्ता' आया करता था। अब दो भटूरे और छोले आठ रुपये के हो गये थे। छोले भटूरे ख़ुद लेने पड़ते थे और लम्बी मेज़ों के आसपास ठीक-ठाक जगह देखकर खड़े-खड़े ही छोले भटूरे खाने पड़ते थे।

अनिरुद्ध एक मेज़ पर छोले भटूरे रखकर खा रहा था। दूसरी मेज़ पर प्रामिनेंट इंश्योरेंस के कुछ एम्पलाई कुलचे-मटर खा रहे थे। उनमें से एक ने अनिरुद्ध को देख लिया था। अपने साथ खड़े कलीग से कहा था कि अनिरुद्ध को बेशक देख ले। पर बोले नहीं। क्योंकि वो 'सस्पेंड एम्पलाई' है और जो सस्पेंड हो जाता है, उससे किसी किस्म का रिलेशन, नुकीली कील जैसा हो सकता है।

अनिरुद्ध ने भी उन दोनों को देखा था। दो मेज़ों के बीच, ज़्यादा दूरी नहीं थी। लेकिन मनुष्यों के बीच का फासला काफी ज़्यादा था। अनिरुद्ध फीकी-सी हँसी हँसा। मन-ही-मन बोला—रिश्ते भी कमबख़्त काग़ज़ के फूलों की तरह हो गये हैं—न रखने को दिल करता है न फेंकने को।

अनिरुद्ध फिर जनपथ पर आ गया था। भीमजी ज्वैलर्ज़ के पास खड़े-खड़े वो फिर अन्तर्द्वन्द्व में घिर गया। घर में उसने अपनी सस्पेंशन के बारे में कुछ भी नहीं बताया था। यानी, वो ख़ाली था। शाम तक भटकते रहना उसकी नियति थी। मूड अच्छा होता तो फिर कनॉट प्लेस का एक चक्कर लगा लेता या फिर अंडरग्राउंड पालिका बाज़ार में घूमता रहता। लेकिन वो ताज़ा-ताज़ा सस्पेंड हुआ था। इसलिए मटरगश्ती की इच्छा बिलकुल भी नहीं थी। इच्छा तो खड़े रहने की भी नहीं थी, लेकिन वो खड़ा हुआ था। उसके पास दो ही काम थे—चलना या कहीं खड़े रहना। उसे आज महसूस हुआ था कुछ फ़ुरसतयाफ़्ता लोग, खड़े-खड़े, क़दीमी दरख़्तों की तरह क्यों नज़र आने लगते हैं। वो ख़ुद भी अपने आपको किसी ऐसे दरख़्त की तरह महसूस कर रहा था, जिसके सारे पत्ते ज़मीन पर आ गिरे हों। पत्तों का गिरना किसी ऐसी घटना की तरह था, जो इस शहर से तअल्लुक नहीं रखती थी। लेकिन उसका तअल्लुक एक-दूसरे शहर से था, जो अनिरुद्ध के जिस्म के अन्दर था।

अचानक खड़े-खड़े अनिरुद्ध राणा के ज़ेहन में एक दूसरा ख़्याल आया—फेडरेशन यूनियन के ऑफ़िस में जाने का ख़याल! फेडरेशन का वो मेम्बर नहीं था। उस यूनियन के मेम्बर ए आई आई ए से बेशक कम थे, लेकिन इस यूनियन में कुछ जीनियस-टाइप लोग भी थे। अनिरुद्ध की फेडरेशन के कुछ एक्ज़ीक्यूटिव के साथ

दुआ-सलाम ज़रूर थी, लेकिन जहाँ तक दिल मिलने की बात है, वो नहीं हो पाया था। फिर भी, अनिरुद्ध फेडरेशन के सचिव राज त्रहेन से मिल लेना चाहता था। अनिरुद्ध जानता था यूनियन की बैक से मामला जल्दी सुलट सकता था। इंक्वायरी चलती रहे और यूनियन, सस्पेंशन वापस लेने का ग्राउंड भी बनाती रहे—ऐसे होता रहा था पहले भी।

फेडरेशन यूनियन का दफ़्तर आसफ़ अली रोड की एक इमारत की चौथी मंज़िल पर था। शुक्र इस बात का था कि राज त्रहेन अपने एक्ज़ीक्यूटिव मेम्बर के साथ ऑफ़िस में मौजूद था। यहाँ आल इंडिया इंश्योरेंस एम्पलाइज़ यूनियन के ऑफ़िसवाला माहौल नहीं था। यहाँ ख़ास तरह की चुप थी। जो आवाज़ें ग़र्क हो जाने के बाद पैदा होती हैं। यह चुप अखरती थी। क्योंकि यह चुप बनावटी थी। जैसे मरी हुई आवाज़ों के शोकेस में चुप को रख दिया गया हो।

अनिरुद्ध एक पल के लिए हैरान-सा खड़ा रहा। इससे पहले कि वो अपने आने का मक़सद बताता, राज त्रहेन बोल पड़ा, "ख़ाली हाथ भेज दिया न डी.एन. शर्मा ने?"

अनिरुद्ध स्तब्ध रह गया। सोचने लगा—इसे कैसे पता चला?

"आपको ये बात कैसे मालूम हुई?" अनिरुद्ध अपने आश्चर्य को छुपा नहीं पाया था।

"मेरी यूनियन का दफ़्तर यहाँ है। क्लोज़ सर्किट कैमरे मैंने वहाँ लगा रखे हैं।" राज त्रहेन बोला। ज़रा-सा हँसा। फिर ख़ामोशी छा गयी।

"तो कामरेड बोलो क्या करना है?" यूनियन के एक एक्ज़ीक्यूटिव ने पूछा।

"आप मेरा मैटर टेकअप करो।" अनिरुद्ध ने कहा।

"ज़रूर करेंगे।" दूसरा एक्ज़ीक्यूटिव थोड़ा उत्साह में बोला। उसका उत्साह बेशक गुब्बारे की तरह था। पिन चुभने पर पिचक भी सकता था।

"देखो, हम आपकी प्रॉब्लम को गोद ले लेंगे और आप हमारी।"

"आपकी?"

"हाँ हमारी।"

"आपकी क्या प्रॉब्लम हो सकती है?"

"हो क्यूँ नहीं सकती।" राज त्रहेन चुप रहा। यूनियन के एक्ज़ीक्यूटिव मेम्बर डिबेट में शामिल हो गये।

"अजीब बात है।" अनिरुद्ध ने गहरी साँस लेते हुए कहा।

"कौन-सी?" वहाँ बैठे यूनियन के एक एक्ज़ीक्यूटिव ने पूछा।

"यही और कौन-सी।" अनिरुद्ध ने कहा।

"फिर भी बता तो सही। अजीब बात क्या हुई?" किसी अन्य ने सवाल

किया।

''कामरेड अपनी प्रॉब्लम के बोझ में दबा जाय और यूनियन उसके कन्धे पर एक और प्रॉब्लम रख दे।''

''यही चाणक्य नीति है।'' एक एक्ज़ीक्यूटिव मेम्बर का आइस क्यूब जैसा ठंडा जवाब।

''यह ब्लैकमेलिंग है।'' अनिरुद्ध ताव खा गया था।

''हमने आपको बुलाया था?'' राज त्रहेन ने भी उसी लहज़े में अनिरुद्ध से सवाल किया।

''नहीं।'' अनिरुद्ध थोड़ा ढीला पड़ गया।

''फिर?... ऐसे ऐलीगेशन क्यों लगा रहे हैं आप?... हम यूनियन हैं। हम कामरेड हैं। हम कामरेडों की प्रॉब्लम को 'ओन' करते हैं। फिर मैनेजमेंट से फाइट करते हैं।'' राज त्रहेन बोलता चला गया।

''फाइट या डील?'' अनिरुद्ध, राज त्रहेन की आँखों में आँखें गाड़कर बोला।

''लफ़्ज़ों की एक्सप्लेनेशन में मत जाओ कामरेड। हमारे रिजल्ट देखो।... यह भी देखो। आप जिस यूनियन के पुराने मेम्बर हो, उस यूनियन ने आपको घास नहीं डाली और हम आपका मैटर टेकअप करने को तैयार हैं।'' राज त्रहेन ने कहा।

''फिर?'' अनिरुद्ध ने सवाल किया।

''डोनेशन।'' एक एक्ज़ीक्यूटिव बोला।

''डोनेशन?'' अनिरुद्ध को ताज्जुब हुआ।

''अफकोर्स।'' दूसरा एक्ज़ीक्यूटिव बोला।

''हाऊ मच अमाउंट?'' अनिरुद्ध ने पूछा।

''पाँच हज़ार केवल।'' किसी एक्ज़ीक्यूटिव मेम्बर ने डोनेशन की राशि बताई।

''डोनेशन!... अभी तो केस लड़ा ही नहीं गया।''

''यह हमारी यूनियन का असूल है।''

''कौन-सा असूल?''

''केस फाइट करने से पहले डोनेशन।''

''बाद में होना चाहिए डोनेशन।'' अनिरुद्ध ने कहा।

''बाद में?... सपोज़। हम तुम्हारा केस फाइट करते हैं। एट लास्ट, केस का रिजल्ट हमारी फेवर में नहीं जाता।... तब, क्या तुम डोनेशन दोगे?... न हमसे माँगते बन पड़ेगा, न तुमसे देते।'' एक एक्ज़ीक्यूटिव मेम्बर ने अपना तर्क रखा।

अनिरुद्ध ने गहरी साँस ली। चुप बैठा रहा। सोच में मुब्तिला। क्या करे? क्या न करे?

"टाइम इज़ प्रीशियस।" एक एक्ज़ीक्यूटिव मेम्बर ने सांकेतिक रूप से अहसास कराया कि वो व्यर्थ में न बैठे। तुरन्त निर्णय ले। दिस वे ऑर दैट वे। हाँ या फिर न।

"संस्पेंशन का केस कितना लम्बा खिंचता है?" अनिरुद्ध ने राज त्रहेन से पूछा।

"केस पर डिपेंड करता है।... इंक्वायरी ऑफ़िसरों पर और मैनेजमेंट पर...। इस तरह के केस मैनेजमेंट के लिए 'शोकेस' की तरह होते हैं। वो इंक्वायरी को लम्बा खींचती है। एम्पलाई को हैरास करना, मूलमन्त्र होता है। बाक़ी स्टाफ तक, इनडायरेक्टली मैसेज पहुँचता है कि मैनेजमेंट स्टर्न एक्शन लेती है और वो डिस्पिलिन या फिर किसी अन्य मामले में रियायत नहीं बरतती।" राज त्रहेन ने अनिरुद्ध को समझाया। थोड़ा रुका। फिर कहा, "मैंने आपकी केस फाइल नहीं देखी। क्या ऐलीगेशन लगाए गये हैं, यह भी मैं नहीं जानता। फिर भी मान कर चलो कि सब ठीक-ठाक रहा तो छह-सात महीने में फैसला आ पाएगा। और अगर किसी ने टाँग अड़ा दी तो फिर एक साल भी लग सकता है।"

"एक साल।" अनिरुद्ध ने गहरी साँस ली।

"एक साल बाद भी यह मत समझना कि फ़ैसला तुम्हारे हक़ में होगा।" एक एक्ज़ीक्यूटिव मेम्बर ने अनिरुद्ध को चेताया।

अनिरुद्ध उठा। फेडरेशन यूनियन के दफ़्तर से बाहर आ गया। मन-ही-मन कहने लगा—'दान' के सहारे पहले पंडित जीवन जीते थे, अब यूनियन! मैं इनको दान दे दूँ तो फिर मैं कामरेड कहाँ रहा?... मैं तो यजमान बन गया।

बाहर आकर अनिरुद्ध खड़ा रहा कुछ देर। बहुत अकेला हो गया हो जैसे। उसे याद आयी एक ज़माना पहले की बात। पसरीचा ने असिस्टेंट डिविजनल मैनेजर को थप्पड़ मार दिया था—सबके सामने। हॉल के अन्दर। दो घंटे में एक्शन। फैक्स के जरिये सस्पेंशन ऑर्डर। इधर पसरीचा सस्पेंड तो उधर यूनियनों का एजीटेशन! सारा काम ठप्प। सारी यूनियनें एक हो गयीं। यूनियनों ने मिलकर प्रस्ताव पारित किया था मेम्बर किसी भी यूनियन का हो, ऐसे मामले में हम एक होंगे। हम तब तक इंश्योरेंस इंडस्ट्रीज़ नहीं चलने देंगे जब तक पसरीचा रि-इंस्टेट नहीं हो जाता।

दो दिन बाद मैनेजमेंट ने पैंतरा बदला। नया फैक्स भेजा—पसरीचा का सस्पेंशन रद्द और तुरन्त बहाली!

अनिरुद्ध आसफ़ अली रोड के बरामदे में खड़ा सोचता रहा—कितना कुछ बदल गया है। एक यूनियन शाम के प्रोगाम में 'बिज़ी' तो दूसरी को डोनेशन चाहिए। एक मामूली-सा एम्पलाई कितना अकेला पड़ जाता है ऐसे मौक़ों पर। तभी तो कोई एम्पलाई लड़ता नहीं। आक्रामक भी नज़र नहीं आता। सब कमज़ोर। सब

कायर। इसी परिदृश्य में मैनेजमेंट ख़ुश। इसी में यूनियनें प्रसन्न।

ब्लीडिंग अलसर! एक शब्द निकला अनिरुद्ध के कंठ से। यूनियनें, सचमुच ब्लीडिंग अलसर बनकर रह गयी थीं।

अनिरुद्ध ने अपने आपको देखा। उसे लगा वो अपना आईना भी है और उस आईने में अपने आपको देख रहा है उसे अपने आपमें एक ताक़तवर इनसान खड़ा नज़र आया। जो अनिरुद्ध से कह रहा था—शंकर से लेकर सुकरात तक, सच बोलने का ख़ामियाज़ा भुगतना पड़ता है। विष का प्याला पीना पड़ता है। लेकिन ऐसा करनेवाले ही अपने पीछे सच को ज़िन्दा छोड़ जाते हैं। तुम भी लड़ो अनिरुद्ध! अकेले निहत्थे। अपने सच के लिए।

अनिरुद्ध दफ़्तर से चला गया और उसके बाद क्या हुआ किसी को पता नहीं। किसी ने कहा—"टर्मिनेट होगा" तो किसी ने कहा कि "इंक्वायरी कमेटी के ऑफ़िसर क़लम की मार मारते हैं।" किसी ने कहा, "बेवकूफ़ लोग इसी तरह उलझते हैं और फिर मैनेजमेंट उन्हें अपने ढंग से निपटा देती है।"

ये सब शुरू-शुरू के कयास थे। सबके अपने अनुमान अपनी सोच। खाते-पीते, डकराते हुए लोग अपने मन की बात एक-दूसरे से कहते। थोड़ा हँसते। मुस्कराते।

ये शुरू की बातें हैं। बाद में लोग अनिरुद्ध को भूलने लगे थे। उसकी चर्चा कभी-कभार होती या नहीं होती। सबने सोच लिया था कि वो अब लौटकर नहीं आएगा। तीन बच्चों का बाप अनिरुद्ध और आधी तनख्वाह। और महँगाई। और ख़र्च। और पेशियाँ।... सबको लगता था मरख़प जाएगा।

अनिरुद्ध को लोगों ने गिरती हुई दीवार मान लिया था और गिरती दीवार को थामना नये दौर के मुहावरे ने ख़ारिज कर दिया था। दीवार को गिरना था और मलबे में बदल जाना था।

चुनाँचे, लोग अनिरुद्ध को भूलने लगे थे। वो याद भी आता तो उसे ज़बरदस्ती भुलाने की कोशिश करते। किसी का अनुपस्थित हो जाना बेचैन नहीं करता था। पता नहीं क्यों, किसी की अनुपस्थिति चैन देने लगती थी? पता नहीं क्यों, लोग स्मृतियों को राख़ में बदलते और फिर उस राख़ को उड़ा देते।

अनिरुद्ध उपस्थित होता तो भरपूर तरह से। उसकी मौजूदगी, ज़िन्दा-ताबिन्दा मौजूदगी की तरह होती। वो जब दफ़्तर में होता तो ज़मीन, आसमान, हवा, धूप सब उसके आसपास मौजूद होते। वो नहीं था। दफ़्तर अधूरा लगता था। वो नहीं था तो ठहाके कम हो गये थे। वो नहीं था तो लगता था जैसे आसमान खिड़की से अन्दर आकर उसे ढूँढ़ रहा है। वो नहीं था तो लगता था एक फ़कीर, अचानक उठकर कहीं

चला गया है। वो नहीं था। अजीब बात थी, उसके न होने को महसूस करने वाले दफ़्तर में बहुत कम थे। वही लोग—चेतन, तारिक, तरदीप, लक्ष्मण बिष्ट, रावत...।

दिल्ली में बहुत सारे बाज़ार हैं। बाज़ार आकर्षक हैं। भव्य और शानदार। सब बाज़ारों की अपनी फ़ितरत है। कनॉट प्लेस का अपना मिजाज़ है तो साउथ एक्स का अपना। लाजपत नगर की सेंट्रल मार्केट ग्राहकों को अपने अन्दर गुम कर देने की ताक़त रखती है तो ख़ान मार्केट की तहज़ीब। करोलबाग़ और सरोजनी नगर का मिलाजुला चरित्र है। इन बाज़ारों का पंजाबी लहजा और मध्यमवर्गीय भीड़ कुछ और ही रंग पैदा करती है।

करोल बाग़, पूसा रोड से एंटर करते हुए लक्ष्मी आप्टिकल से होते हुए करोल बाग़ थाने तक एक लम्बा फैला हुआ बाज़ार। बाज़ार में रोशन दी कुल्फी। बाज़ार में जैनसंस बाज़ार में उश्नाकमल साड़िज़। बाज़ार में गुजराल संज़। बाज़ार में विजय वूल शॉप जहाँ वूल का एक धागा तक नहीं। बाज़ार में बाटा का शो-रूम। बाज़ार में चीप सिल्क स्टोर बाज़ार में मुगल शूज़! बाज़ार में शो-रूम। बाज़ार में दूकानें... दूकानें और दूकानें।

सोमवार को यह बाज़ार बन्द रहता है। लेकिन एक दूसरा बाज़ार सज जाता है। पटरी बाज़ार। इसे सोम बाज़ार भी कहते हैं। दिल्ली में सोम से लेकर इतवार तक के बाज़ार हैं 'वार बाज़ार'! जितनी बड़ी मार्केट हैं। वो हफ़्ते में एक दिन बन्द रहती हैं। दूकानें बन्द। लेकिन दूकानों के बाहर पटरी पर एक नयी दूकान... एक दिन की दूकान। बाज़ार सजते-सजते, सजता है। रात को उखड़ जाता है। बाज़ार सजता है। भीड़ खिंची चली आती है। एक ऐसा तबका भी होता है हर जगह, जो दूकानों में घुसना पसन्द नहीं करता। वो पटरियों से शॉपिंग करता है। ज़रूरी नहीं कि उस तबके में सब ग़रीब हों। मिडल क्लास और अमीर सब शामिल होते हैं।

चेतन को इसी बाज़ार में नज़र आया था अनिरुद्ध! हैरान रह गया था चेतन! भीड़। शोर। ग़र्द। ख़रीदारी। और चेतन! अनिरुद्ध को देखता हुआ। एक बार तो उसे विश्वास ही नहीं हुआ कि यहाँ अनिरुद्ध हो सकता है। लेकिन वो अनिरुद्ध ही था।

प्रामिनेंट इंश्योरेंस कम्पनी में मिसलेनियस क्लेम डील करनेवाला अनिरुद्ध यहाँ पटरी पर अपनी दूकान सजाकर खड़ा था। खड़ा क्या था ग्राहकों की भीड़ में घिरा था। वो सामान बेच रहा था। ग्राहकों से बातें कर रहा था। हँस भी रहा था और सड़क पर चलते लोगों को बुला भी रहा था। उसका सामान कई तरह का था— किचन यूज़ के लिए प्लास्टिक आइटम, क्रॉकरी, लैदर और रेक्सीन के लेडीज पर्स। इन चीज़ों के अतिरिक्त घड़ियाँ। घड़ियाँ रंग-बिरंगी, ख़ूबसूरत थीं। उसका सारा

सामान अलग-अलग तरह का था। यह एक जटिल दूकानदारी थी जिसे अनिरुद्ध जैसे नौसिखुए ने बड़े करिश्माई अन्दाज़ से सँभाल रखा था।

चेतन दूर खड़ा था। अनिरुद्ध अपनी दूकानदारी में व्यस्त था। उसका चौड़ा माथा, उसका भरा हुआ दपदपाता चेहरा, उसकी खनखनाती हँसी, उसकी आवाज़ में कड़क!... ऐसा लगता नहीं था कि वह शख़्स जिसका नाम अनिरुद्ध राणा है किसी दफ़्तर से सस्पेंड कर दिया गया है। ऐसा लगता था जैसे अनिरुद्ध, जन्मों से इसी पटरी बाज़ार से जुड़ा हुआ हो। ऐसा लगता था जैसे वो इस सोम बाज़ार में अपनी आइटमें नहीं बेच रहा, ज़िन्दगी के जश्न मना रहा है। ऐसा लगता था जैसे ज़िन्दगी की मातमी धुनों को वो कहीं दफ़न कर आया है। ऐसा लगता था कि अगर संघर्ष, ज़िन्दगी का परचम है तो उसे लहराते रहना अनिरुद्ध का शेवा!... अनिरुद्ध का मिजाज़। अनिरुद्ध का मर्कज़।

चेतन अब भी हतप्रभ था। बेशक, अनिरुद्ध की दूकानदारी पर ख़ुश भी था। वो एक चमकदार इनसान की तरह अपनी लच्छेदार बातों से, स्त्रियों-पुरुषों को मुग्ध कर रहा था। सामान बिक रहा था। वो कभी प्लास्टिक की कोई आइटम उठा कर देता तो कभी रेक्सीन के पर्स को। कभी ख़ूबसूरत नज़र आनेवाली घड़ी किसी लड़की को दिखाता। दाम बताता। उसने अपने सामने खड़ी भीड़ को बड़ी कुशलता से सँभाल रखा था। ऐसा लगता था, उसके दो हाथ नहीं, सौ हाथ हैं। सौ हाथोंवाला अनिरुद्ध, ग़ज़ब का किरदार निभा रहा था। ज़िन्दगी का ख़ैरमक़दम शायद इस तरह भी किया जाता हो! मुश्किलों को दावत देनेवाले लोग, शायद इसी तरह के होते होंगे।

चेतन ने कभी सोचा भी नहीं था कि अनिरुद्ध राणा, पटरी बाज़ार में खड़ा होगा—सामान बेचता। दफ़्तर में तो यह अफ़वाह फैल चुकी थी कि अनिरुद्ध अवसादग्रस्त हो चुका है। पड़ा रहता है बिस्तर पर। उठता है तो बच्चों को मारता है। बीवी को डाँटता है। उसकी जेब ख़ाली होती है लेकिन दिल ग़ुस्से के तूफ़ान से लबरेज़। सारा ग़ुस्सा वो घर में उतारता है। कभी सामान को तोड़ता है तो कभी अपने गाल पर थप्पड़ मारता है।... बहुत बीमार हो चुका है अनिरुद्ध!... सिस्टम से अकेला आदमी टकराए तो यही नतीजा निकलता है। लहूलुहान हो जाना!

पता नहीं, ऐसी अफ़वाहें किन रास्तों से होकर आयी थीं... किसके ज़रिये आयी थीं?... पता नहीं, ऐसी अफ़वाहों को पैर किसने दिये थे?

लेकिन यहाँ! करोल बाग़ के अजमल खाँ रोड पर। सोमवारी बाज़ार में। जाजम बिछाकर। दूकान सजाकर। अपने 'कस्टमरों' को रिझाता। दूकानदारी चमकाता। मोलभाव करता। एक शख़्स। ज़िन्दादिल एक शख़्स! जुझारू इनसान। अनिरुद्ध राणा।

एक पल ऐसा आया जब उसके आसपास खड़ी भीड़ छितर गयी। चेतन एकदम

अनिरुद्ध के सामने आ गया। भीड़ एक पर्दा थी। पर्दा हट गया था। दोनों एक पल के लिए आमने-सामने आ गये। चेतन को देखकर अनिरुद्ध चकित-सा रह गया। किसी स्टैचू-सा खड़ा रहा—अनिरुद्ध चेतन को देखता। उसे बिलकुल उम्मीद नहीं थी कि दफ़्तर का कोई कलीग उसके सामने आ खड़ा होगा। कुछ लम्हें गुज़र गये। वो सँभला। पूरी दूकान छोड़कर चेतन की तरफ़ लपका। दोनों बाँहें फैलाकर बोलता चला गया, ''मेरे चेतन!... मेरे प्यारे। मेरे जाँनिसार... चेतन, मेरे प्यार!... वेलकम!... वेलकम।... मोस्ट वेलकम इन दिस बाज़ार।'' अनिरुद्ध ने चेतन को अपनी बाँहों में भरते हुए कहा। लिपटा रहा चेतन से। उसकी पटरी छाप दूकान पर कुछ स्त्रियाँ ख़रीदारी के लिए खड़ी थीं और वो था कि चेतन को अपनी बाज़ुओं में जकड़े हुए।

पहले अनिरुद्ध चकित हुआ था अब चेतन! अनिरुद्ध पहले से ज़्यादा उत्साहित, तरोताज़ा। पहले से ज़्यादा सेहतमन्द ओर पहले से ज़्यादा दोस्त नज़र आ रहा था। अनिरुद्ध, चेतन के हाथ में अपना हाथ डाले हुए उसे अपने ठीये तक ले आया। अनिरुद्ध की पटरी-दूकान पर फिर भीड़ जुट गयी थी। वो कभी ग्राहकों से बात करता कभी चेतन से। चेतन हतप्रभ था। अनिरुद्ध बेचैन! उसने कहा भी कि हज़ारों बातें करनी हैं। दिल खोलकर बातें करनी हैं।

अनिरुद्ध ने एक बार ज़ोर की आवाज़ लगाई, ''ओ केसर!'' भीड़ में एक आवाज़ उठी और गुम हो गयी। करोल बाग़ की इस पटरी मार्केट में ऐसा लगता था जैसे लोग नहीं, आवाज़ें चल रही हों। बेतरतीब आवाज़ों का लश्कर था। ऐसा लगता था जैसे लोग इन आवाज़ों की गलियों में घूमने-फिरने आये हैं। अनिरुद्ध ने आवाज़ लगायी थी। चेतन सोचता रह गया था कि अनिरुद्ध ने किसे आवाज़ दी होगी? शायद अपने किसी साथी को आवाज़ दी हो। अभी चेतन सोच ही रहा था कि एक नौजवान चाय के दो गिलास, बिस्कुट का पैकेट ले आया। अनिरुद्ध ने केसर को देखा। हँसा। बोला, ''आ यार! ये देख। मेरे दफ़्तर का दोस्त।... चेतन नाम है इसका। जीनियस है जीनियस!... यानी बोत अक़लमन्द। पढ़ा-लिखा आदमी है।... मुझसे मिलने आया है... केसर, नमस्ते कर मेरे दोस्त को।''

केसर ने चाय के दो गिलास स्टूल पर रखे। चेतन को नमस्ते की।

चेतन के लिए सब कौतुक कथा जैसा था। अनिरुद्ध की दूकानदारी। केसर को आवाज़ लगाना। हज़ारों-लाखों आवाज़ों के बीच, केसर को अपना नाम सुनाई दे जाना। उसका चाय लाना। नमस्ते करना।

चेतन ने चाय का गिलास हाथ में लिया। इस बीच अनिरुद्ध और केसर के बीच कोई खुसर-पुसर हुई। अनिरुद्ध ने सौ-सौ के दो नोट उसे थमाए। केसर चला गया।

चेतन चाय पीने लगा। अनिरुद्ध ने घड़ी देखी अभी सात बजे थे। बाज़ार नौ-साढ़े नौ तक लगा रहता था। लेकिन आज अनिरुद्ध ने सामान समेटना शुरू कर दिया

था।

"क्या हुआ पैकिंग-शैकिंग शुरू कर दी है?" चेतन ने पूछा।

"मज़ा नहीं आ रहा।" अनिरुद्ध ने चाय का घूँट भरते हुए कहा। इस बीच उसने एक रेक्सीन का पर्स बेचा। बोन-चाइना के मग और एक घड़ी बेची। पैसे जेब में रखे। चेतन को देखते हुए बोला, "पूरे पाँच महीने बाद दफ़्तर का एक दोस्त आया है यहाँ और मैं दूकान लगाकर कस्टमरों से मोलभाव करता रहूँ।... होती रहेगी दूकानदारी। ख़ूब कमा लिया। अब तेरे साथ बैठूँगा कहीं।"

"मेरी वजह से तेरा नुकसान होगा।" चेतन बोला।

"तेरी वजह से दिल ख़ुश हो गया मेरा।" अनिरुद्ध बोला। थोड़ा-सा हँसा।

वो सामान पैक करते-करते ठिठका। अपने आपसे बोला—मेरी तो मत्त ही मारी गयी। अपने आपसे बोलते-बोलते उसने एक ट्रंक से पोलीथीन का बैग निकाला। बैग में बोन-चाइना के छह मग रखे। एक लैदर बैग रखा। फिर एक घड़ी को अलग डिब्बी में पैक करके पोलीथीन में रखते हुए बोला, "चेतन, ये तेरे लिए है।... यार, मुझे अफ़सोस इस बात का है कि तेरे स्टैंडर्ड का मेरे पास कोई भी सामान नहीं। फिर भी यार, मेरा दिल रखने के लिए इसे स्वीकार कर ले।... देख, इंकार मत करियो। मेरा दिल टूट जाएगा।"

चेतन के हाथ में चाय का गिलास था और आँखों में हैरानियाँ! उसे लग नहीं रहा था कि अनिरुद्ध इस समाज का इनसान है। कहाँ तो बदहवास लोग। एक-दूसरे की जेब काटते। दोस्ती को लात मारते। एक-दूसरे पर फ़ब्तियाँ कसते। ईर्ष्या करते। और कहाँ अनिरुद्ध! जब से उसने चेतन को देखा। चेतन के लिए, बिछ-बिछ जाने को तत्पर।

चेतन दबा-दबा महसूस कर रहा था। वो पोलीथीन का कैरी बैग जिसमें मग, पर्स और घड़ी थी, नहीं लेना चाहता था, लेकिन अनिरुद्ध ने आग्रह के साथ उसके हाथ में थमा दिया कैरी बैग।

सारा सामान पैक कर चुकने के बाद अनिरुद्ध हँसा। बोला, "पटरी छाप दूकान की यही तो ख़ूबी है। बोरिया बिस्तर समेटा और घर!"

तीन ट्रंक और एक गठरी—यही दूकान थी अनिरुद्ध की। बहुत सारा सामान बिक गया था। बाक़ी यही बचा था। उसने फिर आवाज़ लगायी। दो आदमी उसके पास आ खड़े हुए।

"चेतन, वो जो सामने मारुति वैन खड़ी है... वो सफ़ेद रंगवाली। उसमें सामान रखवा आऊँ। बस, दो मिनट लगेंगे। यार, दो-तीन मिनट की बात है।... देख, भाई के लिए दो-तीन मिनट और।" अनिरुद्ध ने चेतन से कहा। जैसे कोई फ़ीस माफ़ी की अर्ज़ी लिख रहा हो, उसी लहज़े में बोला अनिरुद्ध। चेतन मुस्कराता रहा।

तीन या फिर चार मिनट के अन्दर लौट आया अनिरुद्ध! राहत की साँस लेते हुए बोला, ''अब बात अपनी... अब रात अपनी।''

''और मारुति वैन?... वो किसकी थी?'' चेतन ने पूछा।

''अपनी थी। सेकिंड हैंड... नहीं यार, थर्ड हैंड ख़रीदी। दो महीने पहले। इसी में सामान भरके ले आता हूँ। दूकान समेटकर इसी में सामान लादकर वापस घर।'' अनिरुद्ध बोला। फिर चेतन का हाथ पकड़कर सड़क क्रॉस करते हुए बोला, ''एक मिनट के लिए केसर के पास जाना है।''

''तो क्या वैन खड़ी रहेगी?'' चेतन ने पूछा।

''भेज दी। शंकरलाल ले गया। शंकरलाल पड़ोस में रहता है। वो अपना सामान भी इसी वैन में ले आता है। इतना लिहाज़ तो करना पड़ता है।'' अनिरुद्ध ने कहा। फिर कहीं अटक गया। किसी से राम-राम की। फिर एक और से उसने हाथ मिलाया।

''ज़िन्दगी में दो चीज़ें चलती हैं चेतन।'' अनिरुद्ध ने चेतन की तरफ़ देखा। बोला, ''भाईचारा या फिर कसाईचारा।'' इतना कहकर हँसा। हँसी को रोकते हुए बोला, ''मैं इस नतीजे पर पहुँचा हूँ कि भाईचारा अच्छी चीज़ है।... क्यों ठीक कह रहा हूँ न चेतन?''

केसर का चाय का खोखा था। उसने दो-तीन छोकरे रख रखे थे जो सारा दिन चाय सप्लाई करते थे। खोखे के अन्दर दो बेंच, एक कुर्सी पड़ी रहती थी। जिस पर कभी-कभार कोई कस्टमर आकर बैठ जाता। बैठनेवाले केसर के करीबी दोस्त होते या फिर मार्केट के सरकरदा लोग। जो झटपट जिन, वोदका का पैग बनाते। लिमका में मिलाते और दो-तीन घूँट में पी जाते।

अनिरुद्ध ने केसर को दो सौ रुपये दिये थे। केसर इस दो सौ रुपये का मतलब जानता था। उसने रॉयल चैलेंज व्हिस्की का हॉफ मँगवाकर रख लिया था। अनिरुद्ध जब पहुँचा तो उसने अख़बार में लिपटा हॉफ अनिरुद्ध को थमा दिया।

''यहाँ बैठें या कहीं और?'' अनिरुद्ध ने चेतन से पूछा।

''किसलिए?'' चेतन अभी तक कुछ नहीं समझ पाया था।

''पीने के लिए और किसलिए?'' अनिरुद्ध बोला।

''पीने के लिए?'' चेतन हैरान-सा हुआ।

''हाँ, पीने के लिए।... क्यों, पीता नहीं क्या?'' अनिरुद्ध ने पूछा।

''पीता तो हूँ... पर...।'' चेतन संकोच में डूब गया।

''देख चेतन! मैं इस शाम को सेलिब्रेट करना चाहता हूँ।... मैं तुझे चाय पिलाकर भी रुख़सत कर सकता था। लेकिन तब, मुझे अच्छा न लगता और शायद तुझे भी।''

चेतन अनिरुद्ध को देखकर मुस्कराया। इतना जीवन्त... यारबाश, मस्तमौला इनसान।... जैसे कई सारी ज़िन्दगियाँ एकसाथ जी रहा हो।

"चल उस पेड़ के नीचे जो चबूतरा है, वहाँ चलकर बैठते हैं।" अनिरुद्ध बोला। इस बीच उसने दो गिलास, पानी की बोतल, भुजिया और मठरियाँ अपने दूसरे हाथ में रख लीं।

"सामने पुलिस स्टेशन है।" चेतन ने डरकर कहा।

"उनके साथ अपना पानी-पत्ती चलता है। फिकर की कोई बात नहीं।" अनिरुद्ध लापरवाही से बोला।

उसने दो गिलासों में शराब डाली। पानी मिलाया। भुजिया के एक पैकेट को खोलते हुए बोला, "चेतन, ज़िन्दगी भी कमबख़्त पैकेटबन्द सामान की तरह है। पैकेट बन्द रहे तो ज़िन्दगी ख़ूबसूरत नज़र आती है। पैकेट को ज़रा-सा फाड़ दो तो...।" वो कहते-कहते रुक-सा गया। गिलास उठाया। ज़ोर से बोला, "चीयर्ज़।... आज की शाम... जश्ने-यादों के नाम।" उसने चेतन के गिलास से अपना गिलास टकराया। चेतन को देखा। बड़ा-सा घूँट भरा।

"परिवार मज़े में है?" चेतन ने पूछा। बिलकुल संक्षिप्त-सा प्रश्न। बहुत कुछ छुपाता हुआ।

"हाँ, परिवार बिलकुल ठीक है। मैं भी ख़ूब मज़े में हूँ। ज़्यादा कमा रहा हूँ।... कोई चिन्ता नहीं। दुख ज़रूर है।" अनिरुद्ध ने कहा।

"अकेले हो जाने का?" चेतन ने पूछा।

"तिल का ताड़ बन जाने का।... चेतन, क्या सचमुच मेरा इतना बड़ा अपराध था कि मुझे सस्पेंड कर दिया गया?... मेरी अनुशासनहीनता थी तो इसके लिए मुझे कारण बताओ नोटिस देना चाहिए था।" अनिरुद्ध ने अपने भीतर का दुख व्यक्त किया। घूँट भरा। गहरी साँस ली।

"सस्पेंशन के बाद जब मैं अपने घर आया तो ऐसे आकर गिरा जैसे कोई बड़ा दरख़्त, अपनी जड़ें समेत टूटकर गिरता है।" अनिरुद्ध बोला।

"पृथ्वी को छोड़ने की पीड़ा दरख़्त में होती है।" चेतन ने कहा।

"दफ़्तर छूटने की पीड़ा मुझमें थी।" अनिरुद्ध बोला।

गिलास ख़ाली हुए तो अनिरुद्ध ने गिलास भरे। गिलास उठाकर चेतन को देते हुए बोला, "चेतन, मैं नहीं जानता, दफ़्तर से घर तक का रास्ता मैंने किस तरह तय किया। कभी साइकिल मेरे हाथ से छूट जाती तो कभी मैं साइकिल समेत लड़खड़ा जाता।... दुख बहुत छोटा-सा शब्द है चेतन। इसकी तफ़सील बड़ी है।" अनिरुद्ध ने अपना अतीत व्यक्त किया।

"हमने सोचा था कि तू बिस्तर पर गिर पड़ेगा।" चेतन ने कहा।

''ठीक ही सोचा था। मैं बिस्तर पर गिर ही तो पड़ा था। मैं इतना चुप कि जैसे कोई पत्थर। घर के लोग हैरान—क्या हो गया है इसे? मैं किसे बताता कि मुझे कौन-सा ताप चढ़ा है? चेतन, वो घृणा का ताप था।... सबसे नफ़रत हो गयी थी मुझे। मैं जिसके बारे में सोचता, उसके प्रति मन घृणा से भर उठता।'' अनिरुद्ध कहता चला गया।

''दफ़्तर के लोग संकट में पड़े अपने कलीग को और ज़्यादा अकेला कर देते हैं।... फ़ितरतन, हम सब तमाशबीन होते हैं।'' चेतन बोला।

''वो दिन आग में झुलसाने वाले दिन थे चेतन।'' अनिरुद्ध बोला।

''शुक्र है, तूने आत्महत्या नहीं की।'' चेतन ने कहा। ज़रा-सा हँसा।

''ख़याल तो आया था।... बस, वही क्षण थे। एक ऐसी मूमेंट कि मैं अपने आपको नष्ट कर सकता था। ताज्जुब है चेतन, उसी मूमेंट ने... उसी विपरीत... बिलकुल जीवन के विपरीत समय ने, मुझे ताक़त दी।... हाथ से उठाकर खड़ा कर दिया हो जैसे।'' अनिरुद्ध की आवाज़ में पहले जैसी वेदना नहीं थी। एक चमक-सी थी उसकी आवाज़ में।

''ऐसा कैसे हुआ?'' चेतन ने पूछा।

''बस, एक दिन मैंने सोचा, मैं जिनके प्रति नफ़रत किये जा रहा हूँ, उनकी अपनी मजबूरियाँ हैं।... लड़ाई लड़ते वक़्त सैनिक अपने जख़्मों की परवाह नहीं करते। मैं हूँ कि मरा जा रहा हूँ।'' अनिरुद्ध बोला। भुजिया को उठाकर मुँह में डाला। सामने सड़क की तरफ़ देखा जो अब ख़ाली-ख़ाली नज़र आती थी।

''फिर?'' कुछ देर बाद चेतन ने पूछा।

''संघर्ष!''

''यानी?''

अनिरुद्ध ने ज़ोर का ठहाका लगाया। डर-सा गया चेतन।

''संघर्ष चेतन, संघर्ष! संघर्ष मतलब अपने सुख से बग़ावत!... चेतन, सचमुच मैं पागल हो गया था। मैंने सोच लिया था—मनुष्य हमेशा जीतता नहीं, तो हमेशा हारता भी नहीं। मैंने हालात से न हारने की ज़िद ठान ली थी।'' अनिरुद्ध ने गिलास में पड़ी शराब को देखा। बड़ा-सा घूँट भरा। चेतन ने भी वैसा किया। गिलास को चबूतरे पर रखा।

''फिर?'' चेतन ने पूछा। अनिरुद्ध के हाथ पर हाथ रखा। ज़रा-सा मुस्कराया।

''मैंने अपने ज़िस्म को अपने आपसे अलग कर दिया।'' अनिरुद्ध बोला।

''मैं समझा नहीं।'' चेतन ने चकितभाव से पूछा।

''शरीर को ज़िन्दगी के हैंगर पर किसी कोट की तरह टाँगता तो वो हमेशा आराम करता रहता।'' अनिरुद्ध ने कहा।

चेतन ने कुछ पूछा नहीं, बस देखता रहा। कुछ देर बाद उसने अपने गिलास को उठाया। घूँट भरने से पहले पूछा, "क्या किया तूने?"

"दिल्ली में एक बाज़ार है नया बाज़ार।" अनिरुद्ध ने कहा।

"जानता हूँ।" चेतन बोला।

"लाहौरी गेट के पास।"

"हाँ, मालूम है मुझे।"

"वहाँ नया कुछ भी नहीं।"

"यह भी पता है मुझे।"

"मैंने वहाँ से ज़िन्दगी की नयी शुरुआत की।"

"कौन-सी शुरुआत?"

"पल्लेदारी की।" अनिरुद्ध ने कहा और चौंक गया चेतन।

"पल्लेदारी?" हैरान होकर पूछा चेतन ने।

"एक बोरी को ट्रक से उठाकर लाला के गोदाम तक ले जाने के पाँच रुपये मिलते थे। मैं दिन में सौ बोरियाँ उठा लेता था।" अनिरुद्ध ने गर्व से कहा।

हतप्रभ रह गया चेतन, "तू सौ बोरियाँ उठा लेता था?"

"साथियों ने कहा भी था कि जल्दबाज़ी ठीक नहीं। वही तो हुआ। कमर लचक खा गयी। काम छूटा और दस दिन बिस्तर पर।" अनिरुद्ध ने कहा। थोड़ा हँसा। जैसे अपना मज़ाक उड़ा रहा हो।

"कई महीने लग गये होंगे?" चेतन ने पूछा।

"कोई और होता तो चार-पाँच महीने पड़ा रहता बिस्तर पर। मैंने तो अपने जिस्म को अपने से अलग कर दिया था न!... उठ खड़ा हुआ दस दिन बाद।" अनिरुद्ध ने कहा।

"रियली?" विश्वास नहीं हो रहा था चेतन को।

"इस बार सीवर साफ करनेवालों के साथ काम किया।" अनिरुद्ध धीरे-से बोला।

"सीवर साफ़ करनेवालों के साथ?... तू सीवर भी साफ़ करता रहा?" चेतन को जैसे चक्कर आ गया हो।

"सीवर साफ़ करनेवाले भी इनसान होते हैं। हमने उनकी फ्रस्ट्रेशन को कभी जानने की कोशिश ही नहीं की।... मैंने सीवर साफ़ किये। मेनहोल में भी उतरा।... दुर्गन्ध क्या होती है, मैंने एक इंच की दूरी से जाना।" अनिरुद्ध कहता चला गया।

"यार तू अनिरुद्ध...।" चेतन ने कुछ कहना चाहा।

"दुर्गन्ध पहले मुझे तड़पाती थी। बाद में मैं इसका आदी हो गया। मुझे रोटी, दाल, कपड़े... सबसे उसी दुर्गन्ध का अनुभव होता था।" अनिरुद्ध बोला।

"ओह!" चेतन के कंठ से कोई आवाज़ निकली।

"फिर मैं बीमार पड़ गया चेतन!... वो लोग कितने हिम्मती होते हैं जो हमेशा इस काम को करते रहते हैं। वो शहर की सफाई करते हैं और हमारे मन में उनके प्रति मैल भरा रहता है।" अनिरुद्ध दीर्घ श्वास लेकर बोला।

दोनों चुप हो गये। चेतन इतना द्रवित हो उठा था जैसे उसके पास बोलने के लिए कुछ था ही नहीं।

"फिर सब्जी बेची। मुझे सब्जी बेचने की कला बिलकुल नहीं आती थी। बासी सब्जी को कैसे ताज़ा सब्जी के साथ बेचा जाता है। यह हुनर भी मैं नहीं जानता था।" अनिरुद्ध ने बताया।

"फिर?"

"फिर तूने पटरी बाज़ार में मुझे देख ही लिया है। यहाँ धन्धा जम गया है और अपना सिक्का भी।" अनिरुद्ध ने थोड़ा हँस कर कहा। सिक्का शब्द को उसने इस तरह कहा कि चेतन ने चकित होकर पूछ ही लिया, "सिक्का मतलब?"

"यहाँ पटरी पर सामान लगाने की हफ़्ता वसूली होती है। बड़े रौब के साथ आया मेरे पास एक गुंडा टाइप लड़का। मैंने उसकी मरोड़ी बाजू। पटक दिया नाली में। फिर दो जने और आये। दोनों को सुधार दिया।... इनका उस्ताद आया। मैंने खींच के लात मारी उसके पेट में। वो कहीं गिरा उसका चाकू कहीं।... पूरे बाज़ार ने मेरा जैकारा बोल दिया।" अनिरुद्ध बोला। जी खोल के हँसा।

चेतन अकबका कर देखता रहा अनिरुद्ध को। वही का वही अनिरुद्ध! साफदिल। फक्कड़! ताक़तवर। मुँहफट्ट! दानिशमन्द! मासूम और जज़्बाती!

"अपनी तो यही है रामकहानी!... चेतन तू सुना... रावत, लक्ष्मण, तारिक... तरदीप कैसे हैं?... मदन ठीक है?... खुराना और वो अपने... क्या नाम है... खट्टर और हंदा और बैरियल?... यार, कसम से, सारे के सारे याद आते रहे।... इतने सालों का रिश्ता, इतनी जल्दी पीछा नहीं छोड़ता चेतन।" अनिरुद्ध की आवाज़ थोड़ी नम हो गयी। अनिरुद्ध था कि एक-एक के बारे में पूछता रहा। उसने कई घूँट भरे। और कई बार दफ़्तर को याद किया। लेकिन उसके बारे में अब कोई बात नहीं करता था।

दफ़्तर के लिए वो किसी क्लोज़्ड फाइल जैसा होकर रह गया था।

अनिरुद्ध ने बताया कि इंक्वायरी कमेटी में कई अफ़सर आये हैं। कभी कोई तो कभी कोई। सबके सब एक जैसे। मामला लटकाए रखना चाहते हैं। उसने यह भी बताया कि अब उसे कोई चिन्ता नहीं। धड़ल्ले से बात करता है।

फिर दोनों उठ खड़े हुए। काफी वक़्त गुज़र चुका था। बोतल ख़ाली थी और दिल भी। अँधेरे में दो शख़्स अपने-अपने रास्तों पर चले गये।

शाहिद रहीम! यही नाम था उनका। ए.जी.एम. थे। यानी एसिस्टेंट जनरल मैनेजर। कोलकत्ता से ट्रांसफर होकर दिल्ली हेड ऑफ़िस में पोस्ट हुए। जितनी अच्छी बांग्ला बोलते उतनी अच्छी उर्दू और हिन्दी। कम बोलते। अच्छा बोलते। वो कहते भी थे—इमोशंस और फीलिंग्स का साइकिल ठीक-ठीक बने रहना चाहिए। ज़िन्दगी को वो अपनी तरह से जीते। लोगों को अपनी तरह से आब्ज़र्व करते। हेड ऑफ़िस में, कम बोलने और किसी भी पार्टी में शरीक न होने के कारण, 'सड़ियल अफ़सर' के नाम से मशहूर हो गये।

ऐसे सड़ियल अफ़सर को सी.एम.डी. साहब ने पर्सनल विभाग सौंप दिया था। दिल्ली के तमाम दफ़्तर थरथरा उठे थे। ऑफ़िसर जहाँ खड़े थे, वहाँ ज़मीन नहीं थी। कीचड़ था, भ्रष्टाचार का कीचड़! वो सब चाहते थे कि 'यथावत्' चलता रहे सबकुछ! ज़रा-सी रद्दोबदल से उनके जहाज़ों में छेद होने लग जाते।

शाहिद रहीम!... ए.जी.एम. ने अपने पी.ए. को बुलाया और रैक में, अलमारी में, केबिनेट में रखी तमाम फाइलों को 'देखना' शुरू किया। सब फाइलों पर नोटिंग-ड्राफ्टिंग की और बिलकुल आख़िरी फाइल—अनिरुद्ध राणा की इंक्वायरी कमेटी की फाइल अब तक की रिपोर्टिंग। इंक्वायरी ऑफ़िसरों के नोट्स। टिप्पणियाँ।

शाहिद रहीम साहब ने फाइल को पहले पन्ने से पढ़ना शुरू किया। दिलचस्प खेल था। डिविजनल मैनेजर और असिस्टेंट के बीच ज़रा-सी बहस और साढ़े दस महीने तक का लम्बा सस्पेंशन। छह महीने में तो कानूनन फ़ैसला हो जाना चाहिए था। लेकिन इंक्वायरी ऑफ़िसर बदलते रहे। फ़ैसला टलता रहा। यह सोची-समझी चाल थी। मैनेजमेंट की चाल।

शाहिद रहीम साहब ने ऑफ़िस इंक्वायरी की अगली तारीख़ मुक़र्रर की। इंक्वायरी कमेटी का फिर से गठन किया। कमेटी के हेड वो ख़ुद बने। ऐसे 'केस' के लिए डिविजनल मैनेजर स्तर का ऑफ़िसर, सक्षम होता है। लेकिन इस बार हेड ऑफ़िस से ए.जी.एम. शाहिद रहीम थे—इंक्वायरी कमेटी के मुखिया।

शाहिद रहीम के साथ उनके पी.ए., डबल ए.ओ. रंजन थे। दूसरे थे उपेन्द्र कुमार ए.ओ.। बड़ी-सी मेज़ थी। दूसरी तरफ़ अनिरुद्ध राणा मौजूद था। इन साढ़े दस महीनों के दौरान अनिरुद्ध दसवीं बार इंक्वायरी कमेटी के सामने पेश हो रहा था। शुरू-शुरू में, अनिरुद्ध के मन में एक झिझक-सी होती थी। धीरे-धीरे वो परिपक्व होता गया। अब उसका पटरी पर सामान बेचने का धन्धा भी चल निकला था। इसलिए अब वो इंक्वायरी कमेटी में ऐसे पहुँचता जैसे वो चाय पीने आया हो।

लेकिन इंक्वायरी कमेटी के सामने अनिरुद्ध जैसे ही उपस्थित हुआ तो ए.जी.एम. शाहिद रहीम साहब ने उसे 'आदाब अर्ज़' किया। अनिरुद्ध चौंक गया। पहली बार

उसे कुछ अजीब-सा लगा। वरना हमेशा सख़्त चेहरा लगाये ऑफ़िसर। ठंडा-सा माहौल। ऊबाने वाले सवाल। जो पहले बीसियों बार पूछे जा चुके थे। अनिरुद्ध के अक्खड़ किस्म के जवाब। जैसे कि वो हमेशा देता रहा था।

लेकिन इस बार एक ए.जी.एम. ने बड़ी विनम्रता से आदाब अर्ज़ कहा और उतनी ही विनम्रता से बैठने के लिए संकेत किया।

"आप किस भरोसे से आये हैं मिस्टर अनिरुद्ध राणा?" ए.जी.एम. का पहला सवाल ही चौंकाने वाला था। न सिर्फ़ अनिरुद्ध के लिए बल्कि पी.ए. रंजन और दूसरे ऑफ़िसर उपेन्द्र कुमार के लिए भी।

"इनसानियत के भरोसे।" अनिरुद्ध ने कहा।

"क्या मतलब?" शाहिद साहब ने पूछा।

"मैं एक इनसान हूँ तो मेरे सामने भी एक इनसान बैठा है।... हमारे बीच एक इंसानियत का पुल है।" अनिरुद्ध ने कहा। शाहिद साहब मन-ही-मन मुस्कराये।

"आपको इस केस को फाइट करने के लिए ऑफ़िस से कोई अधिकारी नहीं मिला?" शाहिद साहब ने पूछा।

"मुझे किसी गैजेट की ज़रूरत नहीं।" अनिरुद्ध ने कहा।

"मैं यह कहना चाहता था मिस्टर अनिरुद्ध कि आप किसी के साथ नहीं आये।" शाहिद साहब ने सवाल को घुमाकर पूछा।

"मैं अकेला नहीं आया सर।" अनिरुद्ध ने कहा।

"तो फिर आप किसके साथ आये हैं?" शाहिद साहब ने उत्सुक होकर पूछा।

"अपने सच के साथ।" अनिरुद्ध ने जवाब दिया।

"ख़ुशआमदीद।" शाहिद साहब मुस्कराए।

"शुक्रिया जनाब।" अनिरुद्ध भी मुस्कराया। दस महीनों के दौरान यह पहला वाकया था जब इंक्वायरी कमेटी में अनिरुद्ध मुस्कराया था। वरना माहौल कशीदा बना रहता।

"अनिरुद्ध साहब, मैं इस इंक्वायरी से अलग एक सवाल पूछने की हिम्मत कर रहा हूँ।... अगर ख़ुदा से आपको कुछ माँगना पड़े तो क्या माँगेंगे?"

"ख़ुदा से मैं अपने लिए कुछ भी नहीं माँगूँगा!" अनिरुद्ध ने कहा।

"क्यों, अपने लिए क्यों नहीं?"

"क्योंकि मुझसे ज़्यादा दुखी लोग हैं इस संसार में।"

"उनके लिए क्या माँगोगे?"

"मैं ईश्वर से यही कुछ माँगूँगा कि उनके लिए एक छत मय्यसर हो।" अनिरुद्ध ने कहा।

रंजन ने उपेन्द्र कुमार को इशारा किया कि यह कैसी इंक्वायरी है... और कैसे

सवाल पूछे जा रहे हैं। उपेन्द्र कुमार ने भी मुँह बिचकाया।

"अगर आप इस दफ़्तर से बरख़ास्त कर दिये गये तो?" शाहिद साहब ने पूछा।

"तो मैं एक अलविदा पार्टी दूँगा। जनाबेआली, मैं नहीं जानता कि उसमें और कौन होगा... लेकिन उस पार्टी में आपको ज़रूर दावत दूँगा।" अनिरुद्ध मुस्कराया।

"मुझे क्यों?" शाहिद साहब ने पूछा।

"क्योंकि पहली बार मैं ऐसे शख़्स से मिल रहा हूँ जिसने मेरी आक्रामकता छीनकर, मुझे निहत्था कर दिया है।"

"आप पर बहुत ज़्यादा ऐलीगेशन लगाए गये हैं मिस्टर अनिरुद्ध।" शाहिद साहब ने कहा।

"मेरा क़द बड़ा करने के लिए।" अनिरुद्ध ने कहा। यह पहला वाकया था जब इंक्वायरी कमेटी में बैठे सब लोग एक साथ हँस पड़े। अनिरुद्ध भी हँस रहा था और शाहिद साहब भी।

"आपने अपने कलीग को दफ़्तर में धक्का दिया था?" शाहिद साहब ने पूछा।

"धक्का नहीं दिया था सर, दो थप्पड़ लगाये थे।" अनिरुद्ध ने बात साफ़ की।

"किसलिए?"

"उसने सब स्टाफ मदनलाल को बौना कहकर बुलाया था। सर, जब हमारे नाम हैं तो हम किसी को विशेषणों से क्यों बुलाएँ?" अनिरुद्ध बोला।

"आपने अपने ऑफ़िस के एक-दूसरे कलीग के साथ भी हाथापाई की?" शाहिद साहब ने पूछा।

"सर, हमारे दफ़्तर में तीन लड़कियाँ आयी थीं। उन्होंने वृद्धों के लिए एक संस्था बनाई थी। उस संस्था के लिए वो 'डोनेशन' के लिए आयी थीं। मेरे कलीग ने उन लड़कियों को कॉलगर्ल समझा। भाव-ताव करने लगा। वो नर्वस हो गयीं। एक लड़की के तो आँखों में आँसू आ गये।" अनिरुद्ध ने विस्तार से बात स्पष्ट की।

"फिर?... फिर क्या हुआ?" शाहिद साहब ने पूछा।

"सर, मैंने कलीग को कुर्सी समेत उठाया और उसे बॉथरूम के पास रख आया।" अनिरुद्ध बोला।

"बिलकुल ठीक किया। उसे बॉथरूम के पास नहीं, टॉयलेट के पास रख आते तो और ज़्यादा अच्छा होता।" शाहिद साहब ने कहा। उनकी आवाज़ थोड़ा लाउड हो गयी थी। उन्होंने सॉरी कहा। फिर बोले, "आपने अपने ऑफ़िस के डी.एम. साहब का अपमान किया।"

"सर, प्रश्न करना अपमान करना नहीं होता।"

"बिलकुल!" शाहिद साहब बोले।

"सर, मैंने सिर्फ़ इतना पूछा था कि क्या हेड ऑफ़िस का सरकुलर डिसिप्लिन ला पाएगा... जब तक कि हमारे इंस्टिंक्ट में अनुशासन की भावना न हो।" अनिरुद्ध बोला।

"इसके बाद क्या हुआ?" शाहिद साहब ने पूछा।

वैसे वो कहना तो ये चाहते थे कि ऐसा कोई भी सरकुलर, नोटिस बोर्ड पर ग़र्द-आलूद होकर टँगा रह जाता है। उसकी कोई अहमियत नहीं होती। क्योंकि ऐसे सरकुलर क्लास थ्री की भावनाओं का मख़ौल उड़ाते हैं। यह बात शाहिद साहब व्यक्त नहीं कर पाए थे। इंक्वायरी कमेटी के वो चेयरमैन थे और उनकी अपनी सीमाएँ थीं। बेशक, वो पूरी तरह से समझ गये थे कि सामने बैठे शख़्स को बेवजह फँसाया गया है।

"सर, इसके बाद क्या हुआ?... मैं कम्पनी से बाहर कर दिया गया। मेरे नाम की इतनी बड़ी फाइल बन गयी।" अनिरुद्ध ने कहा। थोड़ा-सा मुस्कराया।

"क्या आपको लगता है कि आपके साथ नाइंसाफ़ी हुई है?" शाहिद साहब ने पूछा।

"सर, क्या आपको लगता है मेरे साथ इंसाफ़ हुआ है?" अनिरुद्ध ने कहा।

"क्या मैं इसे अपने सवाल का जवाब समझूँ?" शाहिद साहब ने संजीदगी के साथ पूछा।

"सर, मैं आपके सवाल के सामने अपना सवाल खड़ा नहीं करना चाहता। यह मेरा सवाल नहीं सर। मेरे दुख की तहरीर है।" अनिरुद्ध ने कहा। उसकी आवाज़ में सचमुच दुख था। उसने शाहिद साहब को देखा, पूरे आत्मविश्वास के साथ। उपेन्द्र कुमार और पी.ए. रंजन दोनों पसोपेश में थे। चकित थे। बल्कि परेशान थे। इंक्वायरी का एक रूप यह भी हो सकता है, उन्होंने कभी सोचा भी नहीं था।

कुछ देर के लिए ख़ामोशी छा गयी। शब्दों को राहत और आवाज़ों को शरण मिल गयी हो जैसे।

"अब आप क्या करते हैं?" शाहिद साहब ने ख़ामोशी के पर्दे को हटाया। इंक्वायरी सम्बन्धी सारे सवाल जैसे पूरे हो चुके थे।

"सर, मैं दो सूरजों को देखता हूँ।" अनिरुद्ध ने कहा।

"दो सूरज?" चकितभाव से पूछा शाहिद साहब ने।

"एक उगता हुआ सूरज.. दूसरा डूबता हुआ। उगते हुए सूरज से मैं ज़िन्दगी का ताप हासिल करता हूँ। और ज़िन्दगी की जद्दोजहद।...डूबता हुआ सूरज मेरी ज़िन्दगी का बेशक़ीमती दिन उठाकर जा रहा होता है। वो चिन्ता में नज़र आता है। मैं उसे कहता हूँ—जाओ सूर्यदेव! अन्धेरे की चिन्ता मत करो। दीये की तरह जलना मुझे भी आता है।" अनिरुद्ध ने कहा। ऐसा लगता था जैसे उसकी आवाज़ और

आँखें, दोनों भीग गये हैं।

शाहिद रहीम ए.जी.एम. उठ खड़े हुए थे। उन्होंने अनिरुद्ध राणा से हाथ मिलाया था। इंक्वायरी कमेटी को कोऑपरेट करने के लिए धन्यवाद भी दिया था।

ऐसा पहली बार हुआ था।

ऐसा भी पहली बार हुआ था जब बिना किसी 'पनिशमेंट' के कोई क्लास थ्री एम्पलाई ग्यारह महीने बाद बहाल हुआ हो—मैनेजमेंट के 'रिगरेट' लेटर के साथ। मैनेजमेंट ने बेवजह हैरास किये जाने के लिए अनिरुद्ध से खेद व्यक्त किया था। वारनिंग लेटर शानी सॉब को ज़रूर मिला था कि वो विवेक के साथ दफ़्तर का काम करें।

लेकिन आदतें कहाँ बदलती हैं? उन अधिकारियों की आदतें जो अधिकारों का सुख भोगते आये हों। शानी सॉब ने रीजनल ऑफ़िस में अपनी चाल चल दी। फिर रि-शफ़्ल हुआ। अनिरुद्ध राणा, शानी सॉब को खटकता था। तीर की तरह चुभता भी था। उसकी ट्रांसफर कर्मपुरा करवा दी गयी।

अनिरुद्ध राणा!

अनिरुद्ध का रिइंस्टेट होना, डिविजनल मैनेजर ही नहीं, यूनियन सचिव शर्मा को भी किसी शिकस्त की तरह महसूस हुआ था। वो ताक़तवर लोग थे। ताक़तवर लोग तानाशाह हो जाते हैं और वो अपनी शिकस्त बर्दाश्त नहीं कर पाते। इसे डिविजनल मैनेजर मिस्टर शानी ने अपनी हार के रूप में देखा था। बेशक, रिइंस्टेट होने के बाद, अनिरुद्ध सबसे पहले शानी सॉब से मिलने गया था। आज न उसमें आक्रामकता थी न मसखरापन, संजीदगी थी जो इन ग्यारह महीनों की सस्पेंशन से हासिल हुई थी। शानी सॉब ने तो हाथ मिलाना भी गवारा नहीं किया था। उन्हें लगा था जैसे कोई विजेता सेनापति, शिकस्ता फौज के शिविर में चला आया हो।

अनिरुद्ध ने तो कहा भी था, "सर, दफ़्तर की लड़ाई, लड़ाई कहाँ होती है?... अनबन होती है। अनबन से कभी रिश्ते टूटते हैं?"

लेकिन शानी सॉब, "ओ.के.... फाइन... कंग्रेचुलेट... नाउ यू कैन गो..." जैसे शब्दों के टुकड़े फेंककर अपने काम में मसरूफ़ हो गये थे।

अनिरुद्ध की ट्रांसफर और उसका ट्रांसफर होकर कर्मपुरा चले जाना।

शेष सब कुशल था।

वही फोन। वही क्लाइंट्स। वही इंश्योरेंस। वही क्लेम। वही लंच—दो-तीन मंडलियाँ बनाकर। वही ताश का खेल। वही दारूबाज़ी। वही माहौल। लेकिन कुछ लगता था जैसे कोई चीज़ थी, अब नहीं है। जैसे कोई उपस्थित था अब नहीं है।

जैसे एक आवाज़ थी... प्रतिवाद की आवाज़, या फिर ज़िन्दगी की आवाज़—वो आवाज़ कहीं कूच कर गयी है।

अनिरुद्ध का ट्रांसफर होकर जाना... चुपचाप जाना... न फेयरवेल, न गेट-टू-गेदर बदलते हुए समय में रिश्तों की टूटफूट को यहाँ से देखा जा सकता था।

फेयरवैल तो चेतन की भी नहीं हुई थी। पता नहीं लोग ज़्यादा व्यस्त हो गये थे या फिर रिलेशन भी यूज़ ऐंड थ्रो के फार्मूले पर चलने लगे थे। हर शय पर तात्कालिकता हावी थी। जो दिखता था, वही बिकता था। वही यूज़फुल। बाक़ी बेकार।

जाने से पहले अकाउंट्स डिपार्टमेंट के मल्होत्रा ने आकर, चेतन से ख़ाली रजिस्टर, पेन, स्टेपलर मशीन, पंचिंग मशीन और छोटा-सा कैलकुलेटर ले लिया था। एक ग़ैर-जज़्बाती फिकरा भी वो उठते-उठते बोल गया था, ''प्लीज़, डोंट माइंड। ऑफ़िस प्रॉपर्टी है।... जमा करानी पड़ती है।''

जमा कराने का जहाँ तक सवाल है, उसका दराज़ इन्हीं चीज़ों से भरा पड़ा था। अपने घर जितना सामान ले जा सकता था, ले गया था—कैलकुलेटर से लेकर, पेपरवेट तक। बाक़ी सब यहीं। अपने दराज़ में। दराज़ क्या था? मालगोदाम था।

हो सकता है, उसने किसी रिश्ते की लाश को रख दिया हो। हो सकता है, उसने अपने दराज़ में, जेम क्लिप, गम बोटल, कैलकुलेटर, बॉलपेन की तरह, मनुष्यता के अवशेष भी अपने दराज़ में फेंक दिये हों...

चेतन से सबने हाथ मिलाए थे। टी.टी. सिंह ने कहा ज़रूर था, ''टाइम होता तो छोटा-सा गेट-टू-गेदर करते।... ऐनी हाऊ... ऑल दि बेस्ट!''

टाइम होता तो?... 'टाइम' कहाँ चला गया था? लोग इतने ज़्यादा व्यस्त तो नहीं थे। बल्कि लोग इतने ज़्यादा फ़ुरसत में थे कि वो हमेशा ऊबे हुए नज़र आते थे।

दरअसल, तौफ़ीक बदल गयी थी या फिर बदल रही थी। आदमी बदल रहा था और ज़िन्दगी भी।

प्रामिनेंट इंश्योरेंस कम्पनी। तीसरी मंज़िल। सुबह का वक़्त।

आदमी काम पर हैं।

आदमी सचमुच काम पर हैं। एक्शनफुल। व्यस्त। अस्तव्यस्त। काम करते हुए। या न करते हुए। वक़्त भाग रहा है। घड़ी की सुइयाँ, अपने दायरे में चक्कर लगा रही हैं। लम्हों के ज़र्द पत्ते उड़ रहे हैं। सूरज के घोड़े दौड़ रहे हैं। आदमी काम पर हैं।

बहुत बड़ा हॉल है। कुर्सी-मेज़ों से अटा हॉल! इस हॉल में सब मसरूफ़ हैं।

मसरूफ़ियत हैरान करती है। जो निठल्ले हैं और काम करते नज़र आ रहे हैं। उनकी मसरूफ़ियत जैसे कोई शख़्स खड़े-खड़े मैराथन दौड़ रहा हो...

सफ़ाई कर्मचारी सफ़ाई करके जा चुका है। जो ग़र्द थी। सफ़ाई के दौरान, उठ खड़ी हुई थी। उठी हुई ग़र्द किसी ललकार की तरह थी। जैसे वो कह रही हो— संसार की हज़ारों-करोड़ों चीज़ों को ख़त्म किया जा सकता है, लेकिन ग़र्द को नहीं। बाहर की ग़र्द साफ़ हो भी जाय, लेकिन मन में बैठी ग़र्द का क्या हो।

ग़र्द सफ़ाई से पेशतर थी। अब भी मौजूद है। पूरा हॉल ग़र्दआलूद। मेज़ें-कुर्सियों की हत्थियाँ, शेल्फ़, रेलिंग फाइलें—हर कहीं ग़र्द। ऑफ़िस जैसे इंश्योरेंस का नहीं, ग़र्द का ऑफ़िस हो। ऐसा भी लगता था जैसे ग़र्द, इस दफ़्तर की ज़िन्दगी थी। शायद इस दफ़्तर का डेकोरम भी ग़र्द हो और अनुशासन भी। वैसे, अनुशासन पर भी ग़र्द थी और शासन पर भी ग़र्द। ग़र्द जो उठ खड़ी हुई थी, धीरे-धीरे बैठती चली गयी थी। ग़र्द बैठी तो लोग भी बैठ गये।

लोग बैठ चुके हैं और ग़र्द भी। पेन खुलते हैं। पेन बन्द होते हैं। मेज़ों के दराज़ खुलते हैं, बन्द होते हैं। आवाज़ें उठती हैं। थम जाती हैं। कबूतर उड़ते हैं। बैठ जाते हैं। तिनके बिखरते हैं। पड़े रह जाते हैं। दराज़ के साथ-साथ, कर्मचारियों के मुँह भी खुलते हैं। पता नहीं, यहाँ जम्हाई लेना शौक़ में शुमार है या आदत में? जम्हाई, किसी समूह गान की तरह है। बड़ी शान के साथ, बड़े इत्मीनान के साथ, इसे सम्पन्न किया जा रहा है। फाइल खुलते वक़्त जम्हाई। फाइल बन्द होते वक़्त जम्हाई। जम्हाई लेना जैसे किसी चेप्टर 'ओपन' करने और चेप्टर 'क्लोज़' करने का संकेत हो।

आदमी सचमुच काम पर हैं। बीमाधारकों को घुड़क चुके हैं। झगड़ चुके हैं। एक बन्दे ने थर्ड पार्टी इंश्योरेंस करवाने आये क्लाइंट का पुराना कवरनोट उछाल कर परे फेंक दिया है। थर्ड पार्टी इंश्योरेंस करानेवाले का इसी तरह का 'ख़ैरमकदम' होता है। थर्ड पार्टी इंश्योरेंस नुकसानवाला बीमा है। कोई भी दफ़्तर इस इंश्योरेंस को नहीं करना चाहता। बन्दे ने यही कहा है, ''कहीं और जाकर कराइए। यहाँ नहीं होता, थर्ड पार्टी!''

आदमी काम पर हैं। मेज़ों पर चार जगह रखे टेलीफोन—सबके सब व्यस्त! कर्मचारी दीर्घकालीन वार्ता में मशगूल हैं। वो फोन करते वक़्त निश्चिन्त हैं। बेख़बर। लापरवाह। काल दिक से परे। समय-निरपेक्ष! टेलीफोन करनेवाले सहायकों-वरिष्ठ सहायकों की अजीब-अजीब मुद्राएँ हैं। वो बात करते हैं। हँसते हैं। वो गालियाँ देते हैं। हँसते हैं। वो पेन निकाल कर, मेज़ पर कुछ लिखते हैं। कोई आकृति बनाते हैं। हँसते हैं।

बाहर से लोग आ रहे हैं। जा रहे हैं। वो 'पुल' को 'पुश' और 'पुश' को 'पुल'

करते हैं। अपनी ग़लती पर खीझते हैं। दरवाज़े को गाली देते हैं।

चाय आ गयी है। चायवाला ट्रे में चाय के भरे कप ले आया है। बन्दे चहक उठे हैं। चाय देखकर निहाल! जैसे एक मुद्दत से इस चाय के कप की इन्तज़ार में बैठे हों। चाय, ज़िन्दगी के लिए कितनी बड़ी ज़रूरत है! हर तरफ़ एक ही आवाज़ है—चाय! जिनको चाय नहीं मिली। वो मायूस हो गये हैं। वो जानते हैं कि दस-पन्द्रह मिनट में चायवाला राउंड लगाएगा। लेकिन फिलहाल उन्हें चाय नहीं मिली। जैसे उनका जाम किसी दूसरे ने उठा लिया हो। उन्हें अगर चाय का कप मिल जाता तो वो सब काम छोड़ देते, शायद साँस लेना भी।... जो चाय पी रहे हैं वो कितने ख़ुशबख़्त हैं! जैसे बादशाह सलामत आबे हयात पी रहे हों।

चेतन बिना आर्मवाली कुर्सी पर बैठा है। बिना हत्थीवाली कुर्सी पर कई सारी दिक्कतें होती हैं। एक दिक़्क़त यह भी होती है कि बाज़ू कहाँ रखे जाएँ?

वो बिना हत्थीवाली कुर्सी पर बैठा है—दरवाज़े से कुछ दूर। हॉल के एक कोने में। पूरे हॉल का जायज़ा लेता।

उसे बैठने के लिए कहा गया है। वो बैठ गया है। उसके अन्दर एक दुनिया है। एक दुनिया समानान्तर। वो उस दुनिया के भीतर होकर भी उस दुनिया से बाहर है। बाहर बैठा वो। बदलते दृश्यों को देखता हुआ। किरदार वही हैं। सीन बदल जाते हैं।

जनपथ के इस दफ़्तर में चेतन का पहला दिन है। अपरिचय की अदृश्य-सी दीवार है, जिस पर वो किसी कलेंडर की तरह टँगा है। सीनियर डिविजनल मैनेजर अभी नहीं आये। किसी जूनियर अफ़सर ने ज्वाइनिंग ऑर्डर देखे। बैठ जाने के लिए कह दिया। जूनियर अफ़सर एक स्त्री थी। ख़ूबसूरत और स्नॉब! उसने कोई महँगा परफ़्यूम अपनी देह पर छिड़क रखा था। वो जितनी देर चेतन के सामने खड़ी रही, चेतन ख़ुशबू के कृत्रिम संसार में भटकता रहा। वो चली गयी। अकेली नहीं गयी। अपने साथ उस ख़ुशबू को भी ले गयी जो उसने अपनी देह पर छिड़क रखी थी।

चेतन कुछ देर तक इस प्रश्न को हल करने में व्यस्त रहा कि ऑफ़िसर की अपनी देहगन्ध कैसी होगी?

चेतन बिना हत्थीवाली कुर्सी पर बैठा सोच रहा था कि लोगों को अपनी देह पर परफ़्यूम छिड़कने की ज़रूरत क्यों होती है? क्या वो अपनी देहगन्ध से डरते हैं या फिर अपने आसपास एक कृत्रिम ख़ुशबू का वातावरण रचकर अपने-आपको उसमें छुपा लेते हैं?

जूनियर ऑफ़िसर फिर अपने केबिन से निकली थी। चेतन ने समझा था कि वो उसे मेज़-कुर्सी के विषय में बताने आयी है। चेतन का भ्रम जल्दी दूर हो गया। वो जूनियर ऑफ़िसर अपने आपको निहारती, चेतन के सामने से निकल गयी थी। हॉल

की पिछली तरफ़ वाटरकूलर था। उसके बाद थोड़ी ख़ाली जगह थी। फिर वॉशरूम! क्लास थ्री का अलग। ऑफ़िसर का अलग। और लेडीज़ का अलग।

जूनियर ऑफ़िसर वॉशरूम की तरफ़ निकल गयी थी। एक छोटा-सा बैग भी उसके दायें हाथ में था। जिसमें कन्घी-शीशा तो था ही, हैंडवॉश, लोशन, फेस क्रीम भी थी।

जूनियर ऑफ़िसर अपने चेहरे के प्रति बहुत सतर्क रहती थी। वो जब-जब टॉयलेट के लिए जाती, कन्घी-शीशे और फेस क्रीमवाला पर्स उसके हाथ में होता। वो जब वॉशरूम से वापस आती तो ज़्यादा ख़ूबसूरत नज़र आती। उसके आने से पहले, उसकी देह पर छिड़के परफ़्यूम की गन्ध पहुँच जाती। उसकी देह से लिपटी ख़ुशबू, उड़ान भरते हुए आती। जूनियर ऑफ़िसर को वॉशरूम से अपने केबिन तक पैदल आना होता।

जूनियर ऑफ़िसर ने डेढ़-दो घंटे के दौरान कई चक्कर लगाए थे। पता नहीं, उसे बार-बार पेशाब जाने का रोग था या फिर कन्घी करने का या चेहरे पर क्रीम की परत चढ़ाने का या परफ़्यूम छिड़कने की आदत!

चेतन भी इस बीच दो बार टॉयलेट हो आया था। ख़ाली आदमी को जब कुछ नहीं सूझता तो वो पेशाब करने चला जाता है। कुछ शब्द कितने वर्जित होते हैं। जैसे पेशाब! आदमी इस शब्द का धड़ल्ले से इस्तेमाल करते हैं। लेकिन स्त्रियाँ! वो संकेतों में समझाती हैं।

चेतन को लोग अजब नज़रों से देख लेते हैं। बुलाते नहीं। सिर्फ़ देखते हैं। जैसे वो किसी दूसरे ग्रह से आया प्राणी हो। चेतन के लिए भी सब कौतुक जैसा है।

प्रामिनेंट इंश्योरेंस के वो कई दफ़्तरों में काम कर चुका है। लेकिन यहाँ! सबके सब अपरिचित।

चेतन सामने बैठे एक शख़्स को देख रहा है। उसकी मेज़ पर कोई फाइल खुली हुई है। खुली हुई फाइल शायद कुछ देर और खुली रहेगी। फिलहाल, उसने जेब में पड़ा चिल्लर निकाल लिया है। खेलने लगा है। कभी हेड ऐंड टेल तो कभी कोई और गेम। थोड़ी-थोड़ी देर में वो सिक्के जेब में भर लेता है। फिर निकालता है। फिर गिनता है। जैसे सिक्कों में कुछ इज़ाफ़ा हो गया हो। सिक्के गिन चुकने के बाद वो हेड ऐंड टेल खेलने लगता है। कभी जीतता है। कभी हारता है। जब जीतता है तो उसके सड़ियल-से चेहरे पर ख़ुशी की लहर दौड़ जाती है।

पता नहीं उसका कौन-सा विभाग है। विभाग जो भी हो, सिक्के गिनने और हेड-टेल खेलने का काम किसी विभाग में नहीं होता।

किसी-किसी वक़्त वो गाने लगता है। जब गाता है तो आवाज़ किसी बोझ के नीचे दबी हुई महसूस होती है। ऐसा लगता है वो पुरानी कब्ज़ का मरीज़ है। या

फिर बवासीर का।... हिन्दी में बोली जानेवाली बीमारियाँ भी ग़रीबी से त्रस्त नज़र आती हैं—बवासीर, पेचिश, दस्त, खुजली!... इन बीमारियों को अँग्रेज़ी में बोलो तो दिल ख़ुश हो जाता है—पाइल्ज़, डायरिया, स्किन डिज़ीज़!

कई बार वो ख़ुद-ब-ख़ुद हँसने लगता है। जैसे उसे कोई चुटकुला याद आ गया हो। वो हँसता है तो ख़ुद किसी चुटकुले जैसा लगने लगता है। और गाता है तो ऐसे लगता है जैसे किसी गऊशाला के लिए, गा-गाकर चन्दा माँग रहा हो।

जूनियर ऑफ़िसर फिर निकली है अपने केबिन से। वो हॉल में बैठे किसी भी एम्पलाई को नहीं देखती। लेकिन एम्पलाई उसे ज़रूर देखते हैं। वो अपने आपको देखते हुए निकलती है और एम्पलाई भी उसे देखते रहते हैं। जैसे वो चलती-फिरती प्रदर्शनी हो। सब उसे देख रहे हों। लेकिन सिक्के गिननेवाला उसे नहीं देखता। वो सिक्कों को देखता रहता है।

एक अधेड़ उम्र का लहीम-शहीम आदमी हॉल में दाख़िल हुआ है। चेतन को उसकी चाल-ढाल से पता चला है कि वो इस दफ़्तर का एम्पलाई है। उसने कुर्सी को सरकाया है। कुर्सी के सामने हाथ जोड़ दिये हैं। कुर्सी की हत्थी को हाथों से छुआ है। फिर दोनों हत्थियों के आगे मत्था टेक दिया है। जैसे हत्थियाँ भी देवी-देवता हों। फिर वो आँखें मूँदकर मेज़ के सामने खड़ा हो गया है। ऐन उस वक़्त दफ़्तर का कोई अन्य एम्पलाई, उसके आगे नाचने लगा है फिर कोई अश्लील-सी मुद्रा बनाता आगे निकल गया है। कई बन्दे उसके किरदार पर हँस पड़े हैं। लहीम-शहीम बन्दे ने आँखें खोल दी हैं। जैसे उसे ज्ञान की प्राप्ति हो गयी हो या फिर वो ईश्वर से मिल आया हो। उसने हँसी को सुना है। इधर-उधर देखा है। मुँह ही मुँह में कुछ बुदबुदाया है। शायद उसने किसी को माँ-बहन की गाली दी है। कुछ प्रार्थनाएँ इस तरह की भी होती हैं।

चेतन बिना आर्मवाली कुर्सी पर बैठा दफ़्तर के भीतर घटती घटनाओं को देख रहा है।

लहीम-शहीम बन्दे ने दराज़ खोलकर अगरबत्ती के पैकेट में से दो अगरबत्तियाँ निकाली हैं। एक अगरबत्ती उसने जलाकर मेज़ के आसपास घुमा दी है! उसके होठ हिले हैं। जैसे कोई मन्त्र बोला हो उसने। केबिनेट के साथ ज़रा-सा सुराख़ है। अगरबत्ती वहाँ खोंस दी है उसने। बिलकुल सामने देवी-देवताओं की तस्वीरें दीवार पर चिपकी हैं। अगरबत्ती का धुआँ तस्वीरों तक पहुँच रहा है। देवी-देवता यक़ीनन ख़ुश हो रहे होंगे। दूसरी अगरबत्ती को जलाकर वो सीनियर डिविजनल मैनेजर के कमरे में कहीं लगा आया है। बन्दा समझदार है। दो अगरबत्तियों से दो निशाने साध लिये हैं। एक से इस सृष्टि का ईश्वर ख़ुश तो दूसरी अगरबत्ती से इस दफ़्तर का देवता-सीनियर डिविजनल मैनेजर!

कुर्सी पर बैठकर उसने आँख मूँद ली हैं। वो कोई पाठ करने लगा है। शायद हनुमान चालीसा या फिर महामृत्युंजय मन्त्र!... कुछ देर बाद उसने परम तृप्त भाव से आँखें खोली हैं।

टेबल-चेयर की कई सारी कतारें हैं। एक कतार में एक युवा लड़की के साथ दो नौजवान बैठे हैं। वो हिन्दी-अँग्रेज़ी में बात कर रहे हैं। गुड डे के बिस्कुट खा रहे हैं। चाय के घूँट भर रहे हैं। हर घूँट के बाद वो लड़की को देख लेते हैं। लड़की मुस्कराने लगती है।

आदमी काम पर हैं। काम जारी है।

दोनों नौजवान, जो इस दफ़्तर में सहायक पद पर नियुक्त हैं, लड़की के चौड़े गलेवाले कमीज़ की तारीफ़ कर चुके हैं। उनकी नज़र बार-बार लड़की के चौड़े गलेवाले कमीज़ पर अटक जाती है। ऐसा लगता है जैसे वो इसी चौड़े गले के रास्ते से कहीं नीचे उतर जाना चाहते हैं। लड़की जानती है या फिर नहीं जानती। शायद वो जानती है लेकिन बेखबर बने रहना चाहती है। या फिर यह भी सम्भव है कि इस उम्र में किसी चीज़ की ख़बर नहीं रहती।

अधेड़ हो चुकी स्त्रियों ने ज़रूर आपस में खुसर-पुसर की है।

चिल्लर उछालनेवाला ही नहीं, एक और शख़्स भी है जो हँस रहा है। कभी दीवार को देखकर हँसता है तो कभी केबिनेट को देखकर। वो अख़बार को देखकर भी हँस रहा है। जिस अख़बार में—नाव के डूब जाने से चालीस लोगों के मर जाने की ख़बर है... जिस अख़बार में दयाबस्ती स्टेशन के पास झोपड़ियों में आग लगने और करीब एक हज़ार झोपड़ियों के स्वाह हो जाने तथा पाँच बच्चे झुलसकर मर जाने की ख़बर है... वो उस अख़बार को देखकर भी हँस रहा है।

एक शख़्स ने चेतन को बताया है कि इस बेवजह हँसनेवाले ने लाफ़्टर क्लब ज्वाइन कर रखा है। क्लब का एक नियम यह भी है कि दिन में हर घंटे बाद हँसो। श्मशान में हँसो और शवयात्रा में, रामनाम सत्य बोलते हुए भी हँसो।

उस बन्दे ने यह भी बताया कि लोग उदास रहते हैं, यह शख़्स हँसता है। ऐसा लगता है इसे हँसने का रोग लग गया है, जो ऐसे मनहूस समय में भी दिन में कई-कई बार हँसता है।

चेतन को अपने ख़ालीपन से टकराना है। उसे पता है कम-से-कम आज का दिन उसे यूँ ही बैठे रहना पड़ेगा। बहुत सारी मेज़ कुर्सियाँ ख़ाली पड़ी हैं। लेकिन चेतन को कौन-सी टेबल-चेयर दी जाय, इस झंझट में कोई भी जूनियर अफ़सर नहीं पड़ना चाहता।

लोग अधिकार अपने पास रख लेते हैं। जिम्मेदारियाँ दूसरों के खाते में डाल देते हैं।

तीनों जूनियर महिला ऑफ़िसर बन्द केबिन में बैठी हैं। वो ख़ुद भी किसी बन्द मकान जैसी लगती हैं। केबिन खुलता है। तीनों में से कोई एक निकलती है। वो किसी को नहीं देखती। अपने आपको देखती है। अपने आपको देखते हुए वो बॉथरूम की तरफ़ निकल जाती है। उसकी यात्रा सीमित है। बॉथरूम उसकी यात्रा का पड़ाव है और बन्द केबिन यात्रा का आरम्भ!

एक जूनियर ऑफ़िसर ने तीसरी बार ज़रा-सा ठिठककर दिलासा देनेवाले लहज़े में कहा है, "हमें आपकी प्रॉब्लम का पता है। हम अभी केबिन के अन्दर इसी बात पर डिसकस कर रहे थे कि आपको कौन-सी टेबल-चेयर दी जाय। शाम तक... वी होप, ...अरेंजमेंट हो जाएगा।... प्लीज़ को-आपरेट।"

वो तीन-साढ़े तीन वाक्य उछाल कर चली गयी है। रूखे-से वाक्य। इससे रूखी शायद रेत होती है या फिर कारपोरेट की दुनिया।

हॉल दो हिस्सों में बँटा है। बीच में पार्टीशन है। छोटी-सी रेलिंग लगाकर पार्टीशन किया गया है। कुछ विभाग इस तरफ़ हैं, कुछ परली तरफ़।

चेतन हर बार साइड से निकलकर बॉथरूम की तरफ़ गया है। इस बार वो पार्टीशन के दूसरी तरफ़ से निकला है। वापसी पर दो-तीन लोगों से हाय-हैलो हुई है। एक ने बैठने के लिए कहा है। चेतन मन-ही-मन चाहता भी यही था कि कोई उसे बैठने के लिए कहे। चेतन, मेज़ के पास पड़ी ख़ाली कुर्सी पर बैठ गया है। कलीग ने उसका नाम पूछा है। किस जगह से ट्रांसफर हो कर आया है। ट्रांसफर ख़ुद कराई है या फिर 'पनिशमेंट' मिली है—इस प्रकृति के तीन-चार सवाल पूछे हैं उसने।

वो सवाल पूछते हुए, बात करते हुए, अपने कान भी साफ़ करता जा रहा है। एक लम्बी-सी पिन उसने अपनी उँगलियों में पकड़ रखी है। सामने पिन की डिब्बी रखी है। एक पिन हाथ से छूटकर गिरती है तो वो दूसरी पिन डिब्बी में से उठा लेता है।

चेतन से रहा नहीं गया। उसने कह दिया है, "पिन से आप कई तरह के काम लेते हैं।"

"सर जी, डोंट माइंड!... पिन कहाँ-कहाँ कंज़्यूम होते हैं, मेरे पास पूरी फिगर है। डाटा तैयार कर रखा है मैंने। सर जी, लिसन!... पिछले साल की आडिट में पता है क्या हुआ? एक आडिटर ने टेबल स्टेशनरी का रजिस्टर मँगवा लिया। बॉल पेन से लेकर रबड़बैंड तक की जो दुर्गति हुई, उसकी छोड़ो सर जी, पिन की बात चली है न, उसकी बात पूरी कर दूँ।... एक साल में एक हज़ार पिन की डिबियाँ परचेज़ की गयीं।... एक हज़ार सरजी, ... एक हज़ार पिनों की डिबियाँ।... एक डिब्बी में पता है कितनी पिन होती हैं पाँच सौ!... सर जी, एक साल में टोटल

कितने पिन कंज़्यूम हुए फाइव लैक।... पाँच लाख।... यू नो। आजकल, जेम क्लिप या फिर स्टेपलर मशीन से पेपर स्टेपल कर दिये जाते हैं। चलो मान लो पिन भी लगाए गये। मेक्सीमम पिन कितने लगाए गये?... एक लाख!... ज़्यादा-से-ज़्यादा एक लाख।... बाक़ी चार लाख पिन?... सर जी, मान लो। दो लाख पिन दफ़्तर के बाबूलोग अपने घर उठाकर ले गये। बाक़ी दो लाख?... बाक़ी दो लाख पिन कान साफ़ करने में शहीद हुए।'' वो बोला। उसने पुरानी पिन को फेंका। नयी पिन से कान साफ़ करने लगा।

चेतन उसके गणित पर हैरान रह गया है। लेकिन वो सामान्य है। जैसे वो दफ़्तर में कान की मैल निकालने आया हो। अब वो चेतन से नहीं बोल रहा। शायद पिन से बोल रहा है या कान की मैल से।

साढ़े बारह का वक़्त है। फिर चाय आ गयी है। लोग फिर चाय पर टूट पड़े हैं। चेतन उठकर जाने लगा है। एक कलीग ने चेतन के लिए भी चाय मँगवा ली है। जिसने चाय मँगवाई है, वो कम बोलनेवाला इनसान है। उसने बड़ी सादगी से कहा है, ''प्लीज़ चाय लीजिए।''

चेतन ने चाय का कप उठाते हुए धन्यवाद कहा है। कान की मैल निकालनेवाला, पिन को फ़र्श पर फेंककर चाय पीने लगा है। वो चाय पीता है। सुड़सुड़ की आवाज़ निकलती है।

उसने चाय का कप मेज़ पर रखते हुए चेतन से सवाल किया है, ''सर जी, टी का मतलब बता सकते हो?''

चेतन के चुप रहने पर वो ख़ुद-ब-ख़ुद बोल पड़ा है, ''टी यानी टी... ई... ए...! टी यानी टेस्टी। ई यानी इनरजेटिक। एक यानी एलर्टनेस!''

उसने चाय का बड़ा-सा घूँट भरा है। बड़ी-सी दीर्घकालिक सुड़सुड़।

''यहाँ लोग चाय बहुत पीते हैं।'' चेतन ने कहा।

''क्यों न पिएँ?... चाय पीना भी एक तरह का प्रोटेस्ट होता है मैनेजमेंट के ख़िलाफ़!''

''यह तो मैंने पहली बार सुना है।'' चेतन थोड़ा-सा हँसा। ''यहाँ बहुत सारी बातें आप पहली बार देखेंगे और सुनेंगे।'' सुभाष ने जवाब दिया है।

टेबल-चेयर की बहुत सारी कतारें हैं। एक कतार की तीसरी चेयर पर साँवले रंग की एक लड़की टाइप राइटर में पेपर चढ़ा रही है। वो बहुत देर से कोशिश कर रही है। वो पेपर चढ़ाती है। रोलर घुमाती है। पेपर स्लिप हो जाता है। कभी पेपर ठीक से फिट होने लगता है तो कार्बन बाहर निकल आता है।

वो कोशिश कर रही है। परेशान हो चुकी है। उसके चेहरे पर झुँझलाहट है। वो जैसे लड़ रही हो—टाइप-राइटर से और पेपर से। वो मन-ही-मन दफ़्तर के

धृतराष्ट्री माहौल से भी लड़ रही है। कह किसी को कुछ नहीं रही। महसूस ज़रूर कर रही है।

यह दफ़्तर अजीब किस्म का तमाशाघर है। जहाँ किसी का हल्कान होना, मज़ेदार 'इवेंट' हो सकता है। तमाशबीन अपनी-अपनी जगह पर बैठे, इस दृश्य का लुत्फ़ उठा रहे हैं। वो सब देखते हैं। ऐसे देखते हैं जैसे कुछ देखा न हो। कितनी निस्संग है उनकी मासूमियत! कितना हिंसक है दफ़्तर का माहौल, जहाँ एक साँवली लड़की की पीड़ा एक 'दृश्य' बन गयी है।

लड़की का रंगरूप सामान्य है। उसके कपड़े भी साधारण हैं। लेकिन उसमें एक चीज़ असाधारण है। वो है उसका आत्मसम्मान! वो पेपर चढ़ाते-चढ़ाते रुआँसी हो चुकी है। लेकिन वो 'हेल्प' के लिए किसी के पास भी नहीं गयी।

तमाशाघर जैसे कोई एक्वेरियम है, उसमें मरी हुई मछलियाँ तैर रही हैं।

चिल्लर वाले ने उस लड़की को देखते हुए, क्रूरता से मुस्कराते हुए चेतन से कहा है, "गुरु, ये लड़की शाम तक टाइप राइटर में पेपर चढ़ा जाय तो मान जाऊँ।"

चेतन ने चिल्लर वाले की बात सुनी है। और एक ही पल में वो उठ खड़ा हुआ है। लड़की के पास जाकर बड़ी शिष्ट भाषा में कहा है उसने, "मैडम, लाइए मैं पेपर चढ़ा देता हूँ।... आपके टाइप राइटर का रोलर लूज़ है शायद।"

लड़की ने ज़रा-सा चेतन को देखा है। थोड़ी-सी नम आँखों के साथ। आभार व्यक्त करनेवाली नज़र से। वो अपनी सीट से उठ खड़ी हुई है। चेतन बैठ गया है। 'दृश्य' बदल गया है। हॉल में तमाशबीनों की रंगत बदल गयी है। उनकी आवाज़ों के चेहरे भी बदल गये हैं।

चेतन टाइप करना तो जानता था। इतने सालों में वो टाइप राइटर में आयी छोटी-मोटी ख़राबी को भी ठीक कर लेता था। उसने रोलर खोला। टाइप राइटर से नीचे उतारा। दोनों तरफ़ के 'ग्रिप' फिर से ठीक किये। फिर टाइप राइटर पर रोलर चढ़ाया। अडजस्ट किया। फिर नये पेपर, कार्बन समेत चढ़ाकर, रोलर को दो-चार बार घुमाकर देखा। रोलर ठीक हो गया था। अब न पेपर स्लिप होते थे न कार्बन बाहर निकलता था।

चेतन उठा। लड़की ने थैंक्स कहा। लड़की के स्वर में उत्साह की छोटी-सी दुनिया बस गयी हो जैसे। लड़की बैठ गयी थी। उसने टाइप करके देखा। ठीक टाइप हो रहा था। "नाऊ इट इज़ ओके।" लड़की ने कहा। मुस्कराने की कोशिश की। चेतन भी ज़रा-सा मुस्कराया। लौट आया। वहीं जा बैठा। जहाँ वो सुबह से बैठा था।

तीसरी क़तार में बैठे एक कलीग ने उसे इशारे से बुलाया। साथ पड़ी ख़ाली कुर्सी पर बैठने का संकेत किया। तल्ख़ी से देखते हुए पूछा, "लड़की के टाइप

राइटर का रोलर आपने ठीक किया?"

"जी।" चेतन ने कहा।

"क्यों?" कलीग ने पूछा। लहज़ा सख़्त था उसका।

"वो बेचारी पेपर नहीं चढ़ा पा रही थी।" चेतन ने सफाई देने की कोशिश की।

"हमदर्दी पैदा हो रही है क्या?... लिसन, ऐसा यहाँ नहीं चलेगा। और हमदर्द दवाख़ाना बनने की भी कोई ज़रूरत नहीं!" वो बोला। उसके गले से आवाज़ निकली डकार की आवाज़। डकारने की आवाज़ के साथ-साथ वो उसी लहज़े में बोलता चला गया—"जय बजरंग बली। तोड़ दुश्मन की नली।..."

चेतन ने उसे देखा। गहरी साँस ली।

चेतन को हिदायत देने और डकारने के बाद वो फिर बोला, "यू नो?... यह रोलर हमने लूज़ किया था।"

"आपने?" चेतन ने हैरान होकर पूछा।

"हाँ हमने।" वो हेकड़ी के साथ बोला।

"लेकिन क्यों?" चेतन का प्रश्न स्वाभाविक था।

"ताकि वो हमारे प्रेशर में रहे।" उसने कहा।

चेतन को लगा छोटी-से छोटी सीट पर बैठा पुरुष भी किस हद तक फ्यूडल हो सकता है।

चेतन वहाँ से उठ आया। फिर उसी बिना हत्थीवाली कुर्सी पर आ बैठा।

स्त्रियाँ कुछ देर तक अपनी-अपनी सीट पर बैठी रही थीं। बेमन से काम करती रही थीं। जैसे काम कर न रही हों, निपटा रही हों। वो काम निपटातीं। उठ खड़ी होतीं। किसी दूसरी स्त्री की टेबल के पास, जहाँ पहले कोई स्त्री खड़ी होती, वहाँ जा खड़ी होतीं। वो टी.वी. सीरियलों पर गम्भीर किस्म की बहस करने लगतीं। सीरियल में किसी स्त्री पात्र की बिन्दी या साड़ी को लेकर चर्चा का विषय बदल जाता। सीरियल में करवाचौथ मनाती स्त्री पात्र उनका रोल मॉडल बन जाती। स्त्री पात्र की साड़ी और बिन्दी और झुमके और पेंडेंट और हाथ और उँगलियाँ और उँगलियों में डायमंड रिंग और बाँहों में कड़े... गोल्डन और उस पर रोडियम की पालिश...। स्त्रियों के पास बहुत सारी बातें थीं। इतनी सारी बातें कि बातें ख़त्म ही नहीं होती थीं। प्रत्येक स्त्री चाहती कि वो ज़्यादा-से-ज़्यादा बोले। ज़्यादा बोलनेवाली स्त्री ज़्यादा स्मार्ट समझी जाती थी। जो चुप रहती उसे अन्य स्त्रियाँ 'आर्डनेरी स्टफ्फ' समझने लगतीं। चुनाँचे, सब बोलतीं। ऐसा लगता, ये तमाम स्त्रियाँ, दफ़्तर में नहीं, किसी किट्टी पार्टी में आयीं हैं।

कोई स्त्री ढीली-ढाली बैठी होती तो कोई दूसरी अनुभवी, स्त्री उसके कान के

पास जाकर पूछती, "पीरियड!" वो हाँ में सिर हिलाती।

स्त्रियों की अपनी दुनिया थी। पुरुषों से भिन्न। जितनी खुली हुई दुनिया उतनी रहस्यमयी। उतनी अजनबी। उतनी तहों में लिपटी।

आदमी काम पर हैं। सब व्यस्त हैं। एक प्रचलित-सा स्लोगन—लुक बिज़ी, डू नथिंग। वही स्लोगन, किसी 'लाइव' प्रोग्राम की तरह विज़ुअलाइज़ हो रहा है। कुछ लोग काम कर भी रहे हैं। काम करनेवाले और काम न करनेवालों के चेहरों पर अलग-अलग तरह के भाव हैं। इस भाव को महसूस किया जा सकता है। बेशक, बहुत सारे लोग किसी स्वचालित मशीन की तरह काम में जुटे हैं। वो मनुष्य नहीं, मशीनी पुर्ज़े नज़र आते हैं। जैसे जीवन एक कारख़ाना हो और उस कारख़ाने में किसी चिमनी की तरह धुआँ उगलते हुए लोग!

हॉल में, जहाँ कहीं ख़ाली स्पेस था, वहाँ पौधे रख दिये गये हैं। हरे पत्तोंवाले पौधे देखने में ख़ूबसूरत लगते हैं। चेतन इन पौधों को कई बार देख चुका है। टाइप राइटरवाली साँवली लड़की ने बताया है कि ये सब सिंथैटिक हैं।

"जैसे कि यहाँ लोग।" चेतन थोड़ा-सा हँसा है और साँवली लड़की भी।

"लेकिन सिंथैटिक पौधे लगाने की क्या ज़रूरत थी?" चेतन ने हैरान होकर पूछा है।

"सर, कई फ़ायदे हैं। कभी सूखते नहीं। खाद पानी की ज़रूरत नहीं पड़ती। सर, एक बड़ी बात ये है कि इनकी जड़ें नहीं होतीं।" जड़ शब्द पर साँवली लड़की थोड़ा-सा ठिठकी है।

चेतन उसे देखता रहा है। वो लड़की पहली बार बोली है। कितना अच्छा बोलती है वो। कम बोलनेवाले, शायद अच्छा बोलते हैं।

"दूसरी बड़ी बात कौन-सी है?" चेतन को अचानक याद आया है। यूँ भी वो चाहता है कि साँवली लड़की बोलती रहे।

"सर, दूसरी बड़ी बात! सिंथैटिक पौधे मौसमों से निरपेक्ष होते हैं।" साँवली लड़की ने पते की बात कही है।

चेतन हैरान होकर उसे देख रहा है। हॉल में बैठे बहुत सारे लोग इन दोनों को देख रहे हैं। तमाशाघर हरकत में आ गया हो जैसे।

ऑफ़िसर केबिनों में हैं। केबिन खुलते हैं। बन्द हो जाते हैं। खुलने और बन्द होने के बीच डोर क्लोज़रों की भूमिका अहम होती है। डोर क्लोज़र को बताया गया है कि वो दरवाज़ा खुलने के बाद, फ़ौरन दरवाज़ा बन्द करें। उसका यही किरदार है। वो अपने किरदार को बड़ी चुस्ती से निभाता है। दरवाज़ा खुलता है। फ़ौरन बन्द हो जाता है।

बन्द केबिन में तीन महिला-अधिकारी बैठी हैं। वो किसी-किसी वक़्त

निकलती हैं। ज़्यादा वक़्त केबिन के अन्दर रहती हैं। केबिन में एसी है। बाहर कूलर। एसी वातावरण को अनुकूलित बनाए रखता है। तीनों महिला-अधिकारियों के चेहरे शानदार हैं। पसीने की एक बूँद कभी न ठहरी हो जैसे।

डोर क्लोज़र, केबिन के अन्दर और केबिन के बाहर के मौसम में फ़र्क बनाए रखने का मुकम्मल उपकरण है।... उपकरण नहीं हथियार!

चेतन ने पहले इस तरह डोर क्लोज़र को गहराई से नहीं देखा था। आज देखा है। कई बार। दरवाज़ा खुलने के बाद बन्द हो जाना—डोर क्लोज़र की अदाकारी है। डोर क्लोज़र, दफ़्तरों में कितना महत्त्वपूर्ण होता है, चेतन को आज पता चला है।

तीनों महिला अधिकारी केबिन में बन्द हैं। ऐसा लगता है, वो अपने आपमें बन्द हैं। हर शख़्स को चाहिए कि वो अपने आपको खोलकर पढ़ता रहे। वो अपने आपको खोलकर नहीं पढ़तीं। वो इतनी आत्ममुग्ध हैं कि अपने से बाहर निकलना उन्हें शायद आता ही नहीं। केबिन के भीतर एसी है। वो एसी वाले केबन में इतना ज़्यादा बैठ चुकी हैं कि ख़ुद कंडीशंड हो गयी हैं।

एक बजकर बीस मिनट हुए हैं। लंच डेढ़ बजे होता है। लेकिन बाहर बैठे लोगों को भूख एक बजकर बीस मिनट पर लग गयी है। हॉट केस में से अपने-अपने स्टील के टिफिन निकाले जा रहे हैं। एक शोर-सा है। यह शोर शायद भूख का हो। या फिर यह शोर, भरे हुए पेटवालों का हो, जिन्हें अपने पेट को और ज़्यादा भरना हो।

मेज़ों पर अख़बार बिछ गये हैं। टिफिन रख दिये गये हैं। अभी सबके सब रोटियों पर टूट पड़ेंगे।

सवा दो तक लंच चलता रहा। सब लोग जैसे किसी घंटी बजने की प्रतीक्षा में थे। दीवार पर टँगी घड़ी बोल नहीं सकती थी। वो सिर्फ़ वक़्त का अहसास करा सकती थी। अगर घड़ी की सुइयाँ बोल सकतीं तो वो ज़रूर कहतीं, ''सवा दो बज चुके हैं... उठो काहिलो। अब काम शुरू करो।''

यही तो अफ़सोस था। घड़ी ने बोलना नहीं सीखा था। उसे टिक-टिक करने के सिवा कुछ आता ही नहीं था।

रिक्रेशन रूम से कई सारे जन बाहर निकले थे। हँसते-खिलखिलाते। चुहल करते। शोर मचाते। उस छोटी-सी भीड़ में स्त्रियाँ भी थीं। तीन स्त्रियाँ। पाँच-छह पुरुष। स्त्रियाँ बॉथरूम की तरफ़ चली गयी थीं।

''क्या स्कोर रहा जगननाथ?'' किसी ने पूछा था।

''गेम तो हार गया पर रीना के हाथ को पाँच बार छुआ।'' जगननाथ का जवाब विचित्र था।

''तू यही गेम तो खेलने गया था बेटे। ये गेम तू जीत गया। अच्छे स्कोर से

जीता।''

इस जुमले पर दोनों ठहाका लगाकर हँसे।

दो बीस पर अगरबत्तियाँ जलानेवाले साहब भी लौट आये। उनका नाम रामलाल था। रामलाल जी कुर्सी को टेक लगाकर, आँखें मूँदकर कहीं गुम हो गये।

पिछली सीट पर बैठा सुभाष अरोड़ा कुछ मसखरे किस्म का असिस्टेंट था। वो अपने साथ बैठे कलीग से बोला, ''बिट्टू, देख के आ। कहीं रामलाल चाचा जी हमेशा के लिए ऊपर तो नहीं चले गये?''

आसपास बैठे सब हँस पड़े। रामलाल जी ने आँखें खोलीं। हँसी की बची खुची किरचें अब भी गिर रही थीं।

रामलाल जी को अच्छा नहीं लगा था। उनकी नींद उखड़ गयी थी। नींद का उखड़ना उन्हें ऐसे लगा जैसे उनका कोई नाख़ून उखड़ गया हो।

अब वो टेबल पर कोहनियाँ टिकाकर बैठ गये थे। चेतन को उन्होंने पहले भी देखा था। अब भी देख रहे थे। उन्होंने इशारा किया। वो चेतन को बुला रहे थे। वो ऐसे इशारा कर रहे थे जैसे उँगलियों की एक्सरसाइज़ कर रहे हों। चेतन बहुत देर में समझा।

चेतन उठा। उठकर उनके सामने जा खड़ा हुआ। उन्होंने ख़ाली पड़ी कुर्सी की तरफ़ इशारा करते हुए कहा, ''बैठ जाइए।''

चेतन अकबकाया। बैठ जाइए का अर्थ न समझ पा रहा हो जैसे। चेतन के मन में एक कशमकश-सी थी कि आख़िर इस लहीम-शहीम बुजुर्ग ने उसे क्यों बुलाया होगा?

चेतन बैठ गया।

''यहाँ ज्वाइन किया है आपने?'' उन्होंने पूछा।

''जी।'' चेतन ने कहा। इससे छोटा जवाब उसके पास शायद था ही नहीं। होता तो उससे काम चलाता।

''यहाँ तो स्टॉफ पहले से सरप्लस है।'' वो बोले।

''हर जगह सरप्लस है।'' चेतन लापरवाही से बोला। रामलाल जी थोड़ा चौंक गये।

''मैं आपको सरप्लस नज़र आता हूँ?'' उन्होंने पूछा।

''नहीं सर। आप तो इस ऑफ़िस की बैकबोन नज़र आते हैं।'' चेतन ने पिंड छुड़ाया।

''वैरीगुड। वैरी गुड जजमेंट।... लेकिन एक बात बताओ... आपने कैसे आब्ज़र्व किया कि... आई एम द बैक बोन ऑफ दिस ऑफ़िस?''

''सीधी-सी बात है।'' चेतन के अन्दर खिलन्दरापन जाग उठा।

"क्या?" रामलाल जी उत्सुक हो उठे।

"सर, इस दफ़्तर में और कोई अगरबत्ती जलाता है?"

"नहीं।" वो बोले।

"आप जलाते हैं। एक अगरबत्ती अपनी टेबल के पास, दूसरी सीनियर डिविजनल मैनेजर के चैम्बर में।"

"तो?" उनमें संशय पैदा हुआ। उन्हें लगा कि यह नौजवान जिसने ऑफ़िस में अभी विधिवत् ज्वाइन ही नहीं किया, उनकी खिंचाई कर रहा है।

चेतन को भी लगा कि यहाँ कोई दोस्त बने या न बने, दुश्मन तो कई सारे बन जाएँगे।

"ख़ुशबू फैलानेवाले मामूली लोग नहीं होते।" चेतन ने कहा। यह एक सियासी तीर था जो माकूल जगह लगा। बात बिगड़ते सँभल गयी।

"तो कौन होते हैं?" रामलाल जी अपने बारे में कुछ अच्छा सुनना चाहते थे। उन्होंने मेज़ पर कोहनियाँ टिकायीं। थोड़ा नज़दीक हो गये।

"वो बैकबोन होते हैं।... सर, इसलिए मैंने कहा था कि...।" चेतन अभी अपना वाक्य पूरा करता कि उन्होंने आधे बोले गये वाक्य को बीच में झपट लिया।

"... आई एम दि बैकबोन ऑफ दिस ऑफ़िस।" उन्होंने कहा। मुस्कराये।

चेतन भी मुस्कराया।

फिर उन्होंने छोटा-सा व्याख्यान अगरबत्ती पर दिया। उन्होंने कहा कि "बत्तियाँ कई तरह की होती हैं। लेकिन अगरबत्ती का अपना महत्त्व है। कम जगह घेरती है दीवार, खिड़की, अलमारी, दराज़... कहीं भी टाँग दो। हर कहीं टँगी रहेगी। हर जगह ख़ुशबू देगी। कछुआ छाप अगरबत्ती से मच्छर भागे या न भागे, इस अगरबत्ती की ख़ुशबू से देवता खिंचे चले आते हैं। इसलिए एक अगरबत्ती रोज़ जलानी चाहिए।"

"सर, हमारे तो देवता भी तैंतीस करोड़ हैं... किस-किस के लिए अगरबत्ती जलाएँ?" चेतन ने जानबूझकर गम्भीर चेहरा बनाया।

"बात तो आपकी ठीक है। लेकिन एक राज़ की बात बताऊँ?" वो मेज़ पर कोहनियाँ टिकाकर थोड़ा 'क्लोज़' हो गये।

"क्या?" चेतन ने भी रहस्य को टूटने नहीं दिया।

"सारे देवता यही समझेंगे कि हमने अगरबत्ती उनके लिए जलायी है।" रामलाल जी ने बड़े राज़ की बात बताई। थोड़ा-सा मुस्कराये। गर्व से भर उठे।

"यू आर रियली जीनियस।... रियली!... सारे देवताओं को आपने इस एक पतली-सी अगरबत्ती से अपने कब्ज़े में कर लिया।" चेतन ने संजीदगी बरकरार रखी। बेशक, मन-ही-मन वो हँस रहा था।

"तैंतीस करोड़ देवी देवता और एक देवता इस दफ़्तर का।"

"कौन?" चेतन ने मासूमियत से पूछा।

"अपना सीनियर डी.एम.!... वो भी ख़ुश रहता है अपन से।" रामलाल जी बोले।

"आप पर सचमुच गर्व किया जा सकता है।" चेतन ने कहा।

"थैंक्यू... थैंक्यू वैरीमच।" वो बोले। उन्होंने बात बदलते हुए कहा, "मैं आपके लिए चाय मँगवाता लेकिन नौजवानों को चाय बिलकुल नहीं पीनी चाहिए।"

"क्यों सर?" चकरा गया चेतन।

"चाय से वीर्य पतला होता है।" उन्होंने कहा। चेतन को असली चक्कर अब आया। वो रामलाल जी का चेहरा देखता रह गया। रामलाल जी ऐसी ज्ञानवर्धक बात सुनाकर ख़ुश नज़र आ रहे थे।

"मैं चलता हूँ सर।" चेतन ने कहा।

"बैठे रहो। वहाँ गेट के पास बैठने से अच्छा है यहाँ बैठो। अभी तो बहुत सारी बातें करनी हैं।" रामलाल जी बोले।

"किससे?" चेतन ने पूछा।

"आपसे और किससे।" रामलाल जी लापरवाह अन्दाज़ में बोले।

"कैसी बातें?" चेतन झुंझलाकर बोला।

"ज्ञान की बातें।" वो बोले। फिर उन्होंने दराज़ खोला। मेज़ पर एक सफ़ेद काग़ज़ बिछाकर एक डिब्बी खोलकर, चम्मच से गहरे रंग का कोई पदार्थ रखते हुए बोले, "घर का बना च्यवनप्राश है... खाइए।"

चेतन हतप्रभ-सा देखता रहा।

सफ़ेद काग़ज़ पर च्यवनप्राश रखा था। टेबल से कुछ दूर एक स्टेटमेंट रखी थी। उससे कुछ दूर कुछ फाइलें। वो न फाइलों को देख रहे थे न स्टेटमेंट को। उनका सारा ध्यान सफ़ेद काग़ज़ पर रखे च्यवनप्राश पर था जिसे चेतन अब भी अजीब नज़रों से देख रहा था।

"खाइए... आपके लिए निकाला है।" उन्होंने कहा।

चेतन ने संकोचवश ज़रा-सा च्यवनप्राश उँगली के पोर पर रखा। सफ़ेद काग़ज़ से उँगली की यात्रा का आरम्भ हो चुका था। इस बीच वो द्वन्द्वग्रस्त रहा कि इस काले रंग की 'बला' को खाए या न खाए। दफ़्तरों में उसने बहुत कुछ खाया था। च्यवनप्राश पहली बार खा रहा था। सबसे बड़ी बात यह थी कि यह घर का बना च्यवनप्राश था।

चेतन च्यवनप्राश चख चुका था। और रामलाल जी आँखें मूँदकर अन्तर्ध्यान हो गये थे। चेतन को ऐसे लगा जैसे मेज़ पर च्यवनप्राश और स्टेटमेंट रखकर वो कहीं

देवलोक में चले गये हैं।

कुछ देर बाद उन्होंने आँखें खोलीं। कुछ बुदबुदाए। बोले, "यह एक मन्त्र है। मैंने अपने गुरुजी से लिया है। किसी को बता नहीं सकता।"

चेतन सोच में डूब गया—मन्त्र है या सीक्रेट कोड!

"सर, आप इस मन्त्र का कितनी बार जाप करते हैं?"

"गुड क्वेश्चन!" उन्हें यह सवाल अच्छा लगा। उनका चेहरा पहले से ज़्यादा सख़्त पहले से ज़्यादा गम्भीर हो गया। वो बोले, "मन्त्र को जितना ज़्यादा बोलो, उतनी ज़्यादा शक्ति हासिल होती है। प्रेत छायाएँ दूर रहती हैं।"

"सर, आप भूतों में विश्वास रखते हैं?" चेतन फिर मसखरी पर उतर आया। ये और बात कि उसने अपने मसखरेपन को छुपाये रखा।

"क्यों नहीं करता विश्वास! संसार में जिन चीज़ों के नाम हैं। वो किसी-न-किसी रूप में विद्यमान हैं। एक भूत तो मुझसे टकरा गया था।" वो बोले। भूत से टकराने की बात को उन्होंने बड़े दमदार लहज़े में कहा।

"आपसे?" चेतन ने हैरान होकर पूछा।

"मुझसे।... इस रामलाल से।" वो दृढ़ता से बोले।

"फिर?" चेतन ने चकित होकर पूछा।

"फिर क्या? मैंने गुरुजी का मन्त्र मन-ही-मन दोहराया। भूत ग़ायब!"

चेतन को लगा वो किसी रहस्यमयी गुफा में चला आया है।

इससे पहले कि चेतन उठता, उन्होंने एक पते की बात बताई, "मेरा तीस साल का तजरबा है। दफ़्तरी तजरबे में आप बच्चे हो। मैंने जितनी कैजुअल लीव ली हैं... आपकी उतनी सर्विस होगी।"

"जी मैं कुछ समझा नहीं।" चेतन बोला।

"मैं समझा ही तो रहा हूँ आपको। एक ज़ीरो पॉवर का चश्मा बनवा लो।" उन्होंने अपने तजरबे को बयान किया।

"किसलिए?"

"हथियार के लिए।... मूड हो तो काम करो। मूड न हो तो ज़ीरो पॉवर का चश्मा कहीं छुपाकर रख दो। कहो कि चश्मा घर रह गया। कहो कि बिना चश्मे के कुछ भी पढ़-लिख नहीं सकता।... काम रुकेगा। जो क्लर्क काम को... अर्जेंट काम को रोक लेता है ऑफ़िसर उसकी रिस्पेक्ट करते हैं।" रामलाल जी ने सचमुच बड़े राज़ की बात बताई। ऐसे राज़ को चेतन, रामलाल जी की डस्टबिन में डालकर उठ आया।

चेतन फिर अपनी उसी सीट पर आकर बैठ गया। वही, बिना हत्थीवाली कुर्सी। चेतन को अहसास हुआ कि ख़ाली बैठा आदमी सबसे ज़्यादा थकता है।

ख़ालीपन और कुछ नहीं करता। बार-बार अपने से टकराता है। पहचान पूछता है। ख़ाली आदमी के साथ दिक्कत यह होती है कि वो होने के बावजूद कहीं नहीं होता। वो होता है, लेकिन अपनी आधी-अधूरी, कटी-फटी पहचान के साथ। ऐसी पहचान का होना, पहचान के न होने से ज़्यादा ख़राब होता है। ऐसी पहचान इतनी अनाथ होती है कि उसे दिखाया नहीं जा सकता।

ख़ालीपन का सबसे बड़ा नुकसान यह था कि उसने चेतन की पहचान छीन ली थी। उसे ख़ाली कर दिया था। उसकी चेतना पर भारी पत्थर रख दिये थे। चेतन, इन्हीं तक़लीफ़ों के तलघर में बैठा था। द्वन्द्वग्रस्त। सोचता हुआ। प्रश्नाकुल। देखता हुआ। देखता हुआ और अन्य लोगों की दृष्टियों से छुपता हुआ।

चेतन सोच रहा था—हाथ हैं तो काम करने के लिए हैं। काम करता हुआ मनुष्य, अपने हाथों की तरफ़ ध्यान नहीं देता। लेकिन काम न करते हुए मनुष्य के ख़ाली हाथ, बार-बार सवाल करते हैं। हाथों के पास ज़ुबान नहीं। भाषा भी नहीं। वो संसार की तमाम भाषाओं से बाहर निकलकर, प्रश्न करते नज़र आते हैं। प्रश्नकर्ता के लिए क्या सचमुच किसी भाषा की ज़रूरत होती है?

चेतन बिना हत्थीवाली कुर्सी को देखता है। ख़ाली आदमी भी बिना हत्थीवाली कुर्सी की तरह हो जाता है। कोई अदृश्य शक्ति उसके हाथों को छीन लेती है।

वो घड़ी को देख रहा है। घड़ी की सुइयाँ भाग रही हैं। उसके अन्दर का वक़्त रुका हुआ है।

वो जैसे मनुष्य न हो, आइस क्यूब हो। सिस्टम उसे फ्रीज़र में रखता है। वो जम जाता है तो सिस्टम उसे धूप में रख देता है। किसी का धीरे-धीरे गलना, सिस्टम के लिए शगल होता है।

इसी वक़्त एक महिला हॉल में प्रविष्ट हुई है। हॉल के अन्दर जो बड़ी-सी मेज़ है जिस पर फोन रखे हैं, साइड केबिनेट और रैक रखा है, उसी मेज़ पर उसने अपना हैंडबैग रख दिया है। गहरी साँस ली है। गर्मी है। तपिश है। उसने थकान के बाद राहत की साँस ली हो जैसे। एक-दो पल के लिए रुकी रही है। बैठी नहीं। खड़े-खड़े उसने बड़ी-सी मेज़ का दराज़ खोला है। डस्टर निकालकर मेज़ साफ़ की है। फिर डस्टर को रख दिया है। अचानक उसे कुछ ध्यान आया है। उसने धूप का चश्मा उतारकर मेज़ की दराज़ में रखा है। दराज़ में से शीशे का गिलास निकालकर वो पानी पीने के लिए वाटर कूलर की तरफ़ रवाना हुई है। उसने ज़रा-सा चेतन को देखा है। वापस आते हुए वो रुकी है। वो पानी पीकर आयी है। ख़ाली गिलास उसके हाथ में है। वो चाहती तो किसी 'सब स्टॉफ' को पानी के लिए कह

सकती थी। कुछ लोगों के अन्दर 'गाँधी' किसी-न-किसी रूप में मौजूद होता है।

"आप मिस्टर चेतन हैं?" उसने पूछा है।

"जी।" चेतन उठ खड़ा हुआ है।

"आप यहाँ?" उसने अटकते हुए सवाल किया है।

"अभी सीट मिली नहीं।" चेतन ने कहा है।

"ओह, आई एम सॉरी।" उसने खेद व्यक्त किया है। पता नहीं अपनी तरफ़ से या फिर ऑफ़िस की तरफ़ से।

"कोई बात नहीं।" चेतन ने मुस्कराने की कोशिश की है।

"बात है मिस्टर चेतन। आपने ज्वाइनिंग दे दी है और हम आपको आउट साइडर बनाए रखें।" वो शिष्टाचार जानती है और संवेदना भी।

चेतन चुप खड़ा रहा है। उसे थोड़ा-सा देखा है चेतन ने। सुन्दर है वो। उसकी आँखें गहरी, काली कुछ देखती हुई तो कुछ सोचती हुई। उसका माथा, उसके बाल, उसका चेहरा, उसकी गर्दन... चेतन ने किसी स्त्री को इस रूप में पहली बार देखा है। चेतन का मन करता है उसे बार-बार देखता रहे।

"मैं अभी आपकी सीट का अरेंजमेंट करती हूँ।" उसने कहा है।

"कोई बात नहीं। आप अभी-अभी आयी हैं। गर्मी है। मेरी सीट की चिन्ता न करें।" चेतन ने कहा।

"ठीक है। ऐसा करते हैं, आप मेरी टेबल के पास चलकर बैठिए। चाय पीते हैं। फिर सीट का अरेंजमेंट।... ओके। प्लीज़ कम।" महिला अधिकारी बड़ी शालीनता से बोली है।

"आप चाय पीजिए मैडम, मैं यहाँ ठीक हूँ।" चेतन ने कहा।

"मेरा नाम शुभ है... शुभ अग्निहोत्री। आप मुझे नाम से भी बुला सकते हैं। ऐनी हाऊ। आप यहाँ नहीं बैठेंगे।"

चेतन ने ज़रा-सा शुभ अग्निहोत्री की तरफ़ देखा है। उसे लगा है वो दफ़्तर में पहली बार किसी अच्छी शख़्सियत से मिला है।

उसने बैग उठाया। बिना हत्थीवाली कुर्सी को दीवार के पास रखा। शुभ अग्निहोत्री, जो इस ऑफ़िस की सबसे जूनियर लेकिन दृष्टि सम्पन्न और संवेदनशील ऑफ़िसर है, उसकी टेबल के पास रखी कुर्सी पर बैठ गया।

चाय पीते हुए शुभ अग्निहोत्री ने दो-तीन बार फोन सुने। ज़रा-ज़रा-सा चेतन को देखा। ज़रा-ज़रा-सी मुस्करायी। मन-ही-मन वो ख़ाली टेबल-चेयर के बारे में सोचती रही।

चाय पी चुकने के बाद शुभ अग्निहोत्री ने कहा, "मिस्टर चेतन, तीसरी टेबल आपके लिए है।"

"लेकिन यह तो सुबह से ख़ाली थी।" चेतन थोड़ा झुँझलाकर बोला।

"उसके लिए मैं सॉरी फ़ील कर चुकी हूँ।" शुभ अग्निहोत्री ने कहा।

"आपने तो सीट का अरेंजमेंट किया है।... आप क्यों सॉरी फ़ील करें?" चेतन ने प्रश्न किया।

"क्या हर जगह हमें कैलकुलेटिव होना चाहिए?" शुभ अग्निहोत्री ने प्रतिप्रश्न किया।

"नहीं, कैलकुलेटिव होना मुझे भी पसन्द नहीं। लेकिन आप मेरे प्रश्न की औक़ात को ख़त्म मत करें प्लीज़।" चेतन ने कहा।

"आपके साथ काम करना मज़ेदार होगा।" शुभ अग्निहोत्री ज़रा-सा हँसी। फिर बोली, "अभी आपको काम नहीं दूँगी। अभी आप मैनुअल पढ़ते रहें... मोटर या मिसलेनियस।"

"मैनुअल पढ़ना बहुत बोरिंग होता है।" चेतन ने कहा।

"डेफिनेटली। लेकिन हमें पढ़ना पढ़ता है।" शुभ ने कहा।

"मैं भी पढूँगा। लेकिन आज नहीं।" चेतन बोला।

"आज क्या पढ़ेंगे?"

"आज.. आज मैं अपने आपको पढूँगा।"

"दिनभर भी तो अपने आपको पढ़ते रहे होंगे।"

"दिनभर द्वन्द्वग्रस्त रहा।"

"ऐसा क्यों?"

"मैं बिना हत्थीवाली कुर्सी पर बैठा तमाम दिन अपने ख़ालीपन से टकराता रहा।"

"ओह!"

"अब मैं अच्छा महसूस कर रहा हूँ।" चेतन हँसा।

"थैंक्स।" शुभ अग्निहोत्री मुस्करायी।

उसका नाम शुभ है... शुभ अग्निहोत्री!... वो सचमुच शुभ है। सिर्फ़ नाम नहीं, उसका होना भी शुभ है। चेतन के लिए तो वो किसी शुभकामना की तरह आयी है। अभी... सिर्फ़ अभी चेतन को महसूस हुआ है कि उसकी खोज ख़बर लेनेवाला भी कोई है। बिना हत्थीवाली कुर्सी पर बैठे-बैठे वो कितना उकता गया था। थक भी गया था। जैसे तमाम दिन वो पहाड़े बोलता रहा हो—बेमक़सद!...

शुभ अग्निहोत्री का आना जैसे बन्द कमरे में धूप की किरण का आ जाना हो। एक ख़ुशगवार उपस्थिति। कुछ लोग इस तरह आते हैं जैसे अपने साथ ज़िन्दगी का संगीत लेकर चले आये हों। वो आते हैं तो लगता है जैसे कोई आकाशगंगा, उनकी उँगली पकड़कर साथ-साथ चली आयी हो।

शुभ अग्निहोत्री की आमद इसी तरह हुई है। वो कई लोगों तक गयी है। मुस्कराते हुए मिली है सबसे। उसके आने के बाद, दफ़्तर की मनहूसियत ख़त्म बेशक न हुई हो, कम ज़रूर हो गयी है। उसमें कशिश है। वो अपने बाहरीपन से ही नहीं, भीतर के संसार से भी अच्छी लगती है।

हॉल का चक्कर लगाते हुए वो फिर चेतन के पास आयी है। खड़ी हुई है। मुस्करायी है। उसका मुस्कराना टेनिसन की कविता जैसा है, 'यूअर स्माइल इज़ कैपिटल।'

"तो मिस्टर चेतन, अपने आपको पढ़ चुके?" उसने सहज भाव से पूछा है।

"अपने आपको पढ़ने के लिए कुछ मिनट या कुछ घंटे नहीं, एक उम्र की ज़रूरत होती है!" चेतन ने कहा है।

"हम एक उम्र लेकर ही तो आते हैं।" शुभ ने कहा है।

"लेकिन हम उसे दूसरों की जाँच-परख में खपा देते हैं।" चेतन ने मुस्करा कर अपनी बात कही है।

"फैंटेस्टिक!... आपके साथ बातें करना दिलचस्प होगा।" शुभ अग्निहोत्री ने प्रशंसा भरी दृष्टि से कहा है। फिर वो अपनी सीट की तरफ़ चली गयी है।

चेतन ने अपने बैग में से नोटबुक निकालकर लिखा है—एक दिलचस्प दिन!

पैंतीस साल गुज़र चुके हैं... पूरे पैंतीस साल! जैसे एक युग बीत गया हो। दीवारों ने पैंतीस कलेंडर उतार कर फेंक दिये। दरख़्तों ने पैंतीस बार अपने जिस्म से पत्ते गिराये और चेतन ने लम्हों के बहते समन्दर को देखा। सैकड़ों बार ट्रेन का पास बनवाया। हज़ारों बार बसों की टिकटें लीं। कितने सारे दफ़्तर बदले। कितनी सारी मेज़-कुर्सियाँ बदलीं। कितनी बार ऐनक के नम्बर बदले और कितनी बार ऐनकें बदलीं।

इन पैंतीस सालों में सिर्फ़ चश्मे का नम्बर ही नहीं बदला और भी बहुत कुछ बदला है। बहुत कुछ। या सब कुछ। न वक़्त पहले जैसा रहा है न लोग! ऐसा लगता है चेतन के हाथ में पैंतीस साल नहीं थे कोई ज़िन्दा मछली थी। हाथ से फिसल गयी। बाक़ी?... बाक़ी ख़ाली मुट्ठी या फिर स्मृतियों के बेशुमार रेंगते हुए साये।

अब चेतन नौजवान चेतन नहीं रहा। अधेड़... नहीं, अधेड़ भी नहीं, कोई बूढ़ा शख़्स हो गया है। चेतनदास नाम का यह शख़्स एक उम्र गुज़ार आया है। पलटकर देखता है तो ग़र्द उड़ाती यादों के सिवा और कुछ भी नहीं होता।

पहले एक नौजवान था—चेतन! कभी-कभी वो अपना पूरा नाम बताता—चेतन कपूर!... और अब चेतनदास! एक खिलन्दड़ा-सा चेतन, धीरे-धीरे संजीदा-सा चेतनदास बनता चला गया।... हर साल उम्र में इज़ाफ़ा। हर साल। हर साल बालों का कुछ ज़्यादा सफ़ेद हो जाना। हर साल, अपने तीन सौ पैंसठ दिन लेकर रवाना हो जाता। हर साल, चेतन पहले से कुछ ज़्यादा परिपक्व हो जाता।

कितना तेज़ रफ़्तार हो गया है जीवन! कोई भी नहीं रुकना चाहता। सब दौड़ में शामिल हैं। न ख़त्म होने वाली दौड़। सब कुछ फास्टट्रेक!

चेतनदास को अब इज़्ज़त से बुलाया जाने लगा है। सब 'जी' करके बुलाते हैं—चेतनदास जी! उन्हें अच्छा नहीं लगता। इस बनावटी इज़्ज़त ने कैंची का काम किया है। रिश्तों के थान चिरते चले गये हैं।

चेतनदास को लगता है वो ड्राइंगरूम में लटकी किसी घड़ी की तरह हैं, जो चल तो रही है, लेकिन अपनी आवाज़, दो दशक पहले कहीं गुम कर आयी है।

एक दिन उन्होंने दफ़्तर में आये किसी नये और युवा कलीग से पूछा था, "के.जी. मार्ग पर खड़े होकर, फ़रवरी-मार्च के महीने में कभी नीम के पत्तों को

गिरते देखा है?"

वो नौजवान चुपचाप खड़ा रहा था। चेतनदास ने फिर सवाल किया था, "किसी गिलहरी को किसी दरख़्त पर चढ़ते-उतरते देखा है?"

"मैं यंग गर्ल्ज़ को देखता हूँ सर! मेरे लिए तो वही गिलहरियाँ हैं।" नौजवान बेलिहाज़ होकर बोला था। फिर जी खोलकर हँस पड़ा था। अकेला वो नहीं। उसके साथ खड़े और भी कई लड़के हँस पड़े थे। ये नये दौर के नौजवान थे जो इंश्योरेंस सेक्टर में 'एप्वायंट' हुए थे। इनकी अपनी जीवन शैली थी। ये नौजवान स्वभाव से अक्खड़, तबीयत से बिन्दास थे। ये लोग शॉर्प थे। ब्लंट थे। एक्टिव और बेफ़िक्र! ये नौजवान, ब्रेक-फ्री जीवन जीना चाहते थे। प्रश्नों के स्पीड ब्रेकर इन्हें उत्तेजित कर देते। और फिर मुठभेड़ पर उतारू हो जाते। रफ़्तार का जो नया दौर शुरू हुआ था, ये उसके पहिए थे। 'बी प्रेक्टिकल'—ये पाठ पता नहीं इन्होंने स्कूलों-कॉलेजों से सीखा था या फिर एक-दूसरे की संगत से।

ज़माना इतनी तेज़ भागने लगा था कि गिलहरियों को, नीम के दरख़्तों से उतरते-चढ़ते देखना वाहियात लगने लगा था। के.जी. मार्ग से चलते हुए एशिया हाउस और उसके बाद बड़ौदा हाउस तक, दरख़्तों के बीच बैठे परिन्दों को चेतनदास देखते रहे। उन्हें अच्छा लगता था देखना। उन्होंने हर साल ला-तैदाद नीम के पत्तों को गिरते देखा। जीवन-मृत्यु का जैसे कोई नाटक देख रहे हों चेतनदास। पत्तों का टूटकर गिरना और किसी महायात्रा के लिए प्रस्थान कर जाना, यही तो जीवन है। एक पत्ता टूटता। दूसरा उसकी जगह लेता।

चेतनदास शाम को छुट्टी के बाद, बैग उठाकर पैदल निकल पड़ते। लोग मिंटो ब्रिज स्टेशन की तरफ़ भाग रहे होते और चेतनदास इंडिया गेट की तरफ़। या फिर अतुल ग्रोव रोड की ख़ामोश सड़क से गुज़रते हुए। उन्हें ऐसा लगता, ख़ामोशी भी एक दरिया है और वो ख़ुद किसी कश्ती की तरह हैं। उन्हें लगता, ख़ामोशी का भी एक संगीत होता है जिसे सुना जा सकता है। गरमियों की शाम और ख़ामोशी और ख़ामोशी का संगीत और एकान्त और एकान्त के साथ-साथ वो। शोर मचाती दिल्ली में एक सड़क इतनी ख़ामोश होती कि चेतनदास चकित रह जाते। उन्हें लगता उनकी पदचाप भी किसी हस्तक्षेप की तरह है। वो दबे पाँव चलते। सृष्टि के अव्यक्त को आत्मसात करते। आँखें मूँद लेते। चलते-चलते रुक-सा जाते। जैसे सृष्टि के सृजन को नमन कर रहे हों। जैसे ख़ामोशी के भजन को सुन रहे हों।

लोग भागकर मिंटो ब्रिज स्टेशन से ट्रेन पकड़ते और चेतनदास तिलक ब्रिज स्टेशन से। दूसरी या फिर तीसरी ट्रेन। इत्मीनान। सन्तोष। धैर्य। सुकून।... उन्होंने समय को जाते देखा और ज़िन्दगी को भी। पीछे नहीं भागे। भागते तो क्या वक़्त पकड़ में आता। कलेंडरों को छुपा लेने से क्या तारीख़ें बदलना बन्द हो जाती हैं?

बाद में सब मंज़र बदलते चले गये। कर्ज़न रोड, के.जी. मार्ग यानी कस्तूरबा गाँधी मार्ग हो गया और हार्डिंग ब्रिज स्टेशन तिलक ब्रिज हो गया। नाम तो मिंटो ब्रिज स्टेशन का भी शिवाजी ब्रिज हो गया लेकिन लोग अपनी सुविधा देखते। उन्हें मिंटो ब्रिज बोलना आसान लगता। इसी दौर में ख़ास तरह की हलचल मची मद्रास होटल बेशक बिक चुका था लेकिन युनाइटेड कॉफी हाउस, होस्ट और वोल्गा जैसे पुराने रेस्तराँ बरकरार थे। यहाँ के ख़ानसामा बेशक बदल गये हों, लेकिन कुछ वेटर बहुत पुराने थे। उनको देखकर ऐसा लगता वो अकेले नहीं, उनके साथ कुछ कदीमी यादें भी हैं। वो मेज़ के पास आकर, बाअदब झुकते। ऑर्डर लेते वक़्त ऐसा लगता जैसे वो बीयर या वोदका का ऑर्डर नहीं ले रहे, आपकी सेहत का भी हालचाल पूछ रहे हैं।

चेतनदास के युवा कलीग्स बहुत सारी जानकारियाँ रखते थे। सूचनाओं का छोटा-सा भंडार, हर किसी के पास था। लेकिन वो गिलहरियों के बारे में कुछ नहीं जानते थे। उन्होंने दरख़्तों से गिरते पत्तों को कभी नहीं देखा था। वो सड़क पर पड़े ज़र्द पत्तों को कूड़ा कहते थे। उन्हें यह भी पता नहीं था कि ख़ामोशी में संगीत होता है। वो आसमान को तब देखते, जब कोई जहाज़ बहुत शोर मचाता हुआ निकल जाता। नयी नस्ल, समन्दर के विराट वैभव को नहीं महसूस करती थी। वो अपने ड्राइंग रूम में एक्वेरियम को देखती और पुलकित होती थी।

लोगों ने समय के मूल्य को जान लिया है। यह भी जान लिया है कि पेड़, पत्ते, फूल, आकाश, पक्षी, हवा, इन सबको देखना, वक़्त की फ़िजूलख़र्ची है। लोग वक़्त के कद्रदाँ हैं। इसलिए समय खा जानेवाली दो चीज़ों से भी गुरेज़ बरतने लगे हैं— दोस्ती और प्रेम!

चेतनदास को याद आता है जब इस जनपथ के दफ़्तर में पहली बार आये थे। बिना हत्थीवाली कुर्सी पर बैठे रहे थे तीन या साढ़े तीन बजे तक। तब आयी थीं शुभ अग्निहोत्री। उन्होंने तत्काल मेज़ कुर्सी का बन्दोबस्त कराया था। संयोग ही था कि चेतन को शुभ का विभाग मिला। कई साल तक एक साथ काम। फाइल ढूँढ़ने से लेकर रजिस्टर में कोई न मिलनेवाली एंट्री की तलाश भी चेतन कर डालता। शुभ कृतज्ञ नज़रों से चेतन को देखती। दोनों एक साथ चाय पीते।

एक दिन शुभ अग्निहोत्री ने चेतन से कहा था, ''परिक्रमा रेस्तराँ में कभी गये हैं आप?''

''नहीं।... क्यों?'' चेतन ने पूछा था। हैरान भी हुआ था।

''आज चलेंगे। हिन्दुस्तान टाइम्स बिल्डिंग के पास मिलना।''

चेतन ने के.जी. मार्ग से गुज़रते हुए परिक्रमा रेस्तराँ कई बार देखा था। सड़क के किनारे खड़े होकर, सर को ख़ूब ऊँचा करता तो परिक्रमा रेस्तराँ नज़र आता।

लेकिन रेस्तराँ में गया वो कभी भी नहीं था। सोचा कई बार था। मध्यमवर्गीय लोग अपनी दो तिहाई उम्र सोचते-सोचते गुज़ार देते हैं। कर कुछ नहीं पाते।

शुभ अग्निहोत्री उसे देखकर मुस्करायी थी। बेशक सुबह, दफ़्तर में भी 'विश' करते हुए वो मुस्करायी थी। लेकिन यह मुस्कान कुछ और तरह की थी—बेबाक और दोस्ताना। जैसे वो उसके लिए मुस्करायी हो।

चेतन एच.टी.... यानी हिन्दुस्तान टाइम्स के पास खड़ा उसका इन्तज़ार कर रहा था। वो वहाँ आयी थी। "चलिए!" उसने ज़रा-सा शब्द बोला। लिफ्टमैन ने बड़े अदब से लिफ़्ट का बटन 'पुश' किया। लिफ़्ट के दरवाज़े खुलते चले गये। लिफ़्ट परिक्रमा तक जाती थी—नॉन स्टॉप चौबीसवीं मंज़िल तक।

परिक्रमा रेस्तराँ दिल्ली का अनोखा रेस्तराँ था। जिसका सरफ़ेस घूमता था। चारों तरफ़ शीशे की बड़ी-बड़ी खिड़कियाँ थीं। आप चाय पीते हुए, स्नैक्स खाते हुए, या फिर बीयर के घूँट भरते हुए दिल्ली को देख सकते थे—हज़ारों मकानों की छतें नज़र आतीं। जामा मस्जिद, रंजीत होटल, नयी दिल्ली स्टेशन के पुल, राष्ट्रपति भवन, इंडिया गेट...।

शुभ अग्निहोत्री ने सूप का ऑर्डर दिया था! सूप को वो बहुत सलीके से पी रही थी। चेतन के मुँह से न चाहते हुए भी कभी-कभी फुर्र-फुर्र जैसी आवाज़ निकल जाती।

"चेतन।" शुभ बोली। यह आवाज़ कोई और आवाज़ थी। आज उसने चेतन से पहले मिस्टर जैसे औपचारिक शब्द का इस्तेमाल भी नहीं किया था।

"जी?" चेतन का चम्मच सूप के बाउल में अटक गया।

"मेरा ट्रांसफर हो रहा है चेतन।" इस बार शुभ के हाथ का चम्मच बाउल में रखा रहा।

"ट्रांसफर?" धक्क-से रह गया चेतन। जैसे चौबीसवीं मंज़िल से फिसलकर नीचे आ गिरा हो।

"ट्रांसफर।" शुभ की आवाज़ में कुछ था। पता नहीं वो क्या था जिसमें मन की ख़ामोशी का अहम किरदार था।

"कहाँ?" एक टूटी हुई-सी आवाज़ निकली थी चेतन के कंठ से।

"हैदराबाद।" शुभ ने कहा।

"बहुत दूर।" चेतन ने दूर शब्द को ऐसे बोला जैसे हज़ारों मील का फ़ासला उस एक शब्द में सिमट आया हो।

"हैदराबाद बहुत दूर है। अगर मेरी ट्रांसफर ग़ाज़ियाबाद हो जाती तो क्या वो आपको दूर न लगता?" शुभ ने कहा। जैसे फ़ासले की तशरीह कर रही हो।

"चेतन, आप मुझसे प्रेम करते थे?" इस सवाल को सुनकर चौंक-सा गया

चेतन। जितनी आसानी से सवाल शुभ ने किया, उसकी कल्पना भी नहीं की थी चेतन ने।

"मैं तो आपसे प्रेम करने लगी थी।" शुभ बोली। जैसे मन के सातों दरवाज़े खोलती चली गयी हो।

चेतन अवाक्-सा उसे देखता रहा।

"प्रेम के कई रूप होते हैं चेतन! एक रूप यह भी था। अगर इस दफ़्तर में हम दोनों एक हज़ार साल तक साथ रहते तो शायद यूँ ही प्रेम करते रहते—एक-दूसरे से... एक-दूसरे को बिना बताए।"

चेतन ने गहरी साँस ली।

"कल से मैं इस दफ़्तर में नहीं आऊँगी चेतन।" शुभ ने कहा। दफ़्तर सम्बन्धी बहुत सारी बातें वो छुपा गयी।

शुभ ने अपनी हथेली चेतन के सामने रखी। बोली, "अपना हाथ रखो चेतन मेरी हथेली पर। हम एक-दूसरे को सबसे क़ीमती तोहफ़ा देकर विदा होंगे। इस स्पर्श को मैं याद रखूँगी... आप भी याद रखना।"

चेतन ने शुभ की हथेली पर अपना हाथ रखा और आँखों में नमी!

वापस आते हुए दोनों चुप रहे। जैसे शब्द, जैसे आवाज़ें, जैसे उत्साह और जैसे ज़िन्दगी की हलचल वहीं कहीं छोड़ आये हों।

हिन्दुस्तान टाइम्स के पास खड़े होकर एक बार शुभ ने चेतन को देखा। फीकी-सी मुस्कान। और सजल-सी आँखें। जैसे सारे शब्द आँखों की नमी ने व्यक्त कर दिये हों।

शुभ अग्निहोत्री चली गयी। कस्तूरबा गाँधी मार्ग के बीचोंबीच डिवाइडर था। वो डिवाइडर के उस पार थी। चेतन डिवाइडर के इस पार था।

चेतनदास गहरी साँस लेते हैं। उन्हें लगता है सड़कों से उठकर, एक अहद डिवाइडर, उनकी ज़िन्दगी में चला आया है। वो इस पार तो बाक़ी सब दूसरी तरफ़! जैसे पूरा ज़माना, अपने ढोल-नगाड़ों के साथ... अपनी नयी छवियों के साथ, अपने नये लहज़े के साथ, अपनी दुरुहता और जटिलता के साथ, अपने भीतर विखंडन और आडम्बर को छुपाये हुए उस तरफ़!... इस तरफ़ चेतनदास! स्मृतियों की गठरी को सर पर लादे हुए। नये ज़माने के जितना क़रीब जाने का प्रयास करते हैं, उतना ज़्यादा नर्वस हो उठते हैं। कई बार तो ऐसा लगता है जैसे नये ज़माने की दीवार पर, चेतनदास नामक कलेंडर... मुद्दतों पुराना कलेंडर टँगा हो—ग़र्दआलूद! अपनी बहुत पुरानी तारीख़ों को ख़ुद पढ़ता... ख़ुद ख़ारिज करता।

लोग होते कुछ हैं, नज़र कुछ आते हैं। लोग छद्म रचते हैं। कला की भाँति हो गया है पाखंड! ऐसे लगता है जैसे पाखंड को भी किसी 'पर्व' की तरह मनाया जा

रहा है।

कैरियर शब्द पता नहीं कहाँ से आया है? पता नहीं सभ्यता की किस कोख से जन्म लिया है इसने। सब इसके पीछे भाग रहे हैं। सब कैरियरवादी! कैरियर ने ही तो सम्बन्धों के ताबूत बनाए और दबा दिया किसी बंजर इलाक़े में।

पलटकर देखते हैं चेतनदास। एक ख़ूबसूरत, छरहरा खिलन्दड़ा, ख़ुशबाश, बेफिक्र और अलमस्त 'चेतन' कहीं पीछे छूट गया है। जो है, पुराने वक़्तों के किसी एलबम जैसा। या फिर किसी ऐसे नो-मैंस लैंड्स जैसा जहाँ सिर्फ़ यादों की बस्ती है—विस्थापित यादों की।

तब कितना ख़ुश रहते थे चेतनदास। हँसमुख हँसोड़। बातों में मशगूल। उनके यार-दोस्त उन्हें चैटदास भी कह देते। वो 'चैटिंग' करते भी तो बड़े ख़ूबसूरत ढंग से थे। कहाँ चली गयी वो ताक़त... लफ़्जों को लट्टू की तरह घुमाने की कला। बेफिक्री का अन्दाज़! तब, जेब बेशक ख़ाली रहती, लेकिन ज़िन्दगी की जेब में मुस्कान के सिक्के हमेशा भरे रहते। उनकी मुट्ठी में धूप की चादर होती। मुट्ठी खोलते तो धूप की चादर पर, उम्मीदें नंगेपाँव, पैदल चली आतीं।

कितनी बार 'हैप्पी न्यू ईयर' कहा। हाथ मिलाए। 'हैप्पीनेस' की ताब ही तो थी कि एक-एक के साथ जाकर हाथ मिलाते चेतनदास। वो एक रूमान था। एक जादू। एक तिलिस्म!... अपने आपको भुलाए रखने का या फिर अपने आपको न जानने का जादू। जादू था तो टूटना उसकी नियति थी।

अभी कुछ दिन पहले उन्होंने अपने एक पुराने 'कलीग' से पूछा था, "नये साल का क्या मतलब होता है?" उसके लफ़्ज़ों में बेचैनी की राख़ थी, "ग्रेट मिडिल क्लास सोसायटी के लिए नये साल के अपने-अपने 'मीनिंग' होते हैं। कुल मिलाकर नये साल का मतलब ये है कि हम एक साल ज़्यादा बूढ़े हो गये।"

ऐसी निराशाएँ पता नहीं किस रास्ते से चली आती हैं। नहीं, निराश तो नहीं हैं चेतनदास। लेकिन प्रश्नाकुल ज़रूर हैं। सवाल है भी तो मानीख़ेज़ कि आख़िर अपने जीवन में उन्होंने किया क्या?... एक अदद नौकरी। नौकरी के भीतर ज़ंग ख़ाई महत्त्वाकांक्षाएँ। सर पटकती जिज्ञासाएँ। असफल प्रेम! और टीन के ख़ाली कनस्तरों जैसी मित्रताएँ।

कितना कुछ बदल गया है। चीज़ें बड़ी होती गयी हैं, मनुष्य छोटा। शुभ अग्निहोत्री के साथ परिक्रमा रेस्तराँ की चौबीसवीं मंज़िल पर कॉफी पीना और दीवार के पास शीशे की बड़ी खिड़की से नीचे देखना चेतनदास को अब भी याद है। कमबख़्त, कॉफी का कप बड़ा लगता था, सड़क पर चलते आदमी छोटे!

इतनी अफ़रातफ़री कहाँ थी? पैदल चलनेवालों के लिए भी कितनी सारी जगह होती थी। दरख़्त से गिरा हुआ पत्ता भी अपनी जगह बना लेता था। आवारा

कुत्ते भी इतने डरे-डरे कहाँ लगते थे। सबके पास थोड़ी-सी जगह थी। पृथ्वी सबकी थी। आसमान भी सबका था। चेतनदास को याद है वो कभी-कभी अपने दफ़्तर की छत पर जाकर खड़े हो जाते। कितने सारे पक्षी होते। जैसे आसमान, पूरे का पूरा उनका हो। घर लोगों के हों। लेकिन घर की मुँडेरें पक्षियों की।

अब... अभी कुछ दिन पहले वो दफ़्तर की छत पर खड़े हुए। चारों तरफ़ ऊँची... बहुत ऊँची इमारतें जैसे इमारतों का दश्त हो। इस दश्त में सिर्फ़ मनुष्य रह सकता था या फिर वो निर्जीव चीज़ें, जो उसकी सुविधाओं में इज़ाफ़ा कर सकती थीं। एक भी परिन्दा नहीं था। आसमान ख़ाली। किसी ग़रीब की ख़ाली गुल्लक जैसा, ख़ाली!

कुछ इस तरह से बदला है ज़माना। बदला नहीं, रेनोवेट हुआ है। सब कुछ रेनोवेटेड। दिल-दिमाग़ सब रेनोवेटेड! इच्छाएँ और उल्लास, बाज़ार और उसका छद्म सब रेनोवेटेड! कम्पीटिशन का क्रूर संसार और प्रोफेशनल किस्म की लेमिनेटिड दुनिया। सनमाइका जड़ित फर्नीचर जैसे चेहरे। जो बात आमने-सामने होती थी, अब इंटरकॉम पर। संक्षिप्त। टू-द-प्वाइंट।

चेतनदास याद करते हैं पुराने दिन। ज़िन्दगी के ट्रंक में रखे। ट्रंक खुले तो दिन, नीम की सूखी पत्तियों की तरह आ गिरते हैं।

बॉस केबिन का दरवाज़ा खोलते, "चेतनदास जी, एक मिनट के लिए। फोन पर अर्जेंट कॉल है।"

तुरन्त उठ खड़े होते चेतनदास।

"प्लीज़ चेतनदास जी, मोटर की दो हज़ार ओबलीक सेवंटी फोर का एन.सी.बी. देखकर बताओ।"

"सर, फोर्टी फाइव परसेंट।" चेतनदास तुरन्त जवाब देते। न डाकेट खोलते न रजिस्टर, न मास्टर फाइल देखते न प्रीमियम रजिस्टर!

बॉस केबिन के दरवाज़े में अटके खड़े रहते। मन में थोड़ा-सा संशय होता। लेकिन चेतनदास के मुँह पर कहने की हिम्मत उनमें नहीं होती थी। वो कंफ़र्म करने के लिए, किसी अन्य 'सोर्स' से पता लगाते। वही, नो क्लेम बोनस-पैंतालीस प्रतिशत!

बॉस केबिन से बाहर निकलकर चेतनदास तक आये थे। हाथ मिलाते हुए बोले, "आई एप्रीशिएट युअर मेमोरी।"

...और अब?

अब स्नॉबरी है। कोई किसी से बोलना पसन्द नहीं करता। हर कोई मोबाइल के अन्दर की दुनिया में उतरता चला जा रहा है। मोबाइल ने एक 'प्राइवेट लाइफ़' पैदा की है। वहाँ किसी अन्य का दख़ल बर्दाश्त नहीं होता।

डायरेक्टर अपायंट हुए एक यंग ऑफ़िसर ने चेतनदास से कहा था, ''ओनली बेस्ट गेट्स प्रमोशन।''

चेतनदास बुझे हुए अंगारे की तरह हो गये थे। उन्होंने गहरी साँस ली थी। यंग ऑफ़िसर से तो कुछ नहीं कहा था उन्होंने। अपने आपसे ज़रूर सवाल किया था— चेतन, ये 'बेस्ट लोग' कौन होते हैं? जवाब भी उन्होंने तलाश कर ही लिया था— प्रतिस्पर्द्धा के दौर में जो दूसरों का कन्धा छीलते हुए आगे निकल जाएँ, वो शायद 'बेस्ट' होते हैं और चेतनदास जैसे लोग, कतार में खड़े आख़िरी आदमी। कतार अक़्सर लम्बी होती चली जाती है और आख़िरी आदमी अपनी बारी के इन्तज़ार में खड़े-खड़े किसी शव में बेशक नहीं बदलता, लेकिन तन्त्र की कोशिश यही रहती है कि वो जीते जी कुंठाओं के ताबूत में जा गिरे।

जितने यंग ऑफ़िसर आये हैं, उनका एक अपना संसार है। उनके पैरों में अहंकार के जूते हैं, आँखों पर बेमुरव्वती के चश्में। चेतनदास जैसे लोगों को वो कुछ नहीं समझते। चालीस-पैंतालीस की उम्र के सब लोग उनके लिए 'ओल्ड स्टफ्फ' की तरह हैं। कई बार वो आपसी बातचीत में एक-दूसरे शब्द का भी प्रयोग करते हैं—स्क्रैप!

सचमुच कबाड़ की तरह ही तो हो चुका है चेतनदास का वजूद! इस उम्र तक आते-आते ज़िन्दगी की सारी महत्त्वाकांक्षाएँ छीजने लगती हैं। न उत्साह न उल्लास! अब तो हँसने के लिए भी कसरत का सहारा लेना पड़ता है। लेकिन जो हँसी उभरती है वो कितनी बेसुरी और बेगानी होती है, जैसे दिल के फ़र्श पर, काँच की कोई शय गिरकर टूटी हो और कई सारी आवाज़ें पैदा करती गयी हो।

'बेस्ट' शब्द पर फिर अटक जाते हैं चेतनदास! किसी ख़ालिश की तरह चुभता रहा है यह शब्द! कॉलेज के दिनों की याद आती है। किसी सम्मोहन की तरह जकड़ लेती है उन्हें। वो जानते हैं अतीत के डूबे हुए किसी सूरज से दिन नहीं निकलता और पुराने वक़्त के मरे हुए जुगनुओं से रोशनी भी नहीं होती। इसके बावजूद वो उस चेतन की तलाश में बहुत पीछे चले जाते हैं जो अपने वक़्त में 'बेस्ट स्टूडेंट्स' में से एक था। पिता की आर्थिक सीमाएँ न होतीं तो वो भी इंजीनियर होते या सी.ए.। बी.ए. करते वक़्त भी वो 'ब्रिलिएंट' थे। एक्टिव और खिलन्दड़े! चीज़ों तक पहुँच रखनेवाले। टेढ़े सवालों के सीधे जवाब उनके पास मौजूद रहते।

अँग्रेज़ी के एक प्रोफ़ेसर ने यूँ ही एक दिन सवाल पूछ लिया था, ''फुल स्केप पेपर का सही उच्चारण क्या है?''

कोई भी तो नहीं बता पाया था। चेतन खड़ा हुआ था और बड़े यक़ीन के साथ कहा था उसने, ''सर, मैं बताता हूँ। सही उच्चारण—'फ़ूल्ज़ कैप पेपर' है।''

''बिलकुल करेक्ट चेतन! लेकिन इस वर्ड के बारे में तुम्हें पता कहाँ से

चला?" प्रोफेसर ने मुस्कराते हुए सवाल किया।

"सर, मर्चेंट ऑफ़ वीनस... शेक्सपीयर के बहुत मशहूर नाटक से। सर, उन दिनों जोकर सड़कों पर चलते वक़्त ख़ास तरह के काग़ज़ की टोपी पहनकर चलते थे। उस ख़ास तरह के काग़ज़ को ही 'फ़ूल्ज़ कैप पेपर' कहते थे।" चेतन ने उत्तर को स्पष्ट किया। पूरी क्लास भौंचक रह गयी थी।

ऐसा एक बार हिस्ट्री के पीरियड में भी हुआ। सर ने पूछा, "यूरोप में सबसे कम उम्र का किंग कौन था?"

बहुत सारे छात्रों ने नेपोलियन का नाम लिया। एक लड़के ने अपने दिमाग़ के घोड़े दौड़ाये और अक़बर नाम ले लिया। सर ख़ूब हँसे।

चेतन ही था जिसका जवाब सही था। उसने पिट दि यंगर—कहा तो सर ने चेतन के जवाब को फेंटेस्टिक कहा।

हिन्दी की क्लास में सर ने पढ़ाते-पढ़ाते एक अजीब-सा सवाल पूछ लिया था, "पूजा और उपासना में क्या अन्तर है?"

"सर, कोई अन्तर नहीं।" बहुत सारे लड़कों का यही जवाब था।

"अन्तर है सर!" चेतन ने खड़े होकर कहा था।

"अन्तर स्पष्ट करो चेतन?" सर बोले।

"सर, पूजा में कर्मकांड शामिल होता है। पूजा किसी मन्दिर में, किसी देवता, किसी प्रतीक के सम्मुख की जाती है। उपासना एक मन की अवस्था है। उसके लिए प्रतीकों की ज़रूरत नहीं होती सर।"

चेतन के जवाब पर पूरी क्लास ने तालियाँ बजाई थीं।

ऐसे ही एक बार वाइज़ और क्लैवर का अन्तर पूछ लिया था सर ने।

जवाब चेतन ने ही दिया था, "सर, रामचन्द्र जी वाइज़ थे... कृष्ण क्लैवर!"

गहरी साँस लेते हैं चेतनदास। पुराने ज़मानों की ग़र्द पता नहीं क्यों उठकर चली आती उनके पास। वो वर्तमान के जख़्म, अतीत के पानी से धोने की हसरत में, उन दरियाओं की तरफ़ चल पड़ते हैं जो कब के सूख चुके हैं। शायद इसी को पिछड़ना कहते हैं। चेतनदास इसे अपना जीवन शिल्प समझते हैं और नया ज़माना, चेतनदास को यादों का म्यूज़ियम मान बैठा है।

चेतनदास कपूर... यानी सीडीके। उन्हें कुछ भी बुरा नहीं लगता। सब अच्छा लगता हो उन्हें, ऐसा भी नहीं। कभी-कभी वो अच्छे-बुरे के बीच में कहीं ठिठक जाते हैं। तर्क करने लगते हैं। तर्कों की एक बुरी बात यह है कि वो धीरे-धीरे चलते हैं। थका देते हैं। भावनाओं की बात दूसरी है। वो छलाँग लगाकर कहीं-का-कहीं पहुँच जाती हैं। जज़्बाती लोग जब तर्क करते हैं तो हाँफ जाते हैं। जैसे कि चेतनदास।... चेतनदास को पढ़े-लिखे तर्कों की निस्बत, अनपढ़, निरक्षर भावनाएँ

ज़्यादा अच्छी लगती हैं। उनके पिता... जिन्हें वो 'बाऊजी' कहा करता था, एक बार बस इतना कहा था उन्होंने कि फ़्लैट तू कहीं जा कर ले चेतन!... रहेगा तू मेरी आँखों के सामने।... इस पुराने घर में।

चेतनदास मन-ही-मन मुस्कराते हैं। तब, अपने बाऊजी को देखते रहे थे... मन में आया ज़रूर था एकबार कि कह दें—आने-जाने में बहुत मुश्किल पेश आती है। लेकिन कह नहीं पाए थे। बाप के सामने बोलना उन्हें तहज़ीब के ख़िलाफ़ लगता था। वही भावनाएँ जो छलाँग लगती आ खड़ी हुई थीं उनके पास। उन्होंने एक वाक्य बोला, "जी बाऊजी, यहीं रहूँगा।"

सारे बूढ़े तर्क और समझदार व्याख्याएँ हैरान होकर देखती रहीं चेतनदास को। लेकिन चेतनदास ने कह दिया सो कह दिया।

चेतनदास अपने पिता के जीवित रहने तक कस्बे के पुराने घर में रहे। एक तरफ़ पिता तो दूसरी तरफ़ बच्चों का भविष्य... पत्नी की नाराज़गी। लेकिन वो पिता के साथ रहे। अगर अपने पिता से बग़ावत करते तो मुमकिन था उनके बच्चे उनके प्रति इतने कठोर न होते। यह भी सम्भव था वो अपने बच्चों के साथ दिल्ली में कहीं एक साथ रह रहे होते।

यह सब तसव्वुर है।... ग़ालिब के शेर का एक मिसरा—न होता मैं तो क्या होता? ऐन मुमकिन था, बच्चे कोई और बहाना ढूँढ़ लेते। चेतनदास में कोई और कमी मिल जाती। वो उन कमियों की आड़ में विदेश चले जाते। जैसे कि अब चले गये।

पिता की मृत्यु के बाद चेतनदास नोएडा के सेक्टर उन्नीस में, एक एम.आई.जी. फ़्लैट लेकर रहने लगे। दोनों बच्चे टोरेंटो में वो नोएडा में... अकेले। कभी श्रीराम सेंटर में घूमते-घामते घर पहुँचते तो कभी तिलक ब्रिज स्टेशन पर चले जाते और किसी ख़ाली बेंच पर बैठे रहते। छह पचास के बाद प्लेटफार्म ख़ाली हो जाता। ई.एम.यू. और सारी-की-सारी लोकल ट्रेनें जा चुकी होतीं। चेतनदास बैठे होते। ख़ाली बेंच, ख़ाली प्लेटफार्म और एक ख़ाली आदमी... जो प्लेटफार्म पर होता। लेकिन उसे कोई रेलगाड़ी नहीं पकड़नी होती थी। ऐसा लगता था जैसे कोई रेलगाड़ी उनके लिए आयी ज़रूर थी, लेकिन उनके पहुँचने से पहले चली गयी।

चेतनदास ख़ाली बेंच पर बैठे-बैठे, राजघाट पावर हाउस की चिमनी से निकलते धुएँ को देखते रहते। शाम के वक़्त धुआँ साफ़-साफ़ नज़र आता। अँधेरे में धुआँ, अपने आपको छुपा लेता। राजघाट पावर हाउस की चिमनी को देखते तो उन्हें लगता, उनके अन्दर भी कोई चिमनी है। उसमें से धुआँ हर वक़्त निकलता रहता है—कभी दुख का, कभी सुख का।

चेतनदास जब घर पहुँचते तो शाम ढल चुकी होती। दिन, अपनी शोर की

गठरियाँ बाँधकर जा चुका होता। चेतनदास घर पहुँचकर सोचते रहते—क्या करें? खाना बनाएँ या फिर भूखे सो जाएँ? खाना बनाना उन्हें दुनिया का सबसे ख़राब काम लगता। इसके बावजूद, वो रोज़ाना कुछ-न-कुछ बना ही लेते। खाना बनाते वक़्त उन्हें अक़्सर बचपन के दिन याद आने लगते। जब वो अपनी बहनों के साथ रोटी का इन्तजार करते। माँ अँगीठी के पास बैठी होती। माँ से थोड़ा दूर, टाट बिछाकर बच्चे बैठे होते। माँ अँगीठी से तवा उतारकर रोटी फुलाती। चेतन कभी फूलती हुई रोटी को देखता तो कभी माँ को। सुर्ख़ अंगारों की ताब से माँ का चेहरा भी सुर्ख़ नज़र आने लगता। माँ बहुत सुन्दर लगने लगती। माँ सबको रोटी खिलाती। सबसे बाद में वो ख़ुद खाती। कई बार वो इतना थक जाती कि चौके से उठती और बिस्तर पर जा गिरती। और जब उठती तो सुबह हो चुकी होती।

चेतनदास को पुराना घर बहुत याद आता है। पुराने घर की हर शय पुरानी थी—घड़ी पुरानी थी और उसकी रफ़्तार भी। दीवारें पुरानी थीं और उन पर टँगे कलेंडर भी। घर इतना पुराना था कि कभी किसी कोने से बिच्छू निकल आते, कभी साँप! ऐसा लगता था घर सिर्फ़ मनुष्यों का ही नहीं जीव-जन्तुओं का भी है। चिड़ियाओं का, कव्वों का, छिपकलियों और ततैयों का भी घर है।

मकान बेशक पुराना था। लेकिन उस मकान में घर जैसी शय मौजूद थी। चेतनदास के बच्चे जब छोटे थे तो उस पुराने मकान में धमाचौकड़ी मचाए रखते। दरवाज़े की कभी इस साँकल को खनखनाते तो कभी उस साँकल को। कभी इस कमरे में तो कभी उस कमरे में। आइस-पाइस खेलते हुए बच्चे अच्छे लगते। ऐसा लगता... सोया हुआ घर जाग उठा है।

बच्चे बड़े हुए और समझदार भी। इतने समझदार कि उन्हें पिता के बरक्स, कैरियर ज़्यादा उपयोगी, ज़्यादा अपना और ज़्यादा सार्थक लगा।

चेतनदास ही मूर्ख निकले। तभी तो सेक्टर उन्नीस के अस्सी नम्बर फ़्लैट में एक अकेले। कभी अपने साथ आइस-पाइस खेलते तो कभी अपनी स्मृतियों के साथ।

डाइनिंग टेबल और छह कुर्सियाँ। पाँच कुर्सियाँ हमेशा ख़ाली रही हैं। सिर्फ़ एक कुर्सी कभी-कभी भरी हुई नज़र आयी है। चेतनदास कभी-कभार डाइनिंग टेबलवाली कुर्सी पर आकर बैठे हैं। कभी चाय का एक कप लेकर तो कभी एक पैग बनाकर। उस वक़्त उन्होंने शराब के घूँट भरे हैं। ठहाके लगाये हैं। और आँखें भी नम की हैं अपनी।

सामान्य नज़र आनेवाले संसार के तलघर में कितने सारे नाटक मंचित होते रहते हैं!

बेटे फरमाबरदार हो गये हैं। दूसरे-चौथे फोन करते हैं—पापा, कैसे हो?...

पापा, सेहत का ध्यान रखना। पापा पैसे की ज़रूरत हो तो फोन करना। पापा, मॉर्निंग वॉक पर जाया करो। पापा, कोई क्लब ज्वाइन कर लो। पापा, थोड़ा शोशलाइट बनने की कोशिश करो। पापा, टी.वी. पर लाफ़्टर चैलेंज देखा करो।

और अभी चार-पाँच दिन पहले बड़े बेटे का फोन... पापा, इकत्तीस मार्च को आप रिटायर हो जाएँगे... फिर उसके बाद?... क्या सोचा है आपने?... टाइम किस तरह 'पास' करेंगे?... कोई जॉब ढूँढ़ लेना। मनी मैटर नहीं करती। बट, टाइम शैड्यूल करना ज़रूरी है। इसलिए सम जॉब!

कितने चिन्तित थे दोनों बेटे। कितना अच्छा लगता था यह सब।

चेतनदास भी इन चिन्ताओं को ऊपरी सतह पर देखते रहना चाहते थे। इन चिन्ताओं के तलघर में झाँककर देखना, किसी खुरदरे यथार्थ के सामने आ खड़े होने जैसा था। इसलिए चेतनदास ने अपने दोनों बेटों को अपने प्रति चिन्तित होते देखा और उन्हें हार्दिक सुख का अनुभव हुआ। उन्होंने ख़ुदा का शुक्र मनाया कि उन्हें नेक औलाद मिली हैं।

चेतनदास सोचते—ज़िन्दगी सचमुच किसी रंगमंच की तरह है। यवनिका के इस तरफ़ फन्तासियों का मंचन और यवनिका के उस तरफ़ यथार्थ का।

यही द्वैत हर कहीं। यही मुखौटों का खेल। यही अवसाद और यही हर्ष!

विडम्बनाओं के किसी टीले पर खड़े शिखर पुरुष, अपनी भव्यताओं के संसार में जितने मुग्ध रहते हैं, उतने ख़ौफज़दा। शायद यही वजह है कि गेट-टू-गैदर में हाथ मिलाते हुए, अँगूठियों के नहीं, उँगलियों के भी गुम हो जाने का डर लगा रहता है। यही भय है हर कहीं ऊँचे लोगों से लेकर—ग्रेट इंडियन मिडिल क्लास लोगों तक।

यह भय कहीं-न-कहीं चेतनदास में भी है। जो पिछले, ...गुज़र चुके समय की निशानी जैसे लगते हैं... किसी पुरानी डायरी जैसे—जिसमें सफ़र की गर्द के अलावा, सम्बन्धों की वृद्ध कथाएँ और समृद्ध उदासियों का आख्यान मौजूद है।

चेतनदास के साथ यही तो दिक़्क़त है। उनके आज के पड़ोस में किसी गुज़रे हुए कल ने भी डेरा जमा रखा है। वो कभी अपने आज में होते हैं तो कभी अपने कल में।

माज़ी और इमरोज़ के बीच कोई पुलिया-सी हो जैसे। कभी चेतनदास इधर तो कभी उधर।

आमदरफ़्त का यह सिलसिला इन दिनों कुछ ज़्यादा हो गया है।... वो इनसान, जिसे कुछ दिनों बाद रिटायर हो जाना हो, वो अपने वर्तमान में बेशक खड़ा हो, लगता संस्मरण की किताब जैसा है। यही हाल चेतनदास का है।

चेतनदास पैंतीस साल की नौकरी के बाद इकत्तीस मार्च को सेवानिवृत्त हो

जाएँगे।

यह सेवानिवृत्ति भी अजीब तरह का शब्द है। ज़िन्दगी के स्टेशन से जैसे कोई बेदख़ल हुआ आउटर सिग्नल!... एक ऐसा आउटर सिग्नल जो अपने एकान्त को रचता है और अपने एकान्त से प्रतिवाद भी करता है। जो अपने अकेलेपन के सच को जानने लगता है और उससे मुँह छुपाकर भागने की कोशिश भी करता है।

चेतनदास इकत्तीस मार्च को रिटायर हो जाएँगे। रिटायरमेंट शब्द उन्हें कभी अच्छा नहीं लगा। रिटायरमेंट शब्द किसी पर्दे की तरह होता है। मंच पर नाटक जारी होता है और अचानक पर्दा गिर जाता है। स्थगित हो जाता है सब। किरदार के पास न भूमिका बचती है न संवाद! समय का यक्ष छीन लेता है सारे-के-सारे अभिनय कौशल!

रिटायर हुए लोग अक़्सर इसी तरह दफ़्तर से बाहर हुए हैं—बा-इज़्ज़त... लेकिन बेलज़्ज़त! एक अदद गिफ़्ट और बेशुमार स्मृतियों के साथ!... चेतनदास ने अपने जीवनकाल में पचासों लोगों को रिटायर होते देखा है। दफ़्तर के हंगामों के बीच एक शख़्स होता है किसी बेचैन टापू की तरह—उदास और चुप!

रिटायर होता हुआ एम्पलाई किसी ऐसी ट्रे की तरह हो जाता है जिसमें कोई फाइल नहीं होती। रिश्तों की सारी फाइलें उठा ली जाती हैं। 'कलीग', दोस्त, चाय, मस्ती, काम, आउटपुट, प्रमोशन, सेलरी, कैरियर जैसे शब्द कहीं धरे रह जाते हैं और सेवानिवृत्त मनुष्य, उस दुनिया के लिए निकल पड़ता है जहाँ अकेलेपन का बीहड़ उसकी इन्तज़ार में खड़ा होता है।

चेतनदास सेवानिवृत्त हो जाएँगे—कुछ दिन बाद यानी इकत्तीस मार्च को।

चेतनदास कभी मुस्कराते हैं तो कभी उनकी आँखें नम हो जाती हैं।

पार्टी चेतनदास ने अरेंज की है। वो कुछ जज़्बाती हो गये थे। डायरी खोली। अपने बैच के कितने सारे नाम खुलते चले गये। एक वक़्त ऐसा था जब सारे कलीग... दोस्त आसपास थे—सिन्धिया हाउस... जनपथ, गोल मार्केट... कनॉट सर्कस। सब दूसरे चौथे मिलते। रोज़ाना भी मिलना हो जाता। सब हमउम्र थे। खिलन्दड़े। ख़ुशबाश। बेफ़िक्र। बातूनी। नौजवान। कुँवारे।

फिर दफ़्तर बदलते रहे। कोई कलीग कहीं तो कोई कहीं। साल छह महीने बाद मिलते तो बाँहें फैलाकर, जैसे दोस्त को नहीं, आसमान को बाँहों में भर रहे हों।... कई बार ऐसा भी होता, दूर ट्रांसफर हुए दोस्त नज़दीक के दफ़्तरों में आ जाते। फिर दोस्ती के उत्सव मनाए जाने लगते। फिर लगता जैसे दफ़्तर में इंश्योरेंस करने नहीं, दोस्ती के जश्न मनाने भी आये हैं।

चेतनदास ने पार्टी अरेंज की है। जैसे वो दोस्ती को आख़िरी सलाम देना चाहते हों। या फिर, वो पुराने दोस्तों को इकट्ठा करके पैंतीस साल पुराने समय के निशानों को महसूस करना चाहते हों। जैसे समय अपने साथ ले जाता है और स्मृतियाँ वापस ले आती हैं।

चेतनदास पार्टी अरेंज करने से पूर्व सोचते रहे—मेरे बैच के कितने सारे दोस्त इकत्तीस मार्च को रिटायर हो जाएँगे।... और उसके बाद, कोई अदृश्य कैंची, रिश्तों के थान को चीरती चली जाएगी। यह रिटायरमेंट तमाम दोस्तों को गुम कर देगी। जो रोज़ाना मिलते थे या कभी-कभी मिलते थे—वो अब कभी नहीं मिलेंगे।... क्यों न बिछुड़ने से पहले एक बार सब यार दोस्त मिलें। यादों के चिराग़ जलाएँ। ज़ख़्मों को हरा करें। कुछ बूढ़े ठहाके हों। कुछ पुरानी स्मृतियाँ और कुछ ताज़ादम आँसू।

बस यही सोचकर उन्होंने अपने पुराने सहकर्मियों को पार्टी में आमन्त्रित किया है। जब दफ़्तर में थे तो कभी-कभार डायरी भी लिखते। जिस कलीग से उनकी अन्तरंगता बढ़ती उसका फोन नम्बर, घर का पता, उसकी अच्छाइयाँ-बुराइयाँ, उसका जन्मदिन और उसकी डेट ऑफ़ रिटायरमेंट तक नोट कर लेते। ये उन दिनों की बातें हैं जब वो जवान थे। इस तरह की डायरी लिखने का सिलसिला कुछ अरसा बाद तक चलता रहा। बाद में थम-सा गया। जब चेतनदास अपने कलीग का नाम-पता और डेट ऑफ रिटायरमेंट लिख रहे होते तो नौजवान कलीग अपनी प्रतिक्रिया जाहिर करते, ‘‘चेतन यार अभी-अभी तो हमने ज्वाइन किया है तू अभी

से हमारा बोरिया-बिस्तर बाँधने में लगा है।'' चेतनदास मुस्कराते। तब उन्हें भी लगता, बेशक सेवानिवृत्ति की तारीख़ उन्होंने अपनी डायरी में लिखी ज़रूर है लेकिन रिटायरमेंट अभी बहुत साल बाद होगी... शायद हज़ारों साल बाद!

और आज! ऐसे लगता है जैसे वो अपने जीवन का कथानक पढ़ रहे हों और उन पात्रों को ढूँढ़ रहे हों जो हमउम्र थे और उनकी तरह बेबाक और बेचैन! खिलन्दड़े और ख़ामोश। बातूनी और कम-गो। कभी चिन्तक तो कभी बेफ़िक्र!

चेतनदास डायरी खोलते हैं—अम्बाला छावनी में गुज़ारे सात साल और बाक़ी अट्ठाइस साल दिल्ली के दफ़्तरों में—सिन्धिया हाउस, गोल मार्केट, आसफअली रोड की बिल्डिंग जिसकी छत पर ओके साबुन का बहुत बड़ा होर्डिंग लगा हुआ था और सड़क पर जहाँ मछलियों की रेहड़ियाँ होतीं। रेहड़ियों पर तेल की कड़ाहियाँ और कड़ाहियों में मछलियाँ तली जातीं—अजीब-सी गन्ध आसपास फैल जाती। दफ़्तर की बिल्डिंग पुरानी थी। वहाँ मच्छर बहुत थे। मच्छरों का मुकाबला कई तरीकों से होता। एक तरीका, कछुआ छाप अगरबत्ती को जलाकर रखना भी था। दफ़्तर में कछुआ छाप अगरबत्ती की गन्ध बाहर मछलियों के फ्राई होने की।

वहाँ चेतन ने डेढ़ साल गुज़ारे। एक दफ़्तर तो ऐसा था, जहाँ कुल तीन महीने रहे। तीन महीने में ब्रांच मैनेजर के साथ इतनी तनातनी बढ़ी कि उसने चेतन की सीट बाथरूम के सामने लगवा दी। कितना अहंकारी लहज़ा था ब्रांच मैनेजर का। जब उसने इंडिया किंग सिगरेट का किंग साइज़ पैकेट चेतन को दिखाते हुए कहा, ''बरख़ुरदार, जितनी तनख्वाह है तुम्हारी उससे ज़्यादा का मेरा सिगरेट ख़र्च है।''

ब्रांच मैनेजर ने बेशक यह बात बड़े जोश के साथ कह तो दी थी लेकिन कहीं-न-कहीं वो चेतन से घबराने भी लगा था। बारह लोगों की ब्रांच दस लोग ब्रांच मैनेजर के पालतू थे लेकिन दो-एक चेतन तो दूसरा दीपक खत्री।... दीपक खत्री का तो कुछ भी नहीं बिगाड़ सका था ब्रांच मैनेजर, लेकिन चेतन की उसने ट्रांसफर करवा दी थी। कनॉट सर्कस की वो ब्रांच छोड़ते हुए चेतन तो ख़ुश था। उसे दीपक खत्री जैसे आत्मीय कलीग को छोड़ते हुए अच्छा भी नहीं लग रहा था।

फिर कुछ अरसा ट्रॉपिकल बिल्डिंग... फिर गोल मार्केट का पुराना दफ़्तर फिर जनपथ का ऑफ़िस!

डायरी खोलकर बैठे हैं चेतनदास। रिटायर... होने वाले सहकर्मियों के नाम देखते हैं। पहले रिटायरमेंट की तारीख़ अलग-अलग होती थी। लेकिन बाद में दो तारीख़ें निश्चित कर दी गयीं तीस जुलाई और इकत्तीस मार्च।

चेतनदास नाम देखते हैं। हर नाम के साथ हज़ारों स्मृतियाँ जुड़ी हैं—चाय पीने से लेकर झगड़ने तक। कभी बेहद आत्मीयता भरे क्षण तो कभी अनबन!

बहुत सारे दफ़्तर। बहुत सारे सहकर्मी जिनसे मिलना बेशक कम होता गया।

लेकिन मन में वो किसी-न-किसी कोने में मौजूद रहे। चेतनदास नाम पढ़ते जाते हैं और टिकमार्क भी करते चलते हैं—दरशन जी सिन्धिया हाउस में मिले थे पहले पहल। ख़ूब अच्छा गाते। ख़ूब अच्छी सेहत। खूब अच्छा मन। इन्दरजीत, भीमसेन, रवि शर्मा जो चेतन के लिए मर मिटते थे वो भी इकत्तीस मार्च को रिटायर हो रहे हैं। नर्गिस अरोड़ा और शीतल पांडे—दोनों अपनी तरह की बेबाक और बिन्दास स्त्रियाँ वो भी तो इकत्तीस मार्च को सेवानिवृत्त हो रही हैं।... तरदीप गुप्ता, लक्ष्मण बिष्ट, रावत, तारिक अनवर... चेतन ने डायरी में ये नाम पढ़े। मन-ही-मन मुस्कराया—अरे, ये सब मेरे खुराफाती यार भी इकत्तीस तारीख़ को रिटायर हो रहे हैं... रिटायर होनेवाले लोगों की पार्टी मज़ेदार रहेगी।

कुछ और नाम भी टिक किये हैं चेतनदास ने मुरलीधर, सक्सेना, सीमान्त, बतरा।

चेतनदास ने फोन पर सबको दावत दी है। कइयों के फोन नम्बर बदल गये थे। चेतनदास ने अन्य दोस्तों से सम्पर्क किया। डायरेक्ट्रियाँ छान मारीं। तब जाकर सही नम्बर मिला। सबको फोन कर चुके तो राहत की साँस ली उन्होंने। फोन करते वक़्त वो बड़ी शिद्दत के साथ कहते, "अबके बिछुड़े भी तो शायद कभी ख्वाबों में मिलें... इसलिए आप ज़रूर आइए।"

तीस साल गुज़र जाने के बाद फ़र्क़ ये आया था कि पहले चेतन अपने दोस्तों के साथ तू-तड़ाकवाली भाषा का इस्तेमाल करते थे। आज फोन करते वक़्त वो अपने तमाम दोस्तों को 'आप' कह रहे थे।

कइयों ने पूछा भी था, "चेतनजी, ये पार्टी आप किसलिए अरेंज कर रहे हैं?"

चेतनदास ने अपने मन की बात कह दी थी, "एक बार मैं और आप... और हमसब मिलकर हँसेंगे और पुराने दिनों को याद करके थोड़ा-थोड़ा उदास भी होंगे।"

सेवानिवृत्त होनेवाले सहकर्मियों को आमन्त्रित करने के बाद एक बार अपने घर का जायज़ा लिया है चेतनदास ने। फिर सिटिंग अरेंजमेंट बदल दिया है उन्होंने। सोफा, कुर्सियाँ, डाइनिंग टेबल और डाइनिंग टेबल की कुर्सियाँ बड़े कमरे में लगा दी हैं।

उन्होंने मन-ही-मन कहा है—आज डाइनिंग टेबल की सब कुर्सियाँ भर जाएँगी।

पहले सिर्फ़ एक कुर्सी भर पाती थी—जिस पर ख़ुद चेतनदास बैठते थे।

उन्होंने एक ख़ाली शेल्फ़ भी दीवार के साथ लगा दिया है। शीशे के कट गिलास। सोड़े की बोतलें। नमकीन सलाद। पानी। व्हिस्की। वोदका। बीयर। जूस सलाद और टिशु पेपर।

चेतनदास सोचने लगे हैं—अगर वो वायलिन वादक होते तो इस अकेले कमरे के एक कोने में खड़े होकर वायलिन बजाते। 'सेपरेशन' शब्द को संगीत के जरिये व्यक्त करते। कमरे का अकेलापन उन्हें हैरान होकर देखता। वो उदास संगीत को वातावरण में फैलाते चले जाते—एक गूँज-सी पैदा होती—जैसे यादों का शहर जाग उठा हो।

मुरलीधर के आने की उम्मीद बिलकुल नहीं थी। वही सबसे पहले आये हैं। लकवाग्रस्त मुरलीधर! किसी के सहारे आये हैं। सहारा शायद बेटे का है। ऐसा लगता है, बेटे ने एक शरीर को लगभग उठा रखा है। मुरलीधर की समूची देह, पाँव उठाने और रखने के बीच डगमगाती-सी है। उन्होंने ख़ूब कोशिश की है कि चेतनदास से हाथ मिलाएँ। एक हाथ में जुम्बिश हुई है लेकिन उठा नहीं। दूसरा हाथ चेतनदास की तरफ़ बढ़ा है। गड्डमड्ड होता गया है। फिर भी मुरलीधर ने हाथ मिलाया है। चेतनदास को ऐसे देखा है जैसे वो अपनी मौन आँखों के जरिये, बहुत कुछ कह देना चाहते हों।

चेतनदास उन्हें सहारा देकर कमरे तक ले आये हैं। फिर सोफे के कोने में आहिस्ता-से बिठा दिया है चेतनदास ने। बैठ गये हैं मुरलीधर। उनकी आँखों में कुछ तैरता-सा नज़र आया है—पानी की बूँदें या फिर स्मृतियों के जहाज़।

मुरलीधर के बेटे ने अपना विजिटिंग कार्ड चेतनदास को देते हुए कहा है, "अंकल, इसमें मेरा मोबाइल नम्बर है। जब आप सब फ्री होने लगें तो मुझे मोबाइल पर बता देना, मैं पापा को लेने आ जाऊँगा।"

मुरलीधर का बेटा जा चुका है और मुरलीधर। उनके आधे या फिर एक चौथाई जिस्म ने उनका साथ छोड़ दिया है लेकिन उनकी आँखों की पुतलियाँ बेचैन होकर घूम रही हैं। शरीर विश्राम की मुद्रा में है और आँखों की पुतलियाँ हरकत में। ऐसा लगता है वो बोलने के लिए आवाज़ उधार माँग रहे हैं। लेकिन न जुबान साथ देती है न शब्द!

जो भी सहकर्मी आता है। सबसे मिलता है। सबसे बाद में मुरलीधर से। मुरलीधर हाथ तो क्या मिलाते हैं एक उजड़ी हुई देह हिलती-सी नज़र आती है। उनको देखो तो ऐसा प्रतीत होता है जैसे मुरलीधर नहीं आये, कोई साँसों का कारखाना चला आया है।

भीमसेन आये हैं। थोड़ा-थोड़ा मुस्कराने की कोशिश की है उन्होंने। बहुत लम्बे समय बाद मिल रहे हैं वो। पहले जैसी बेतकल्लुफ़ी नहीं रही। एक ज़माना पहले जब भीमसेन ठहाके लगाते तो दफ़्तर की कायनात चौंक जाती। भीमसेन खिलन्दड़े लहज़े में कहते, "लंकावासियों, ये राजा रावण की हँसी है।"

अब वो थोड़ा-सा मुस्कराये हैं। जैसे कि मुस्कराने की रस्म पूरी करनी हो। जैसे

कि मुस्कराना किसी एंट्री टिकट की तरह हो—वो इसी तरह मुस्कराये हैं। ऐसा लगता है वो अपने सारे ठहाके कहीं पीछे छोड़ आये हैं। ज़िन्दगी के मेले में बहुत सारा सामान गुम हो जाया करता है। उनके ठहाके गुम हो गये हैं।... हँसनेवाला जब नहीं हँसता तो प्रश्नवाचक की तरह लगता है।

भीमसेन थुलथुल हो गये हैं। कुछ लोग अपने शरीर को डाकखाने का लैटरबॉक्स बना लेते हैं। कुछ-न-कुछ भरते रहते हैं। भीमसेन को देखकर एक बार तो सब चौंक गये हैं। कहा किसी ने कुछ भी नहीं। याद जैसे सबने किया हो उस पुराने भीमसेन को... जिसे सब भीमा कहते थे, जो छरहरा, लम्बे बालों वाला, बातूनी और स्मार्ट भीमा होता था, जो किसी लड़की को आता देखता तो झट जेब से कंघी निकालता अपने बालों को सेट करता। कंघी करने की उसे पुरानी आदत थी—किसी बीमारी की तरह। चाय पीने से पहले भी वो एकबार अपनी सीट से उठता। कंघी करता। कंघी जेब में रखता। बैठता। साथ बैठे कलीग को खिलन्दड़े लहज़े में बताता, "कंघी करके चाय पिओ तो ख़राब चाय भी टेस्टी हो जाती है।"

अब भीमसेन गंजे हो चुके हैं। पता नहीं उनकी जेब में कंघी होगी या नहीं? हो सकता है वो अपने ठहाके और पुरानी कंघियाँ किसी अतीत की दराज़ में रखकर भूल गये हों। और अब दराज़ का मिलना असम्भव हो और दराज़ मिल भी जाय तो उसका खुलना असम्भव!

भीमसेन, एक-दो बार हँसे भी हैं। लेकिन यह हँसी उनकी अपनी नहीं लगती। किसी ऐसी पोशाक की तरह लगती है जिसे वो किसी से माँगकर लाये हों।

तरदीप गुप्ता, वीरेन्द्र जी, लक्ष्मण बिष्ट, रवि शर्मा, सक्सेना जी, भीमसेन, इन्द्रजीत और मुरलीधर—अभी इतने दोस्त आये हैं।... तरदीप गुप्ता को दिल का रोग हो गया है और इन्द्रजीत को डायबिटीज़। सक्सेना और लक्ष्मण बिष्ट चुस्त-दुरुस्त हैं। लेकिन लक्ष्मण बिष्ट कुछ-कुछ अपसेट नज़र आते हैं। वो दोस्तों से नज़र हटाकर, शून्य की तरफ़ देखने लगते हैं। कई बार तो ऐसा लगता है जैसे दीवारों पर कुछ लिखा हुआ है और वो उसी को पढ़ रहे हैं।

जी.एस. रावत का ज़िक्र चला है जिसका पूरा नाम गज सिंह रावत था। रावत का ज़िक्र छिड़ते ही सब उदास हो गये हैं। उदास और डरे हुए।... जी.एस. रावत की पिछले साल किसी ने हत्या कर दी थी। हत्या शब्द एक बार सबके बीच उछला है। सब सहम गये हैं। जैसे हत्यारा यहीं कहीं हो। लेकिन विडम्बना ये है कि हत्यारा कभी पकड़ा नहीं गया। न हत्या का पता चला न हत्या के उद्देश्य का।

रावत। हत्या। मिस्ट्री।... कलीग पहले विचलित हुए हैं, फिर चुप।

रावत होता तो वो रिटायरमेंट की इस अलविदा पार्टी को भी जश्न में बदल देता। अब तक तो वो गिलास टकराकर 'चीयर्ज' कर चुका होता। वो कई सारे

'अंडर दि बेल्ट' वाले जोक सुना चुका होता। पीने के बाद वो—उठ जाग मुसाफ़िर भोर भई अब रैन कहाँ जो सोवत है—जैसे भजन की पैरोडी बनाकर गा रहा होता—मेरी भैंस को डंडा क्यूँ मारा वो खेत में चारा चरती थी...।

ज़िक्र अनिरुद्ध राणा का भी छिड़ा है। जो अरसा पहले रोशनआरा ब्रांच से रिटायर हुआ था। रिटायरमेंट से पहले वो उन सबसे मिलने आया था। उसने चाय पी... उन सबसे जो उसके दोस्त थे और उन सबसे भी जिनके साथ उसने लड़ाइयाँ लड़ीं।

डी.के. शानी हैरान रह गये थे अनिरुद्ध राणा को देखकर। उन्होंने तो यह समझा था कि यह रंजिश कभी ख़त्म नहीं होगी। लेकिन अनिरुद्ध राणा हाथ मिलाने और सॉरी फील करने आया था। डी.के. शानी भी तपाक से मिले, कुछ ऐसे कि उनकी आँखें भी छलक पड़ीं। कभी-कभी सामन्तों की आँखें भी सजल हो उठती हैं।

ज़िक्र बैरियल का भी चला है। मृत्यु हो चुकी है बैरियल की। लेकिन मरने से पहले वो कई महीने बिस्तर पर रहा। घुटने जवाब दे गये। अजीब-सी बीमारी लग गयी थी बैरियल को। बैरियल का एक हाथ बिस्तर पर कुछ ढूँढ़ता रहता था—शायद वो सिगरेट की डिब्बी और माचिस ढूँढ़ रहा होता था। दूसरी बीमारी और भी ज़्यादा अजीब थी। कोई उसके कमरे में आता तो उसके दो हाथ अपने आप जुड़ जाते—माफ़ी की मुद्रा में। यह शायद आत्मज्ञान था। अलज़ाइमर रोग के कारण वो किसी को भी नहीं पहचानता था। लेकिन माफ़ी वो सबसे माँग लेता था। मरने से पहले उसके खाते में और जो भी हो, हज़ारों-लाखों माफ़ियाँ भी थीं। जीवन की यात्रा भी कहाँ से शुरू होती और कहाँ जाकर ख़त्म!... इंश्योरेंस कम्पनी का एक माफ़िया... जब मरा तो उसकी जेब में माफ़ियाँ थीं—और कुछ भी नहीं था।

सबने एकसाथ गेट की तरफ़ देखा है—नर्गिस अरोड़ा बहुत धीरे-धीरे चलकर आ रही हैं। चेतनदास उठ खड़े हुए हैं। नर्गिस अरोड़ा बरामदे तक आ चुकी हैं। चेतनदास ने नर्गिस अरोड़ा को थाम-सा लिया है। नर्गिस ज़रा ठिठकी हैं। उन्होंने एक बार चेतनदास को देखा है। यह देखना अर्थपूर्ण है। इस देखने में यादों के बहुत सारे चिराग़ टिमटिमाये हैं।

सिन्धिया हाउस की नवयुवती नर्गिस अरोड़ा, कहर ढाती थी। उसे लगता सब लोग उसी को देख रहे हैं। यह सच भी था। सब लोग उसकी तरफ़ देखते। वो थी ही इतनी सुन्दर। थोड़ी साँवली लेकिन तीखे नक़्श और लम्बाई पाँच फुट सात इंच! नर्गिस अरोड़ा चलती तो लगता पृथ्वी पर अहसान कर रही है।

लेकिन अब नर्गिस अरोड़ा ढल चुकी हैं। वो थकी-थकी, निढाल-सी नज़र आ रही हैं। अपने सारे कष्ट छुपाते हुए उन्होंने मुस्कराने की कोशिश की है। फिर कहा

है, "गिरती हुई दीवार को थाम रहे हो चेतन जी।"

नर्गिस अरोड़ा, चेतनदास को हमेशा 'चेतनजी' कहकर बुलातीं। कई बार दोनों ने मिलकर चाय पी। बातें कीं। थोड़ा क़रीब भी गये। फिर अचानक सबकुछ समाप्त हो गया।

"मैंने तो उस दीवार को छूने की बहुत कोशिश की थी जो बहुत बुलन्द थी। जिसे गिरना नहीं आता था।" चेतनदास ने कहा है। गहरी साँस ली है।

फिर वही अर्थपूर्ण देखना नर्गिस अरोड़ा का। इस बार आँखों में कुछ नमी-सी है। उन्होंने उच्छ्वास छोड़ा है। फिर बहुत धीरे-से कहा है, "कुछ बातें हमारे बस में नहीं होतीं चेतनजी!"

"और उन बातों को किसी बन्द किताब की तरह रख देना चाहिए।" चेतनदास ने कहा है। थोड़े कन्धे दबाये हैं नर्गिस अरोड़ा के। वो मुस्करायी हैं। बहुत आहिस्ता बोली हैं, "ठीक कहते हैं आप।"

स्मृतियों की छोटी-सी इबारत जैसे दोनों ने किसी अदृश्य स्लेट पर लिखी हो और फिर मिटा दी हो।

नर्गिस अरोड़ा को चेतनदास कमरे में ले आये हैं। नर्गिस अरोड़ा ने सबको देखते हुए हाथ जोड़ दिये हैं। चेतनदास ने नर्गिस अरोड़ा के कन्धों से हाथ हटा लिये हैं। नर्गिस चेतनदास की तरफ़ देखते हुए कह रही हैं, "चेतन जी, सिन्धिया हाउस में जब भी मिलते। एक वाक्य हर बार बोलते—नरगिस एक फूल का नाम है।"

"फिर?" किसी ने पूछा है।

मैं मुस्कराती तो दूसरा वाक्य चेतन जी का होता, 'और नर्गिस हमारी मैडम का नाम है।' नर्गिस ने कहा है।

"नर्गिस सचमुच हमारी मैडम हैं।" चेतनदास ने हँसते हुए कहा है। सोफे पर बिठाया है।

"कैसी हो नर्गिस?" इन्द्रजीत ने पूछा है।

"कैसी लग रही हूँ?" नर्गिस ने गहरी साँस लेते हुए कहा है। ऐसा प्रश्न करके वो स्वयं आहत हुई हैं। कई सारी बीमारियाँ लग चुकी हैं उन्हें।

"शानदार लग रही हैं आप।" इन्द्रजीत ने अपनी आवाज़ को जमाते हुए कहा है। सिन्धिया हाउस में जब वो था तब भी संजीदा था। वो आज भी पहले की तरह।

"मज़ाक उड़ा रहे हैं आप।" नर्गिस अरोड़ा ने मुस्कराने की कोशिश की है।

"सच कह रहा हूँ नर्गिस।" इन्द्रजीत की आवाज़ में गम्भीरता है।

"इन्द्रजीत, कभी शानदार हुआ करती थी मैं।" नर्गिस को शायद सिन्धिया हाउसवाले दिन याद आ गये हैं। वो उदास हो गयी हैं।

ऐसा लगता है, जितने दोस्त बैठे हैं वो सबके सब अपने पुराने दिनों में लौट गये

हैं। सब चुप हैं। सब उदास हैं। इस उदासी में भी रूमानियत है। इस उदासी में जवानी के ढेर सारे कथ्य छुपे हुए हैं।

"आप अब भी अच्छी लग रही हैं मैडम।" रवि ने कहा है।

नर्गिस ने रवि को देखा है। चुप हैं वो। जैसे अपने भीतर झाँक रही हों। जैसे अपने भीतर झाँक चुकी हों। जैसे अपने आपसे बाहर निकल आयी हों, "जिस देह का अहंकार लिये फिरती थी मैं रवि। उसी देह को उठाना... जैसे कोई भारी बोझ हो।"

"हम सबके साथ यही दिक़्क़त है।... आप बीमारियों से दोस्ती करके देखो... मेरी तरह।" रवि बोले।

"आपकी तरह?... मैं जो हूँ, वो मैं हूँ।... लाख कोशिश करूँ मैं आप जैसी नहीं बन सकती।" नर्गिस ने बड़ी संजीदगी से अपने मन की बात कही है।

"मैं समझा नहीं।" रवि थोड़ा अचकचाए-से नज़र आये हैं।

"बहुत सारी आदतों में जीवन जीने की भी एक आदत होती है। वो आदत हमारी अपनी होती है। मैं अपना शेष जीवन, आपकी या किसी की आदत से कैसे जी सकती हूँ?"

फिर सब ख़ामोश हो गये। जैसे बोलने के लिए नहीं, एक-दूसरे की ख़ामोशी को सुनने आये हों। या फिर सब अपनी अपनी व्याधियों के शोकगीत गाने लगे हों।

"हम यहाँ ज़िन्दगी के शोकगीत गाने के लिए इकट्ठा नहीं हुए हैं।" चेतनदास ने थोड़ा ऊँचे सुर में कहा है। वो रुककर फिर बोले हैं, "हमारे पास अब भी ठहाके बचे हुए हैं और कुछ ख़ुशियाँ भी।"

"एक छोटी-सी ख़ुशी यह कि हम सब इकट्ठा हुए हैं... कितने सालों बाद, एक साथ मिलकर बैठे हैं।" तारिक अनवर के चेहरे पर बहुत सारे भाव तैर गये हैं।

"इस छोटी-सी ख़ुशी के पड़ोस में एक छोटा-सा दुख भी पीठ टिकाये बैठा है कि इसके बाद हम शायद कभी न मिलें!" रवि की आवाज़ में दुख की खरोंचे हैं।

तभी गेट खुलने की आवाज़ आयी है। दरशन जी आये हैं! उनके साथ दीपक है और समीर मल्होत्रा भी।

दरशन जी का वही लहीम-शहीम व्यक्तित्व। वही क़द-काठी। पहले तनकर चलते थे। अब थोड़ा झुककर। उनके दाँत बड़े-बड़े हैं। वो न हँसे, तब भी हँसते हुए नज़र आते हैं। उनका वही लहज़ा है। वही बेफ़िक्री। वही, हाथ उठाकर, दुआ सलाम करने का अन्दाज़ और ख़ैर-खैरियत पूछने का तरीका।

दरशन जी बैठने के लिए किसी माकूल जगह की तलाश में इधर-उधर देख रहे हैं। इस बीच उन्होंने एक शेर कह दिया है—

आये भी लोग बैठे भी उठकर चले गये
मैं जा ही ढूँढ़ता तेरी महफ़िल में रह गया।

एक-दो लोगों ने वाह-वाह की है। दरशन जी हँसे हैं थोड़ा-सा। बैठ गये हैं। समीर मल्होत्रा और दीपक खत्री भी बैठ चुके हैं। दीपक खत्री को कुछ याद आया है। उसने अपनी जेब से अस्थालीन इनहेलर निकाला है। दीवार की तरफ़ मुँह करके उन्होंने दो पफ़ लिये हैं। वो अपनी उखड़ी हुई साँस को सामान्य कर देना चाहते हैं। बेशक, वो यह भी जानते हैं कि 'अस्थमेटिक' की साँस एक बार उखड़ जाय तो फिर सामान्य होने में वक़्त लगता है।

दरशन जी चुप नहीं बैठते। यह उनकी पुरानी आदत है। वो चुप हों तो उनका पूरा शरीर इतनी हरकत में रहता है कि बोलता हुआ नज़र आता है।

उन्होंने बैठ जाने के बाद सबकी तरफ़ देखा है। सिर्फ़ देखा नहीं। ऐसा लगता है उन्होंने सबके चेहरों की किताब को भी पढ़ लिया है। अचानक उनकी बेचैन-सी आवाज़ उभरी है—

भुल्ल गयी ख़ुशियाँ ते रूस्स गये चावे
अज्ज पत्ता लगा कि विछोड़ा की बला है।

'विछोड़ा' शब्द अपनी निःशब्दता के साथ सबके पास चला आया है। सब सन्नाटे की ज़द में आ गये हैं। विछोड़ा यानी सेपरेशन।

"ऐसा लगता है हम सब अपने अन्दर किसी बहुत पुराने समय को छुपाकर बैठे हैं।" समीर मल्होत्रा ने चारों तरफ़ देखते हुए कहा है।

"पुराने लोग कमीज़ बेशक नयी पहन लें, जेब में सिक्के, पुराने दौर के भर लेते हैं।" चेतनदास कहकर मुस्कराए हैं।

"इसलिए पिछड़ जाते हैं।" किसी ने कहा है।

"जो तेज़ गति से भाग रहे हैं वो क्या हासिल कर रहे हैं?" तरदीप गुप्ता ने सवाल किया है।

"वो ऐसी रेलगाड़ियों की तरह हैं जिनका कोई स्टेशन नहीं।" इन्द्रजीत ने कहा है।

एक कोने में मुरलीधर बैठे हैं। बैठे क्या हैं जैसे रख दिये गये हों। वो संवादों की दुनिया से बाहर हैं। उनके पास शब्द नहीं बचे। उनके पास जो आवाज़ है वो तरतीब है। उस आवाज़ को कोई नहीं सुनना चाहता। क्योंकि उस आवाज़ की निरर्थकता, अर्थ की दुनिया से बहुत दूर है। मुरलीधर सोफे पर करवटें बदल रहे हैं। उन्हें कोई नहीं देखता। वो सबको देख लेते हैं। फिर अपनी व्यर्थता के बोध में डूबते-से नज़र आते हैं।

पता नहीं, दरशन जी ने मुरलीधर को देखते हुए क्यों कहा है—बुल्लेशाह पत्ता तद चलसी जद चिड़ी होसी हत्थ बाज़ाँ (बुल्लेशाह, वास्तविकता का तब पता चलेगा जब चिड़िया बाज़ की गिरफ़्त में होगी।)

मुरलीधर जैसे कराह उठे हों। इस कदर देखा है उन्होंने। ईंट का जवाब पत्थर से देनेवाला मुरली... वक़्त की पुरानी निशानी जैसा लगता है। उसकी ज़ुबान से कुछ बेतरतीब आवाज़ें निकली हैं। शायद यही उसका संवाद हो।

"वक़्त भी अजीब नामुराद शय का नाम है। मनुष्यों को भी पुराने कलेंडरों की तरह रखकर चला जाता है।" लक्ष्मण बिष्ट ने कहा है। पता नहीं यह वाक्य वो कहाँ से पढ़ कर आये हैं?

"यह समय नयी तकनीक का समय है।... भाईजान, पुराने कलेंडर हमेशा उतार लिये जाते रहे हैं।" रवि शर्मा भाषण देने की मुद्रा में बोल रहे हैं।

"पॉपकार्न भी अब नयी तकनीक से तैयार होने लगा है।" दरशन जी ने नर्गिस को देखते हुए कहा।

"और क़ीमत पच्चीस रुपये।" समीर मल्होत्रा थोड़ा-सा हँसे हैं।

"जब हम छोटे थे।" दरशन जी ने गहरी साँस ली है, "भड़भूजों के पास चने भुनवाने जाया करते थे।"

"हाँ...।" कई आवाज़ें एक साथ उभरी हैं।

दरशन जी कहते चले जा रहे हैं, "ख़ास तरह की भट्ठी। ख़ास तरह की कढ़ाई। कढ़ाई में रेत। लाल सुर्ख़। कढ़ाई की तली में आग। कढ़ाई में तड़तड़ करते चने। उल्टी दराती से चनों को घुमाता हुआ भड़भूजा।... भड़भूजे के पास बहुत काम होते। वो संसार का सबसे व्यस्त प्राणी नज़र आता। भूने हुए चनों की वो ख़ुशबू।" दरशन जी चुप हो गये। वो सचमुच किसी बच्चे जैसे लग रहे हैं।

"ज़िन्दगी से कई तरह की ख़ुशबुएँ लापता हो गयी हैं।" तरदीप गुप्ता ने कहा है।

"गुड़गट्टे की ख़ुशबू... भुट्टे की ख़ुशबू... शकरकन्दी की ख़ुशबू...।" रवि शर्मा ख़ुशबुओं को याद करने लगे हैं।

"तब ज़िन्दगी की भी एक ख़ुशबू होती थी।" नर्गिस अरोड़ा ने मुस्कराने की कोशिश की है।

"आप ठीक कह रही हैं नर्गिस! अब एक अदद ज़िन्दगी तो है लेकिन उसकी ख़ुशबू नहीं रही।" चेतनदास ने गहरी साँस ली है।

"लय बिखर गयी हो जैसे।" लक्ष्मण बिष्ट ने अपने हाथों को लहराया है। जैसे बता रहे हों कि कुछ-कुछ इस तरह से बिखरी है जीवन की लय।

"मुझे ऐसा लगता है पहले जैसा आकर्षण नहीं रहा।... न मॉल आकर्षित करते हैं हमें न डिपार्टमेंटल स्टोर।" नर्गिस सोच-सोचकर बोल रही हैं।

"शायद इसलिए कि हमारे पास इच्छाएँ नहीं बचीं।" पता नहीं यह किसकी आवाज़ है।

''इच्छाओं का समाप्त हो जाना किसी संसारी मनुष्य के लिए बुढ़ापे का लक्षण होता है।'' ये तारिक अनवर की आवाज़ है।

''मुझे लगता है हमारे नज़रिये बदल गये हैं।'' यह रवि शर्मा का स्वर है।

''नज़रिये हर दस साल बाद बदल जाते हैं।'' यह लक्ष्मण बिष्ट है।

''सच बात तो यह है हमारे पास उत्सव नहीं रहे।'' इन्द्रजीत ने कहा है।

''क्या मैं कह सकती हूँ कि हमारे अन्दर उत्सव मनाने का हौसला नहीं रहा।'' नर्गिस बोल रही हैं।

''नर्गिस मैडम, क्या ऐसी कोई चीज़ थी जो हमारे जीवन से उठकर चली गयी?'' रवि शर्मा ने पूछा है। नर्गिस ने कोई जवाब नहीं दिया। वो शायद सोच रही हैं कि उनके जीवन से कौन-सी शय चली गयी।

''एक चीज़ तो मैं भी बता सकता हूँ।'' चेतनदास ने कहा है। सब लोग उनकी तरफ़ उत्सुकता से देखने लगे हैं। उन्होंने अपनी बात पूरी की है, ''तब हम बहुत हँसा करते थे। बेवजह भी हँस पड़ते थे। अब हम हँसना भूल गये हैं।''

''आप ठीक कह रहे हैं।'' एक साथ कई आवाज़ें उभरी हैं।

''हम सब साठ साल के हो रहे हैं।'' दीपक खत्री ने कहा है।

''और रिटायर भी हो रहे हैं।'' समीर मल्होत्रा ने बात को विस्तार दिया है।

''रिटायरमेंट हँसने की कला छीन लेती है।''दीपक खत्री ने अपनी बात बहुत आहिस्ता से कही है।

''रबिश!'' इन्द्रजीत तुरन्त बोल पड़े हैं। ''रिटारमेंट किसी मृत्यु का नाम नहीं।... रिटायरमेंट एक फुरसत का नाम है। एक ऐसी फुरसत जो आत्ममन्थन का समय देती है।'' इन्द्रजीत की बात में दम है।

''लेकिन आत्ममन्थन करता हुआ मनुष्य हँसता नहीं। वो किसी चिन्तक जैसा नज़र आने लगता है।'' दीपक खत्री ने इन्द्रजीत की बात को लपक लिया हो जैसे।

''भूमिकाएँ बदल जाती हैं।'' किसी ने कहा है।

''दुनिया भी बदल जाती है।'' फिर कोई बोला है। सब हँस पड़े हैं। थोड़ी-थोड़ी हँसी। बहुत देर बाद सुनाई दी है। माहौल बदल गया है। चेहरे तनावरहित लगने लगे हैं।

''हम जब सर्विस में थे तो एक-दूसरे से कभी-कभार मिलते। कई बार तो मिलना छह महीने साल बाद होता था। लेकिन उम्मीद बनी रहती थी कि हम फिर मिलेंगे।... वो उम्मीद हमें ज़िन्दगी का हिस्सा लगती थी।'' चेतनदास बोलकर चुप हो गये हैं। यह बात उनके मन में थी जो हाहाकार मचा रही थी। इस बात को उन्होंने कहते हुए गहरी साँस ली है। फिर जैसे उन्होंने बाक़ी बची बात पूरी की हो, ''अब हम वो उम्मीद नहीं कर सकते।... रिटायरमेंट दरअसल किसी उम्मीद के

टूटने का नाम भी है।''

फिर सबके सब चुप हो गये हैं। जैसे सबके भीतर का सन्नाटा बाहर चला आया हो। सबके भीतर एक तलघर है। एक ऐसा तलघर जिसमें पैंतीस वर्षों के सन्दूक पड़े हैं। सन्दूकों में बेशुमार यादें हैं। यादें जो गूँगी हैं। कमरे में बैठे लोग जैसे गूँगी यादों की चुप से खेल रहे हों।

मेज़ पर गिलास रखे हैं। ख़ाली पड़े गिलास खटक रहे हैं। कभी-कभी सवाल की तरह लगते हैं ख़ाली गिलास। दरअसल, गिलासों का ख़ालीपन किसी सवाल की तरह है।

''अभी कुछ दोस्तों का इन्तज़ार है।'' चेतनदास ने लोगों की बेचैनी को समझते हुए कहा है।

''शाम पई पर शाम न आया... जी मेरा घबरावे।'' दरशन जी ने थोड़ा हँसते हुए कहा है।

सब चाहते हैं अब गिलासों में शराब डाल देनी चाहिए। चाहते सब हैं। कहता कोई नहीं। यही टैक्टिस थी दफ़्तर में। यही टैक्टिस यहाँ भी। ख़ुद को पर्दे में रखो।

''रोशनी कुछ कम है।'' नर्गिस ने आहिस्ता से कहा है। ट्यूब लाइट की तरफ़ देखा है उन्होंने। दृष्टि दीवारों से होते हुए अपने तक चली आयी है।

''रोशनी कम है?'' किसी ने सवाल दोहराया है। यक़ीन न आया हो जैसे।

''अँधेरा माँगने आया था रोशनी की भीख, हम अपना घर न जलाते तो और क्या करते!'' दरशन जी ने कहा है ये शेर। आँखें गीली हो गयी हों जैसे। उन्होंने एक उँगली से पलकों को साफ़ करने की कोशिश की है।

''दरशन जी, शेर के ज़रिये आप मेरी बात ख़त्म मत कीजिए।'' नर्गिस ने कहा है।

''तो?''

''मैंने जब कहा है रोशनी कम है तो इसके कई सारे अर्थ हैं।... यहाँ तक आते-आते रिश्ते बहुत कम बचे हैं और रोशनी भी।''

दरशन जी ने नर्गिस को देखा है। पुराने समय का कोई टुकड़ा हाथ से फिसल गया हो जैसे।

समीर मल्होत्रा ने सिगरेट सुलगाई है। उसके धुएँ को देखते हुए तरदीप ने कहा है, ''काश, धुएँ की आँखें होतीं। वो कमरे में न भटकता। रास्ता तलाश करके बाहर निकल गया होता।''

तरदीप की बात पर कई सारे लोगों में खुसर-पुसर हुई है।

फिर गेट खुलने की आवाज़ आयी है। सब सोच में डूब गये हैं—कौन होगा?

बैसाखियों की खटखट के साथ सीमान्त कमरे में दाख़िल हुए हैं।

सब उन्हें देखने लगे हैं।

वो हँसे हैं। उन्होंने बैसाखियाँ दीवार के साथ टिकाई हैं। सब लोगों की तरफ़ देखते हुए उन्होंने जुमला कसा है, "श्रद्धांजलि पढ़ने की तैयारी हो रही है क्या?"

सब हँस पड़े हैं। जो माहौल एक बार भारी हो गया था। सीमान्त की आमद ने उस माहौल को बदल दिया है।

"क्या हुआ था?" रवि सीमान्त के प्रति संवेदनशील नज़र आने की कोशिश कर रहे हैं।

"एक्सीडेंट हुआ था... एक्सीडेंट! कोई एंटरटेनमेंट के लिए बैसाखियाँ नहीं उठा रखीं।" सीमान्त बैठने के लिए ठीक-ठाक जगह देख रहे हैं।

"कैसे हुआ था?" लक्ष्मण बिष्ट ने पूछा है।

"क्यों बताऊँ?... बीमार ख़ुद बताने आएगा कि उसे क्या हुआ था।" सीमान्त बैठ चुके हैं। और ज़ोरदार ठहाका लगाया है उन्होंने।

सीमान्त की ज़िन्दादिली ने सबका मन मोह लिया है। वो बैसाखियों के सहारे आये हैं। और उन लोगों से ज़्यादा ख़ुश नज़र आ रहे हैं जो ठीक-ठाक हैं।

"इतने सारे लोग और इतनी सारी चुप।" सीमान्त ने इधर-उधर देखते हुए कहा है और फिर वही ठहाका। ठहाके को समाप्त करते हुए सीमान्त बोलने लगे हैं, "बेटे ने कहा—पापा, आप कैसे जाएँगे? मैंने उसे जवाब दिया चार टाँगों के सहारे।... आप लोगों के पास दो टाँगें हैं, मेरे पास चार।... दो बैसाखियाँ भी तो हैं।" फिर वही हँसी। सबको चौंकाती हुई। अपनी विकलांगता का मख़ौल उड़ाती हुई।

"वी आर सॉरी सीमान्त! हम आपको पूछने नहीं आये।" रवि शर्मा ने कहा है।

"शटअप यार! मैं मिल गया तो तुम लोग सॉरी फ़ील कर रहे हो। सॉरी शब्द को तुम लोग किसी गैजेट की तरह इस्तेमाल कर रहे हो।" अचानक सीमान्त बेहद गम्भीर हो गये हैं। वो गम्भीर हुए हैं तो वातावरण एक बार फिर पहले जैसा हो गया है। सब चुप। सबके सब मेज़ पर रखे ख़ाली गिलासों जैसे।

सीमान्त ने अपनी बैसाखियों को देखा है फिर दुर्घटनाग्रस्त टाँग को। कहने लगे हैं, "मैं अपनी इस दुर्घटनाग्रस्त और कमज़ोर टाँग से बेहद प्यार करने लगा हूँ। पता है किसलिए? क्योंकि यह जाने लगी थी।... डॉक्टरों ने कह दिया था—टाँग काटनी पड़ेगी। मैंने कहा नहीं, आप दो दिन मुझे मेडसिन पर रखिए। सर्जरी का दो दिन बाद सोचना।"

"फिर?" कहीं से सहमी हुई-सी आवाज़ उभरी।

"डॉक्टरों को डर था कि सेप्टिक हो जाएगा। लाइफ़ का रिस्क था। उन्होंने

कुछ पेपर साइन कराए। मेरी बात मान ली। मैं पूरा दिन अपनी टाँग को देखता रहा और कहता रहा—तुझे सिर्फ़ और सिर्फ़ दवाइयों से... इंजेक्शन से ठीक होना है। दोस्तो, दो दिन मैं किसी यात्रा में रहा। शायद वो ध्यान यात्रा थी।... दो दिन बाद डॉक्टरों की टीम ने मेरी जाँच की। टाँग काटने का इरादा बदल दिया गया। पैर के दो छोटे ऑपरेशन और टाँग में प्लेट।... मैं सात महीने बिस्तर पर रहा। अब मैं कुछ दिनों से थोड़ा-थोड़ा चलने लगा हूँ। थोड़ा लँगड़ा कर ही सही। लेकिन मेरी टाँग बच गयी है। आज मैं पहली बार घर से बाहर निकला हूँ साढ़े सात महीने बाद।... दोस्तो, मैं एक साथ दो उत्सव मनाने आया हूँ। रिटायरमेंट पार्टी का उत्सव जो चेतन जी ने अरेंज की है दूसरा जश्न मेरी टाँग बच जाने का।''

अचानक चेतनदास ने ताली बजाई है और कहा है, ''ऐसे ज़िन्दादिल कलीग का हम सब ख़ैरक़दम करते हैं।'' और फिर सबने बहुत उत्साह के साथ तालियाँ बजाई हैं।

तालियाँ देर तक बजती रही हैं। धीरे-धीरे तालियों की आवाज़ थम गयी है। माहौल फिर जवान हो उठा है। सेवानिवृत्ति के मुहाने पर खड़े लोग, सीमान्त का क़िस्सा सुनने के बाद जैसे तरोताज़ा हो गये हों। तालियाँ जैसे ज़िन्दगी का संगीत हों और उस संगीत के बाद महफ़िल दिलकश हो उठी है।

लोग बहुत देर से ख़ाली बैठे हैं। बेशक, वो एक अरसे बाद मिले हैं और ढेर सारी बातें करने के भी इच्छुक हैं। लेकिन सब लोग चाहते हैं कि गिलास भर दिये जाएँ। थोड़ी-थोड़ी देर बाद लोग ख़ाली गिलासों की तरफ़ देखने लगते हैं।

''अब किसका इन्तज़ार है?'' किसी ने व्यग्र होकर पूछा है।

''शीतल पांडे का।'' चेतनदास ने जवाब दिया है।

''वो शायद दिल्ली में नहीं हैं।'' रवि शर्मा बता रहे हैं।

''वो दिल्ली में हों या न हों, वो हमारे दिल में तो हैं।'' सक्सेना जी ने हँसते हुए कहा है।

''मिस्टर सक्सेना... प्लीज़ लिमिट!'' नर्गिस अरोड़ा ने कहा है। वो बात को हल्का करने के लिए थोड़ा-सा मुस्करायी भी हैं।

''नर्गिस मैडम, आप निश्चिन्त रहें। इस उम्र तक पहुँचते-पहुँचते हम सबको अपनी सीमाओं का पता चल जाता है।'' सक्सेना जी ने हँसते हुए बात पूरी की है।

''कितनी सीमाएँ हैं आपकी?'' समीर मल्होत्रा ने सक्सेना जी से पूछा है।

''क्यों?'' सक्सेना जी हैरान हो गये हैं।

''बात दरअसल ये है कि मेरी पत्नी का नाम भी सीमा है।'' समीर मल्होत्रा की बात पर सब हँस पड़े हैं।

''मैं एक प्रश्न पूछूँ?'' लक्ष्मण बिष्ट ने सबको अपनी तरफ़ आकर्षित करने की

कोशिश की है, ''क्या सचमुच जीवन में कोई बॉर्डर होता है?''

''बॉर्डर होता है या नहीं होता... इसका पता नहीं।... लेकिन हर शख़्स का अपना एक नौमैंस लैंड ज़रूर होता है।'' तारिक अनवर ने बहुत गम्भीरता से अपनी बात कही है।

''एक्ज़ेक्टली।'' दरशन जी ने कहा है। रुके हैं। फिर कुछ सोच रहे हों जैसे, ''जहाँ हमारे अपने सिवा कोई प्रविष्ट नहीं हो सकता।''

''माहौल कुछ भारी हो गया है।'' किसी ने कहा है।

''मेरा ख़याल है एक छोटा-छोटा पैग बना लिया जाय।'' चेतनदास ने सुझाव दिया है।

''श्योर।'' कई सारी आवाज़ें निकली हैं।

''मेरा पैग मत बनाना।'' तरदीप गुप्ता ने कहा है।

''क्यों... क्या हुआ?'' किसी ने पूछा है।

''दिल!... हार्ट प्रॉब्लम!'' तरदीप ने कहा है।

''दिल भी अजीब शय है। जवानी में भी तंग करता है और बुढ़ापे में भी।'' वीरेन्द्र शर्मा नर्गिस को देख रहे हैं। थोड़ा-सा मुस्कराए हैं।

नर्गिस भी मुस्कराई हैं।

''तरदीप जी, एक हल्का-सा... थर्टी एम.एल.!'' चेतनदास ने कहा है।

''ओके!... बट, फ़र्स्ट ऐंड लास्ट।'' तरदीप ने सहज भाव से कहा है।

''आप?'' चेतनदास नर्गिस से पूछ रहे हैं।

''लिमका... या कोई जूस। या फिर पानी। या कुछ भी नहीं।'' नर्गिस ने कहा है।

''नाइनटी एम.एल. ऑन दि राक्स।''

रवि की बात पर सब हँस पड़े हैं।

''डॉक्टर ने परहेज़ बरतने के लिए कहा है।'' सीमान्त ने पलटकर बैसाखियों को देखा है फिर अपनी टाँग को। फिर अपनी बात पूरी की है, ''परहेज़ बरतता रहा तो एक अधूरा सीमान्त मेरे साथ-साथ चलता रहेगा। मैं उस अधूरेपन के अहसास को तोड़ना चाहता हूँ। इसलिए परहेज़ जैसा लफ़्ज़ मैं कुछ देर के लिए बैसाखियों पर टाँग देना चाहता हूँ।'' सीमान्त ने कुछ इस अदा से अपनी बात कही है कि उत्सव जैसा माहौल पैदा हो गया है। सबने तालियाँ बजाई हैं। लोग मुस्करा रहे हैं।

मुरलीधर के गिलास में थोड़ी-सी शराब डालकर चेतनदास ने गहरी साँस ली है। सोचने लगे हैं—कभी महफ़िलों की रंगत हुआ करते थे मुरलीधर। आज न वो रंग, न जोश, न कहकहे। वक़्त जैसे उस मुरलीधर को उठाकर ले गया हो और रख गया हो लकवाग्रस्त एक शख़्स!

गिलास भरे जा चुके हैं। गिलासों का टकराना हो चुका है। चीयर्ज़ भी हो चुका है और मुस्कराना। कुछेक ने घूँट भरे हैं। गिलास मेज़ पर रख दिये हैं।

"भीमसेन नज़र नहीं आ रहे?" दीपक खत्री को कुछ कमी महसूस हुई है।

"हाँ यार... वो... कहाँ हैं?" कोई पूछ रहा है।

"चले गये हैं।" चेतनदास ने कहा है।

"कह रहे थे कि सबसे आख़िर में जाएँगे।" सक्सेना जी हैरान हो रहे हैं।

तारिक अनवर ने बड़ा-सा घूँट भर कर किसी शायर का शेर सुनाया है—"वो तो बता रहा था कई रोज का सफ़र... जंज़ीर खींचकर जो मुसाफ़िर उतर गया।"

फिर सब चुप हो गये हैं। पता नहीं क्यों बोलते-बोलते लोग अचानक चुप हो जाते हैं। जैसे चुप का होना ज़रूरी हो। जैसे सब अपनी-अपनी चुप के साथ आये हों। चुप की गठरी को खोलते हों। बन्द कर देते हों। चुप पसरती है तो यादों की पुरानी गन्ध से कमरे में अजीब-सी कैफ़ियत पैदा होने लगती है।

सारे लोग जब चुप हो जाते हैं तो ऐसा लगता है जैसे सबके सब अपने-आपको रखकर कहीं चले गये हों।

गिलास उठाने और घूँट भरने की ज़रा-ज़रा-सी आवाज़ें उभर रही हैं। शेष सब शान्त है।

अचानक समीर मल्होत्रा की आवाज़ ने ख़ामोश वातावरण में हलचल पैदा की है, "मैंने एक बात नोट की है। आज सब नये कपड़े पहनकर आये हैं।" समीर मल्होत्रा हँस रहे हैं। उन्होंने एक बार सब पर नज़र घुमाई है।

"कपड़े नये लेकिन ज़ख़्म पुराने।" चेतनदास ने मुस्कराने की कोशिश की है। उन्होंने बड़ा-सा घूँट भरा है।

"एक और चीज़ भी है जो पुरानी है और हमारे साथ है।" नर्गिस ने पहेली-सी रख दी हो जैसे।

"क्या?" किसी ने पूछा है।

"अकेलापन।" नर्गिस के इस एक शब्द पर सब लोग सिहर उठे हैं। शायद कँपकँपा गये हैं।

"हम अपने पैरों की ग़र्द झाड़ते रहे हैं, लेकिन अकेलेपन की ग़र्द...।" सक्सेना जी कहते-कहते रुक गये हैं।

"फार गॉड सेक अकेलेपन की बातें मत करो।" तरदीप गुप्ता विचलित-से नज़र आये हैं। हार्ट पेशेंट हैं। ऐसी बातें सुनकर दिल डूबने लगता है उनका।

गिलास ख़ाली हो चुके हैं। गिलास फिर भरे गये हैं। गिलास फिर उठाए गये हैं। घूँट फिर भरे गये हैं। सिगरेटें फिर जलाई गयी हैं। धुआँ फिर फैल गया है—धुआँ ख़ामोशी का। धुआँ उदासी का या फिर धुआँ अकेलेपन का।

मुरलीधर के गिलास में शराब कम पानी ज़्यादा है। चेतनदास ने गिलास थमाया है उन्हें। गिलास पकड़ने में थोड़ा वक़्त लगा है मुरलीधर को। गिलास लेकर मुरलीधर चेतनदास को देख रहे हैं। आँखें नम हैं उनकी।

"पहले हम अकेले थे अब ख़ाली।" नर्गिस अपने गिलास को देख रही है।

"ख़ाली हो जानेवाले अपने अकेलेपन से ज़्यादा डरने लगते हैं।" सीमान्त ने कहा है। ठहाके लगानेवाला सीमान्त अचानक गम्भीर नज़र आने लगा है।

"क्योंकि हमारे ख़ालीपन में अकेलेपन की खरोंचें ज़्यादा तीखी होने लगती हैं।" यह रवि शर्मा है जिन्होंने गिलास को उठाकर एक घूँट भरा है। कुछ इस तरह जैसे वो अकेलेपन का घूँट भर रहे हों।

"मेरे बच्चे... एक दुबई में तो दूसरा सिंगापुर में। बेटी बैंगलोर में और हसबैंड...।" नर्गिस अटक गयी हैं। कमरे में बैठे बहुत सारे लोगों को पता है कि उनके पति की चार साल पहले कैंसर के कारण मौत हो चुकी है।

"सबकी यही प्रॉब्लम है नर्गिस!" दरशन जी ने नर्गिस अरोड़ा को सान्त्वना देने की कोशिश की है। वो ख़ुद कहते-कहते बेचैन हो उठे हैं। वो जब आये थे तो बड़े बेफ़िक्र और लापरवाह नज़र आ रहे थे। अब ऐसा नहीं है। ऐसा लगता है वो उर्दू शायरी भूल गये हैं और बुल्लेशाह की काफ़ियाँ भी।

कुछ देर तक चुप रहने के बाद वो अपनी बात के छूट गये सिरे को पकड़ रहे हैं, "हमें लगता था हमारे बच्चे, कन्धे से कन्धा मिलाकर साथ चलेंगे। लेकिन वो तो कन्धे उचकाते हुए कहीं के कहीं निकल गये। अब कैरियर बड़ा लफ़्ज़ हो गया है। माँ बाप का रिश्ता यूज़ लेस।" दरशन जी खोखली हँसी हँस रहे हैं। इस खोखली हँसी में दुख का भी एक चेहरा है।

"मुझे अब्बास ताबिश का एक शे'र याद आ रहा है जो मैंने बहुत अरसा पहले कहीं पढ़ा था।" चेतनदास कह रहे हैं।

"शे'र सुनाइए।" दरशन जी ने बड़े सम्मान के साथ कहा है।

"मैं पहले का समय याद कर रहा हूँ... इस शे'र के जरिए। तब माँ कितनी बड़ी ज़रूरत थी... कितनी बड़ी सुरक्षा। शे'र यूँ है—

एक मुद्दत से मेरी माँ नहीं सोयी ताबिश,
मैंने इक बार कहा था मुझे डर लगता है।"

शे'र सुनकर सबने वाह-वाह की है। फिर चुप हो गये हैं।

"हमारे समय ने सब कुछ व्यर्थ कर दिया है। सम्बन्धों को और माँ जैसी सुरक्षा को भी।" चेतनदास कह रहे हैं। बाक़ी सब ख़ामोश हैं।

गिलास ख़ाली हो चुके हैं। गिलास फिर से भर दिये गये हैं। यह ऐसी पार्टी है जिसमें कलीग धीरे-धीरे पी रहे हैं और बहुत कम खा रहे हैं। पहले ऐसा नहीं होता

था। लोग सलाद, नमकीन, काजू पर टूट पड़ते थे। नॉन वेज को कुछ ही देर में नुची हुई हड्डियों में बदल देते। तीन-चार लार्ज पैग चढ़ा चुके होते। कोई जन पेशाब करने जाता तो उसके गिलास की शराब भी अपने गिलास में डालकर पी जाते। और उसके बाद आवाज़ें होतीं। बेतरतीब आवाज़ें। बेसलीका शब्द। सब बोलते। सुननेवाला कोई न होता।

लेकिन आज... इकत्तीस मार्च... रिटायरमेंट की तारीख़ से तीन दिन पहले इस गेट-टू-गैदर में लोग बड़े अदब के साथ बैठे हैं। शाइस्तगी से पी रहे हैं। एक बोलता है। बाक़ी सुनते हैं। जैसे यहाँ सब लोग पीने-पिलाने के लिए नहीं, अपने दिल की बात सुनने-सुनाने के लिए आये हों।

"मेरा एक ही बेटा है। वो यू.के. में है।" रवि शर्मा ने कहा है। गहरी साँस ली है। गिलास उठाकर दो-तीन घूँट भरे हैं। फिर कुछ सोचते हुए वो बोलने लगे हैं, "वो चाहता तो मेरे साथ रह सकता था। लेकिन वो ऐसा नहीं चाहता था। उसने मुझे वहाँ आने के लिए कहा तो मैंने भी मना कर दिया। उसकी अपनी आज़ादी, मेरी अपनी। उसके ई-मेल आते हैं। उसके गिफ़्ट आते हैं। उसके पौंड भी आते हैं। वो नहीं आता। वो जानता है मैं अकेला हूँ। वो जानता है पत्नी को मरे कई साल हो चुके हैं। ऐसा लगता है उसका रिश्ता कुछ दूर तक था।" रवि शर्मा का गला भर आया है। वो सुबकने लगे हैं। किसी ने पानी का गिलास उठाकर दिया है। उन्होंने दो घूँट पानी के पीकर गिलास मेज़ पर रखा है। 'सॉरी' कहा है। फिर भरे गले से उन्होंने कहा है, "सॉरी फ्रेंड्स, मैं इमोशनल हो गया था।"

"ओ यार रवि, अस्सी इमोशनल होंण वास्ते तां अज्ज इकट्ठे होए हां।... डोंट फील सॉरी।... फील गुड।" दरशन जी की बात पर माहौल हल्का हो गया है।

रवि शर्मा मुस्कराने लगे हैं।

सबने गिलास उठा लिये हैं—घूँट भरने के लिए।

"दोस्तो, मैं एक सुझाव देना चाहता हूँ।" लक्ष्मण बिष्ट ने कहा है। वो अपनी बात इसी तरह शुरू करते हैं।

"क्या?" किसी ने पूछा है।

"हम अपने-अपने घरों में अकेले हो चुके लोग हैं।... हम और कुछ करें या न करें, हमें घर की दीवारों पर अस्पतालों के इमरजेंसी नम्बर ज़रूर लिख रखने चाहिए।" लक्ष्मण बिष्ट अपनी बात कहकर थोड़ा हँस पड़े हैं।

"और एम्बुलेंस नम्बर भी।" सीमान्त भी हँसने लगे हैं।

"इधर हार्ट अटैक हुआ और उधर एम्बुलेंस बुला ली।" मल्होत्रा भी सीमान्त के सुर में सुर मिला रहे हैं। हँस भी रहे हैं।

"हार्ट अटैक क्या फोन नम्बर मिलाने का वक़्त देगा?" दीपक खत्री ने यह

बात आहिस्ता से कही है। उसकी बात शायद किसी ने सुनी नहीं या फिर सुनकर अनसुनी कर दी है।

फिर गेट खुलने की आवाज़ आयी है। चेतनदास उठ खड़े हुए हैं। आनेवाले लोगों के लिए जगह बना रहे हों जैसे। फिर उन्होंने गहरी साँस लेकर कहा है, "एक ज़माना पहले हम सीट और जगह के लिए कितने झगड़े किया करते थे।... ये सीट मेरी... ये टेबल मेरी।... हम छोटी-छोटी बातों को इशू बना लेते थे।"

"एक्ज़ेक्टेली।" कोई आवाज़ चेतन जी के समर्थन में उभरी है।

"तब शायद हमने इस दिन का नहीं सोचा था।" नर्गिस की आवाज़ थकी-थकी-सी है।

"हमने यह भी नहीं सोचा था कि हमने काग़ज़ के तम्बुओं में डेरा जमा रखा है।" तारिक की आवाज़ में विचलन है।

शीतल पांडे आयी हैं। उनके साथ राजन खोसला भी हैं। पता नहीं दोनों साथ-साथ आये हैं या अलग-अलग। राजन खोसला बीस-पच्चीस साल पहले बहुत हैंडसम थे। अब भी अच्छे लग रहे हैं। आवाज़ थोड़ी बैठ गयी है। खुलकर बात नहीं कर पाते। छोटे-छोटे वाक्य लिखकर दिखा देते हैं। उन्होंने सबसे हाथ मिलाया है। नोटबुक में पहले से लिखा एक वाक्य सबको दिखाया है उन्होंने—हम बार-बार मिलने के लिए इकट्ठा हुए हैं।

उनके इस वाक्य को पढ़कर सबने तालियाँ बजाई हैं।

माहौल फिर ख़ुशनुमा हो गया है। पार्टी में जैसे जान लौट आयी हो। चहल-पहल बढ़ गयी है। सब आपस में एक-दूसरे से बातचीत करने लगे हैं।

राजन खोसला ने नोटबुक का अगला पन्ना खोला है। एक वाक्य लिखा है—इस दिन को हम कभी नहीं भूलेंगे।

फिर कुछ तालियाँ बजी हैं। किसी ने बकअप कहा है। किसी ने खोसला जी को देखते हुए फ्लाइंग किस किया है।

शीतल पांडे, नर्गिस अरोड़ा से कुछ दूर बैठ गयी हैं। सबको देखकर मुस्करायी हैं। सबको देखकर हाथ जोड़कर नमस्कार किया है उन्होंने। शीतल पांडे—अपने समय की बोल्ड ऐंड ब्यूटीफुल। लम्बी। छरहरी। मुँहफट। अच्छों-अच्छों की एक मिनट में उतारकर रख देती थीं। वक़्त ने उनकी उतारकर रख दी। बेटा दसवीं का रिज़ल्ट देखकर आया। नम्बर कम थे। घोर अवसाद। पिछड़ जाने का भय। कैरियर ख़त्म होने का तनाव। पंखे के हुक में रस्सी बाँधी। लटक गया। समाप्त कर दिया जीवन। जीवन, शीतल के बेटे का ख़त्म हुआ और फिर शीतल का भी। बहुत दमदार, जीवन्त और उल्लसित रहनेवाली शीतल पांडे टूट-सी गयीं।

अब बहुत हद तक उन्होंने अपने आपको सँभाल तो लिया है लेकिन पहले

जैसी न देह रही न सुन्दरता। फिर भी शीतल का आना सबको अच्छा लगा है। शीतल भी सबसे हँसकर मिल रही हैं। वो अपना दुख अपने भीतर छुपाकर रख रही हैं। यह भी एक कला है।

ख़ाली गिलासों को देखते हुए शीतल पांडे ने कहा है, ''चेतन जी, मेज़ पर रखे ख़ाली गिलास, ज़िन्दगी के ख़ालीपन का अहसास कराते हैं।''

''मेरा भी यही ख़याल है।'' तारिक अनवर ने हँसकर कहा है।

''हम सबका यही ख़याल है।'' तरदीप मूड में आ गये हैं।

चेतनदास ने मेज़ पर दो गिलासों में इज़ाफ़ा कर दिया है--शीतल पांडे और राजन खोसला के लिए।

''आपके गिलास में?'' चेतनदास ने शीतल पांडे से पूछा है।

''मेरे गिलास में?'' उन्होंने प्रश्न दोहराया है। फिर आहिस्ता से कहा है, ''चेतन जी, स्मृतियों का तरल हो तो वही मिला दीजिए।''

''वो तो आपकी आँखों में है।'' चेतनदास मुस्कराए हैं।

''थोड़ी-सी वोदका।'' शीतल पांडे ने अपने आपसे कहा हो जैसे। वो इतनी आहिस्ता से बोली हैं।

मुरली की फिर गो-गो की आवाज़ उभरी है। सब मुरली की तरफ़ देख रहे हैं। उसने जैसे शीतल पांडे को 'विश' किया हो या फिर अपने गिलास में ज़्यादा शराब डालने के लिए कहा हो।

चेतनदास मुरलीधर की तरफ़ देख रहे हैं और मुरलीधर, एक धरी हुई देह जैसे, मौजूद होने के बावजूद जैसे ग़ैर-मौजूद हों।

यही मुरलीधर... यानी मुरली! फक्कड़। दिलफेंक। लापरवाह। मस्त-मस्त। बेसुरा गानेवाला। सुर में पीनेवाला। शाहख़र्च। और महफ़िलों का शहंशाह!... साढ़े-तीन चार बजे जिन का एक पैग बनाता। घूँट-घूँट भरता। साढ़े पाँच-छह बजे जब दफ़्तर के अधिकांश लोग चले जाते। मुरली जी पव्वा या फिर पव्वे से ज़्यादा पी चुके होते।... दफ़्तर में जो रह जाते। वो पीनेवाले होते या फिर जुआ खेलनेवाले।

आठ साल तक क्लेम सीट पर रहे मुरली जी। डंके की चोट पर कहते, ''आठ साल में बारह लाख कमाये तेरह लाख जुए-शराब में गँवाए!... सिकन्दर की तरह ख़ाली हाथ जाएँगे।'' फिर ठहाका। जैसे वक़्त के धुर्रे उड़ा रहा हो। या फिर पूरे सिस्टम का मख़ौल कर रहा हो।

वही मुरली जी... जिनके पास न आवाज़ बची है न पैसा। वक़्त के धुर्रे उड़ानेवाले मुरली जी, वक़्त के पंजे में कसमसाते नज़र आते हैं। न ठीक से बैठ पाते हैं न चल पाते हैं। बोगस क्लेम पास करानेवाले बड़े-बड़े लोग, मुरली जी को निरन्तर छोटा बनाते चले गये। बहुत छोटे-से मुरलीधर, अपनी कँपकँपाती काया को

सँभालने की असफल कोशिश करते रहते हैं। ऐसा लगता है उनकी काया किसी टोटल लॉस कार जैसी है जो धकिया कर चलाई जा रही है।

शीतल पांडे ने गिलास ख़ाली करके मेज़ पर रखा है। नर्गिस को देखते हुए मुस्करायी हैं। गाने लगी हैं—नित्त ख़ैर मंगां सोंड़िए मैं तेरी... दुआ न कोई होर मंगदी (मेरी प्रिय, मैं हमेशा तेरे अच्छा होने की दुआ के सिवा रब्ब से और कुछ नहीं माँगती।)

नर्गिस ने शीतल पांडे के हाथ पर हाथ रखा है। मुस्करायी हैं वो।

दरशन जी शीतल पांडे को देख रहे हैं। एकटक। चेहरे पर अजीब-से भाव हैं।

"लगता है आप कुछ कहना चाहते हैं?" शीतल पांडे पूछ रही हैं। वो असहज हैं।

"कहना चाहता हूँ कुछ।" दरशन जी की आवाज़ में डूबती कश्तियों का शोर छुपा है। वो बहुत आहिस्ता से शेर सुना रहे हैं—'कुरेदता है बहुत राख मेरे माज़ी की/ मैं चूक जाऊँ तो वो उँगलियाँ जला लेगा।'

शीतल पांडे ने गहरी साँस ली है। कहा कुछ भी नहीं उन्होंने। वो अपने चुप के कीचड़ में कहीं गहरे धँस गयी हैं।

"क्या हम सब दुखी लोग हैं?" चेतनदास के प्रश्न पर सारे उछल पड़े हों जैसे।

"मुझे लगता है बत्तीस-पैंतीस साल जो हम सबने एक साथ गुज़ारे... उसका राखदान लेकर चले आये हैं सब।" चेतनदास की आवाज़ में भी वही राख है... पिछले कई सालों की राख।

"चेतन जी, हम अपने साथ क्या लेकर आते?" तारिक अनवर पूछ रहे हैं।

"ठहाकों की बस्तियाँ तो बहुत पीछे छूट गयी हैं।" दीपक की उखड़ी हुई साँस, जैसे वो अपने सारे तम्बू उखाड़ आया हो।

"चेतन जी, हम सब दुखी लोग हैं... ठीक कहा आपने।... लेकिन यहाँ आकर हम दुख को भी इंजाय कर रहे हैं।" नर्गिस की आवाज़ जैसे ज़ख़्मों पर मरहम रख रही हो।

"क्योंकि यहाँ हम एक-दूसरे के दुख को पहचान सकते हैं।" शीतल पांडे ने नर्गिस को देखते हुए कहा है।

"आप ठीक कह रही हैं शीतल। हम रिटायरमेंट का मातम नहीं मना रहे। लेकिन आज की शाम हम जश्न भी कैसे मना सकते हैं?" यह तारिक अनवर की आवाज़ है।

"एक्ज़ेक्टली।"

"मेरा ख़याल है, हम पुराने समय के आईने हैं जिन पर दुख की ज़र्ब पड़ चुकी

है लेकिन हमें नये वक़्तों की ड्रेसिंग टेबल पर सजाया जा चुका है।''

''यही द्वैत है।'' किसी ने कहा है।

''यही द्वन्द्व भी है।'' किसी अन्य की आवाज़ आयी है।

''द्वन्द्व तंग करता है।'' तारिक अनवर ने गहरी साँस ली है।

''हमारी बातें उलझे हुए धागों की तरह हो गयी हैं... जिनके सिरे नहीं मिल रहे।'' चेतनदास ने सबकी तरफ़ देखते हुए कहा है।

''सिरे मिल सकते हैं।'' सीमान्त अचानक बोल पड़े हैं।

''कैसे?'' चेतनदास चुप हैं, लेकिन दीपक खत्री ने चौंक कर पूछा है।

''ख़ाली गिलास भर दिये जाएँ।'' बड़ी सहजता से कहा है सीमान्त ने। इतनी सहजता से कि सब हँस पड़े हैं। शायद सब हँसना चाहते थे, इसलिए हँसे हैं। या फिर इसलिए कि अपनी फ़िक्रज़दा बातों से सब निजात पाना चाहते थे। या फिर इसलिए कि सबके पास अगर उदासी थी तो हँसी भी थी।... हँसी सबके पास थी और वो पूरी तरह ख़त्म नहीं हुई थी।

फिर गिलास भरे गये हैं... शायद आख़िरी बार! सबने एक बार फिर चीयर्ज़ किया है। सब उठ खड़े हुए हैं। फिर बैठ गये हैं। सीमान्त बैठे-बैठे मुस्कराये हैं। मुरलीधर ने बेचैन होकर इधर-उधर देखा है।

सब सरूर में हैं। जिन्होंने नहीं पी, वो भी किसी नशे में हैं। इतने सालों बाद बहुत सारे कलीग एक साथ मिले हैं—इस मिलने का भी एक नशा है। नशा शायद बिछुड़ने का भी है—सेपरेशन का।... सेपरेशन किसी दुखभरे राग की तरह होता है और वो राग, किसी अन्य संसार में खींच ले जाता है।

''आप रिटायरमेंट के बाद क्या करेंगे?'' चेतनदास ने अचानक तारिक अनवर से सवाल किया है।

''डायरी लिखूँगा।'' तारिक जवाब देने के लिए जैसे पहले से तैयार थे।

''मैं महाभारत लिखूँगा... अपना महाभारत।'' ये शब्द लक्ष्मण बिष्ट के हैं। सब उनकी तरफ़ देखने लगे हैं।

उन्होंने बड़ा-सा घूँट भरकर अपनी बात पूरी की है, ''इन पैंतीस-छत्तीस सालों में, घर से दफ़्तर और दफ़्तर से घर तक, हम सबने एक-एक महाभारत रचा है। मैं उसे लिखने की कोशिश करूँगा।''

''एक्ज़ेक्टेली।'' कई सारी आवाज़ें उभरी हैं।

''मैं पड़ोसियों के बच्चों को पार्क में घुमाने ले जाऊँगी।'' नर्गिस ने कहा है।

''अपने क्यों नहीं?'' किसी ने सवाल किया है।

''अपने विदेश में हैं।'' नर्गिस ने जवाब दिया है और सब हँस पड़े हैं।

''मैं प्रेम करूँगा।'' दरशन जी ने कहा है। सब चौंक पड़े हैं उनकी बात

सुनकर।

"प्रेम?" कइयों ने उनके प्रश्न को दोहराया है। जैसे विश्वास न आया हो।

"हाँ प्रेम।"

"किससे?"

"जीव जन्तुओं से।"

"अब तक आप किससे प्रेम करते रहे?"

"अपने आपसे।" दरशन जी के इस उत्तर पर सब ख़ामोश हो गये हैं।

फिर एक-एक करके सबने गिलास ख़ाली कर दिये हैं। एक चुप-सी पसर गयी है। न सवाल न जवाब। केवल चुप। आवाज़ का एक तिनका नहीं। इतनी चुप। जैसे चुप बयान हो। जैसे चुप कथानक हो। जैसे चुप उदासियों की चहलक़दमी हो।

फिर सब उठे। फिर सबने मुस्कराने की कोशिश की है। एक-दूसरे से हाथ मिलाते हुए, एक-दूसरे से मिलने का वादा करके विदा हो गये हैं सब... सबके सब। अपनी आवाज़ों और अपनी सरगर्मियों के साथ।

कमरे में अकेले खड़े हैं चेतन। उनके साथ उनका एकान्त है... उनका अपना एकान्त।

ख़ाली कमरा। ख़ाली कुर्सियाँ। ख़ाली गिलास। धुएँ की गन्ध। शराब की गन्ध। किसी के होने और फिर न होने की गन्ध!

सेपरेशन के गेट-टू-गैदर की यही तो दिक़्क़त होती है। अन्त में जो बचता है, वो लहूलुहान करता ख़ालीपन ही होता है।

आज इकत्तीस मार्च है। यानी रिटायरमेंट का दिन। रिटायरमेंट शब्द चेतनदास को कभी अच्छा नहीं लगा। भाषा बेशक बूढ़ी न होती हो। लेकिन बहुत सारे शब्द ज़रूर बूढ़े हो जाते हैं। जैसे कि रिटायरमेंट! ऐसा लगता है जैसे इस शब्द के अन्दर समय का बूढ़ा यक्ष बैठा कराह रहा है।

चेतनदास किसी संगत की तलाश में भटक रहे हैं। लेकिन लोग हैं कि पहले से ज़्यादा निस्संग! वो सेवानिवृत्त कलीग और पुराने कलेंडर में कुछ फ़र्क़ नहीं समझते। एक को दीवार से, दूसरे को दिल से उतारकर रख देते हैं।

कलीग थोड़ी-थोड़ी देर बाद मिलने आते हैं। एक फ़िकरा उछलता है—ऑल दि बेस्ट!

चेतनदास मुस्कराने की कोशिश करते हैं। इस एक वाक्य को वो कई बार सुन चुके हैं। इतनी बार कि पूरे का पूरा वाक्य व्यर्थ प्रतीत होने लगा है।

इधर, कुछ दूर... दो टेबलें छोड़कर कुछ युवा कलीग फेयरवेल पार्टी के आयोजन में जुटे नज़र आते हैं। फिलहाल, वो चाय पी रहे हैं। उनमें से एक ने कुछ जोश के साथ चेतनदास को देखते हुए वहीं से फ़िकरा उछाला है, ''आर यू फाइन मिस्टर सी.डी.के.?''

सी. डी. के. यानी चेतनदास कपूर! दफ़्तर के यंग कलीग चेतनदास को 'सी.डी.के.' नाम से बुलाते रहे हैं। ऐबरीवेटेड नेम—सी.डी.के.! इन लोगों के पास वक़्त इतना कम है कि पूरा नाम लेना, समय की बरबादी प्रतीत होता है।

चेतनदास उनकी तरफ़ देखकर ज़रा-सा मुस्कराये हैं। मन में थोड़ी हलचल हुई है। बेचैन टापू ने सर उठाकर देखा हो जैसे।

चेतनदास एक बार खड़े होकर इधर-उधर हॉल के चारों तरफ़ देखने लगे हैं। चेतनदास हॉल की तरफ़ देख रहे हैं और लोग उनकी तरफ़!

''क्या ढूँढ़ रहे हो सरजी?'' कहीं से आवाज़ आयी है। उनके मन में आया ज़रूर था, कह दें कि अपने पैंतीस साल ढूँढ़ रहा हूँ। वो जानते हैं। पैंतीस साल बाहर नहीं, उनके भीतर कहीं ग़र्क हुए हैं।

सब व्यस्त हैं। हल्का-सा शोर है—मामूल के मुताबिक। बतरा जी रसीदें काट रहे हैं। वीना जी कम्प्यूटर से पॉलिसी निकाल रही हैं। जैन ट्रायल बैलेंस की तैयारी में जुटे हैं। सुभाष पिछले पन्द्रह मिनट से फोन पर चिपके हैं। चाय पीनेवाले चाय पी रहे हैं और हँस भी रहे हैं।

सब व्यस्त हैं। सिर्फ़ एक शख़्स ख़ाली है। और वो हैं चेतनदास कपूर!

चेतनदास दीवार पर टँगे कलेंडर को देख रहे हैं—तारीख़ें थीं या ज़र्द पत्ते—किसी नामालूम शहर की तरफ़ उड़ते चले गये। दिन थे या कटी पतंगें—कटकर पता नहीं कहाँ जा गिरे। समय था या कोई मुसाफ़िर। अपने दुख की घिसी हुई चप्पलें उतारकर चला गया।

अकाउंट्स विभाग से बुलावा आया है। ग्रेच्युटी। लीव एंकैशमेंट। पीएफ़।... कम्यूटेशन के बाद पेंशन की कैलकुलेशन। दो चेक सौंप दिए गये हैं चेतनदास को।

विभाग से वापस आ रहे हैं चेतनदास। थोड़े हाँफते हुए से। जैसे तमाम रिश्तों को ख़र्च करके, दो चेक जेब में डालकर आ रहे हों।

चेतनदास अपनी सीट पर आकर बैठे ही हैं कि कई सारे लोग उनके आसपास आकर इकट्ठा हो गये हैं। वो चेक देख रहे हैं। चेक एक हाथ से दूसरे हाथ में चले जाते हैं।

ऐसा लगता है कोई तमाशा है। शायद चेतनदास ख़ुद किसी तमाशे की तरह हैं। पहले वो इस दफ़्तर के एम्पलाई थे, आज तमाशा।... लोग धीरे-धीरे, एक-एक करके चले गये हैं। तमाशा ख़त्म हो गया हो जैसे। या फिर तमाशे का रोमांच ख़त्म

हो गया हो।

घड़ी की तरफ़ देखा है चेतनदास ने। सोच रहे हैं। हज़ारों मील की यात्रा कर चुकी घड़ी की सुइयाँ—जस की तस। वहीं की वहीं। वो भी घड़ी की सुइयों की तरह रहे। उन्हें लगता रहा वो यात्रा पर हैं। लेकिन वो किसी खूँटे से बँधे रहे—रूटीन के खूँटे से। वो इसी को यात्रा समझते रहे। यही विभ्रम था।

इस विभ्रम की ऐनक से उन्होंने संसार को देखा। और ठगे जाते रहे। इस विभ्रम की ऐनक से उन्होंने अपने आपको देखा और अपने आपको अजनबी-से नज़र आये।

विभ्रम की एक स्थिति यह भी है कि वो अपनी मेज़ की दराज़ों को कई-कई बार खोल चुके हैं। दराज़ ख़ाली हैं। वो फिर भी दराज़ खोलते हैं। बन्द करते हैं।

ऐसा लगता है दराज़ों में कुछ रह गया है। दराज़ ख़ाली हैं। फिर भी ऐसा लगता है जैसे उनमें कुछ छूट-सा गया है। पता नहीं क्या?... शायद दुख। शायद सुख। शायद मित्रताएँ। शायद झगड़े। शायद प्रेम या फिर प्रेम की जटिल-सी अनुभूतियाँ। शायद...।

दराज़ में कुछ भी नहीं। कुछ पिनें। कुछ जेम क्लिप। एक टूटा हुआ शार्पनर। एक पुराना-सा बॉल पेन। एक टुकड़ा भर पेंसिल। दो-चार रबड़ बैंड... बस!

पर चेतनदास को लगता है उनका सारा संसार इन दराज़ों में कहीं मौजूद है।... ऐसे विभ्रम का कोई क्या करे?

फ़ेयरवेल पार्टी के आयोजक सामान ले आये हैं। सब उत्साह में हैं। पूरे दफ़्तर में अब पार्टी का माहौल है। लोग उठते हैं। एक-दूसरे से मिलते हैं। हँसी। चुहलबाज़ी। छेड़छाड़। मज़ाक।... सब जश्न के मूड में हैं। लेकिन चेतनदास! चेतनदास व्याकुल हैं। सब व्यस्त हैं और चेतनदास फालतू। फालतू और व्यर्थ!

"हार बहुत महँगे मिले हैं।" पार्टी के आयोजकों में से किसी ने अपने अन्य कलीग से कहा है।

"अपने चेतनदास भी तो बड़ी महँगी चीज़ हैं।" अन्य कलीग ने जवाब दिया है।

सब हँस पड़े हैं।

चेतनदास बुझ गये हों जैसे।

चार टेबलें आपस में जोड़ दी गयी हैं। उन पर पुराने अख़बार बिछा दिये गये हैं। फिर पेपर प्लेटें और उनमें पेस्ट्री, काजू, वेफ़र्ज़। बर्फी, नमकीन, समोसा और प्लेट के साथ कोल्ड ड्रिंक्स।

सब बैठ चुके हैं। अचानक एक कलीग की आवाज़ उभरती है—"विश यू ए हैप्पी...।" वो कहते-कहते रुक गया है। लेकिन एक अन्य कलीग ने पूरा वाक्य

दोहरा दिया, ''विश यू ए हैप्पी रिटायरमेंट!'' इसी के साथ कई सारे लोग हँस पड़े हैं।

सीनियर डिविजनल मैनेजर इंडियन ऑयल की किसी मीटिंग में थे। वो आ गये हैं। उन्होंने बड़े आत्मविश्वास के साथ सीट ग्रहण की है। पेस्ट्री को देखते हुए कहा है, ''वैरी गुड। माई फेवरेट, बटर स्कॉच पेस्ट्री।''

फिर लोगों ने अपनी अपनी घड़ी की तरफ़ देखा है। चार्टेड बसें और चार्टेड चिन्ताएँ। कारें और ट्रैफ़िक जाम। यानी लोग जल्दी में हैं।

दो-दो, तीन-तीन मिनट के लिए, दो-तीन लोगों ने कुछ कहा है—बनावटी भाषण। औपचारिक। बेहिस।

अन्त में चेतनदास से कहा गया है कि वो कुछ कहें। चेतनदास उठ खड़े हुए हैं। उनके मन में बहुत कुछ है सुख-दुख के किस्से। रूठने-मनाने की बातें।... हज़ारों संस्मरण।

वो शायद कहना चाहते हैं कि प्रामिनेंट इंश्योरेंस कम्पनी में जो ज़िन्दगी गुज़ारी वो किसी रफ़ ड्राफ्ट की तरह थी... सचमुच रफ़ ड्राफ्ट, जिसे वो 'फेयर' करना भूल गये। काश एक और ज़िन्दगी मिले। इस बार वो रफ़ ड्राफ्ट नहीं, बल्कि 'फेयर' मज़मून की तरह ज़िन्दगी जिएँगे। लेकिन अफ़सोस इस बात का है कि ज़िन्दगी सिर्फ़ एक बार मिलती है और उसे अमूमन, रफ़ ड्राफ़्ट की तरह जिया जाता है।

चेतनदास कहना बहुत कुछ चाहते हैं लेकिन चुपचाप खड़े हैं। सारे वक्तव्य सारे शब्द, सारे के सारे संस्मरण लापता हो गये हों जैसे।

हॉल में ख़ामोशी है। एक अटूट सन्नाटा। सब लोग चाहते हैं चेतनदास अपनी बात कहें। कुछ भी कहें, लेकिन कहें। लेकिन चेतनदास ऐसे खड़े हैं जैसे स्मृतियों का कोई बेहद पुराना अजायबघर।

वो खड़े हैं, भीगी आँखें, रुँधे हुए गले के साथ। उन्होंने बहुत कोशिश की है। गहरी साँस लेकर बस इतना कह पाए हैं वो, ''अलविदा दोस्तो!''

धप्प-से बैठ गये हैं कुर्सी पर। हाँफते और काँपते हुए-से। उधर, तालियाँ बज रही हैं, इधर, चेतनदास अपनी आँखें पोंछ रहे हैं।

सब लोग इसी क्षण की प्रतीक्षा में थे। चेतनदास बैठें और सब अपनी-अपनी पेपर प्लेट उठाएँ। चेतनदास बैठ चुके हैं। लोग पेस्ट्री, वैफर्ज़, बर्फी खा रहे हैं बातें भी कर रहे हैं। सब लोग जल्दी-जल्दी खा रहे हैं। सब जल्दी में हैं। किसी को चार्टेड बस पकड़नी है तो किसी को पार्किंग से कार या बाइक निकालनी है।

लोग खा-पीकर उठ खड़े हुए हैं। फिर आवाज़ें जैसे सब अचानक आज़ाद हो गये हों। बेतरतीब आवाज़ें—जैसे फ़र्श पर फैली, पेपर प्लेट।... सबने हाथ मिलाए हैं दफ़्तर से निकल पड़े हैं... बहुत तेज़ी के साथ।

दफ़्तर में ख़ामोशी पसर गयी है। कुल दो जन रह गये हैं—चेतनदास और सब स्टाफ! सब स्टाफ चेतनदास की इन्तज़ार में है कि वो जाएँ तो आफ़िस बन्द करे।

चेतनदास ने मेज़ के दराज़ खोले हैं। पता नहीं क्यों देखते रहे हैं दराज़। दराज़ के अन्दर शून्य है। शून्य से जैसे संवाद हो उनका।

उन्होंने दराज़ बन्द करके ताला लगाया है। चाबी जेब में रख ली है। चलने लगे हैं। कुछ ध्यान आया है। ठिठक गये हैं वो। दराज़ की चाबी किसलिए जेब में रख ली? जैसे कुछ अटक गया हो। वो पलटे हैं। चाबी को उन्होंने अपनी जेब से निकालकर हथेली पर रखा है। देखा है। मन-ही-मन सोचा है—आज पता चला है चाबी भी किसी दोस्त की तरह थी। और आज इस चाबी से रिश्ता भी समाप्त!

उन्होंने मेज़ का दराज़ खोला है। वही शून्य। वही ज़ंग खाये दो-चार जैम क्लिप और ऑलपिन! और कुछ स्पर्श जो दिखाई नहीं देते... होंगे ज़रूर।

उन्होंने चाबी को दराज़ में गिरा दिया है। ख़ाली दराज़ में एक अजीब-सी आवाज़ पैदा हुई है... रिश्तों के टूटने की आवाज़ शायद इसी तरह की होती हो।

दराज़ में चाबी डालकर वो सीढ़ियाँ उतर रहे हैं। इससे पहले वो जब-जब, शाम के वक़्त सीढ़ियाँ उतरते, अगले दिन दफ़्तर आने और सीढ़ियाँ चढ़ने का सोच रहे होते। आज वो धीरे-धीरे सीढ़ियाँ उतर रहे हैं... आख़िरी बार।

उनके मन में न दुख है न परेशानी, न थकान न उदासी, न उल्लास न विरक्ति।... एक अजीब-सा भाव है। उस भाव को वो समझने का प्रयास कर रहे हैं और के.जी. मार्ग के सब-वे से होते हुए, बाराखम्बा रोड की तरफ़ जा रहे हैं, जहाँ से उन्हें अपने घर जाने के लिए बस लेनी है।...

उनकी एक जेब में चेक पड़े हैं तो उनकी दूसरी जेब में यादों की गठरियाँ।

□□□

ज्ञान गरिमा के

68 वर्ष

भारतीय

ज्ञानपीठ